悦书坊

向继东 主编

你内心的兵荒马乱

晓梦 著

山西出版传媒集团 北岳文艺出版社

·太原·

图书在版编目（CIP）数据

你内心的兵荒马乱 / 晓梦著. -- 太原 : 北岳文艺出版社, 2025.1. -- （悦书坊 / 向继东主编）.
ISBN 978-7-5378-6996-6

Ⅰ . I247.5

中国国家版本馆CIP数据核字第20247D6A12号

NI NEIXIN DE BINGHUANG-MALUAN
你内心的兵荒马乱

晓梦 / 著

//

出品人
郭文礼

选题策划
谢放

责任编辑
关志英

装帧设计
张园

印装监制
郭勇

出版发行：山西出版传媒集团·北岳文艺出版社
地址：山西省太原市并州南路57号
邮编：030012
电话：0351-5628696（发行部） 0351-5628688（总编室）
传真：0351-5628680
印刷装订：山西人民印刷有限责任公司

开本：890 mm × 1240 mm　1/32
字数：282千
印张：11.75
版次：2025年1月第1版
印次：2025年1月山西第1次印刷
书号：ISBN 978-7-5378-6996-6
定价：78.00元

本书版权为本社独家所有，未经本社同意不得转载、摘编或复制

总序

二十年前，身居南国的林贤治兄赐我一册《2003：文学中国》，希望我为此写点文字。林兄是诗人兼学者，著述颇丰，又是眼光独到的编辑家。他选当年公开发表的作品，结集这样一本书，无论体裁和篇幅，也不论名家或凡夫俗子，只要能入法眼者即收。后来我写了篇《作家不能"生活在别处"》，载于《文汇读书周报》。令我意外的是，十多年来一直有人转载此文，使我惭愧而惶恐。检讨自己，这些年来我虽没有改变自己，却变得麻木而无奈了。

何为好作品，也许见仁见智吧。但有一点是共通的：作家必须直面真实，感受痛点与苦难。任何漠视底层的写作，要出好作品是不可能的。余华的现代经典《活着》，把底层人物的希望、痛苦、挣扎、哀伤、无奈、坚韧状写出来，令人震撼，作为长篇，短短十几万字，其人物形象之丰满，堪称典范。

中国有多少作家？至少数以十万或百万计吧。历代的文人墨客，我们能记住多少？对人类自身有关怀和悲悯的作家太少了！李白和杜甫都是伟大的诗人；但我更喜欢杜甫，更喜欢白居易。杜甫的"三吏""三别"，白居易的《卖炭翁》等篇什，每读一次，都能让人扼腕猛醒。那唐王朝的繁华，其实只是"皇亲国戚们"的。"兴，百姓苦；亡，百姓苦。"这才是历史的真实……

当下，几乎众口一词叹曰："出书买书都很难啊！"是的，读书的人少了。无论在哪里，也无论老少，满眼大都看手机；偶见捧读者，也许多为摆拍。但我想，只要良知未泯，是真诚的，其作品就不怕没有读者。

"悦书坊"重名家不唯名家，只是希望作品更有特点和个性，更好读，庄重而不一定崇高，活泼而不浅陋。题材风格不限，或关怀人生与社会，或发自内心的反省与拷问，不拘一格，挥洒自如。

是为序。

向继东

2023年6月14日

自序

一不小心,我被动甚至被迫知道了许多秘密,其中一些是重要且有益的,既包括识别人性也包括如何强大自己的身心,希望有更多人领悟到。

"文学比历史更真实",这是亚里士多德说的;法国历史学家保罗也认定,"历史是真实的小说"。

作为一名心理咨询师、湖南卫视《新闻联播》曾经的记者、律师执照持有者,写小说的时候,我也时常在真实和虚构中摇摆,甚至在生活中也会偶尔被幻想控制。

《你内心的兵荒马乱》写了这个时代中光鲜亮丽的人物,也深度剖析了他们埋藏在黑暗中的根底。一些故事简直有侵犯隐私的嫌疑,不过放心,我以律师的严谨态度做了很好的处理,除了当事人本人,谁也不知道究竟是在说谁,万万不要自作多情地对号入座。

小说中的女一号叶梦远是年轻美丽又分裂的女子——男人的最爱,而我心目中的女一号是优雅知性的女心理咨询师安如雪,她最大的纠结是自己没有遇到双向奔赴的完美爱情,心有不甘,总在考虑要不要离婚;男一号杜宇宁是帅气而又有战争经历的高级知识分子,安如雪对他一见倾心。除了一号人物,其余的角色一样拥有不寻常的故事,被噩梦缠住的社会精英、被人唆使试图害人的社会小白、不惜一切手段想要得到自己意中人的男人,诸如此类。

如果你想治愈"恋爱脑",如果你想获得身心双重健康,如果你希望过更好的生活,如果你想了解一些心理学的知识,这本书也许会带给你很好的思考,甚至答案。

曾经有读者说,她很喜欢读我写的书,但是有部分内容看不懂,这个反馈让我大吃一惊,确实很吃惊,因为,我时常怀疑自己的小说是否过分浅显、通俗,是否应该增加写作难度。

作为读过成千上万本书也写过十来本书的人(其中长篇小说《红唇》可以算我的代表作,目前依旧在各种渠道热销),我给大家一个有效的读书建议:不必执着于从头到尾按顺序阅读一本书,你可以找到你欣赏的人物、喜欢的内容,然后随意翻找查阅。如果一本书能够带给你一个难忘的人物和故事、能够带给你深受启发的观点;或者某些章节引起了你的共鸣,让你落泪、微笑,那么,你就值了,作者也值了。相比电子读物,我绝对更喜欢纸版书,那种执笔在页面上圈圈点点、写写画画的乐趣,是无法替代的。

这本书定稿的时候,正值秋天,莲叶田田,紫薇花一茬又一茬地开放,倔强地践行着"百日红"的宣言。2024年这个秋天很特别,湖南长沙最高温度突破42°,据说是有气象记录以来最热的一个秋天。

希望天气不要太热，但这本书可以有热度，去帮助更多人提高对自身内外环境的认知。

最近经常看到一句话："除了自己，再无他人"，或者另一种表达，"四顾无他人，四下皆是我"，这话也对也不对，需要好好理解。

总之，祝愿大家心底温暖而有力量，能够极好地度过自己的一生。

晓梦

2024年9月12日于长沙

目 录

第一章　金色名单之一……………………001
第二章　让子弹飞一会儿……………………013
第三章　戏剧化的生活……………………051
第四章　金色名单之二……………………071
第五章　无爱婚姻……………………079
第六章　蝴蝶梦……………………093
第七章　那颗遇见的子弹……………………103
第八章　人性，复杂的人性……………………115
第九章　无果之恋……………………125
第十章　从沸点到常温……………………135
第十一章　截然相反的另一个……………………143
第十二章　金色名单之三……………………153
第十三章　男人180°……………………165
第十四章　苦苦纠缠……………………177
第十五章　情势突变……………………185

第十六章	我们常常爱上某一类人	203
第十七章	艳遇	215
第十八章	迟来的醒悟	223
第十九章	反目成仇	237
第二十章	山胡椒测试题	245
第二十一章	金色名单之四	251
第二十二章	爱与归属感的性别差异	261
第二十三章	懂得安放	273
第二十四章	春天和你的距离	281
第二十五章	蝴蝶梦醒	295
第二十六章	爱的代价	305
第二十七章	血案	313
第二十八章	幻影与伤痛	321
第二十九章	只有两个人知道的秘密	333
第三十章	临终之歌	347

跋　爱情在我们的一生当中占有多大的分量　356

第一章
金色名单之一

人类主体已经走过了国家、民族的动荡时期，我们现在更需要面对的，是每一个个体内心的兵荒马乱。

一　怪异的人

又一次半夜被血淋淋的噩梦惊醒。又一次醒来后无法入眠。

这个梦境中，罗慕雄梦见自己独自穿过挂满人类尸体的树林，其中一两具尸体似乎正在蜕变成恶鬼，伸出长长的糜烂而流着血的手想要抓住他。他吓得腿发软，想逃，却半天迈不开步子，苦苦挣扎着猛地醒过来，喘息一阵，看看身边熟睡的妻子，这个中年男人突然泪流满面。

为什么？为什么最近总是被噩梦纠缠？

清晨的厨房里，罗慕雄表情恍惚，举手投足很僵硬，怎么看都显得有些怪异。隔着几米远的距离，他年轻的妻子徐琼在餐桌旁，忧心忡忡地不时用眼角余光瞟瞟他。

罗慕雄盯着打开的消毒柜，把右手伸出去，似乎要取什么东西，手在空中停留几秒，缩回来；然后再伸出去，又缩回来。如此反复了好几次。

他索性不再伸手，只是眉头紧锁，紧紧盯着消毒柜，似乎这个普通的银灰色金属柜子里藏着什么古怪，使他看不懂，看不明白，无法下定决心。

作为一家大型安保公司的副总裁，四十五岁的罗慕雄不仅仅对自己的举动感到困惑，更是充满愤怒和失望。

是的，又愤怒又失望！他恨不得一拳把消毒柜砸个稀烂。

他当然明白消毒柜没有任何不妥，有问题的是他自己。

罗慕雄绝对不会告诉餐桌旁等着他一起吃饭的徐琼，此番如此纠结不安，竟然是因为他拿不定主意到底是要先拿筷子还是先拿碗。

高大魁梧的男子深深呼吸一次，用力打起精神。

先拿碗？先拿筷子！
先拿筷子？先拿碗！
……

罗慕雄的脑子里仿佛有两支部队在进行激烈的斗争，一支队伍命令他先拿碗，另一支则指挥他先拿筷子，两支队伍似乎都嚣张地威胁他要听从指令。

这委实太可笑了！一个身高一米八九、曾经说一不二的大男人，一个事业成功、儿女双全、娇妻在侧，一直被众人称赞为聪明能干的男人，竟然会对这种根本不是事的事犹豫不决！

这难道不是一种病态？

这是病得不轻！

问题是，向来好端端的，为什么最近会如此不由自主？

为什么？！

罗慕雄定定神，咬紧牙关，拿出壮士断腕般的决心猛地把手伸出去，这才一把抓起几支筷子。看着紧紧抓在手里的几支暗红色的红豆杉养生筷，这下子再去拿碗就非常顺利了。罗慕雄的眉头终于稍稍舒展开来，像捧着珍宝一样，捧着碗筷往餐桌走去。他不由得松了口气。

同时暗暗松一口气的还有徐琼，她并不知道同床共枕的丈夫夜里做了噩梦。

一大早，徐琼做好西红柿蛋汤，蒸好从超市买来的速冻蒸饺，端上餐桌。

这位比丈夫年轻十二岁的漂亮女人表现得够乖巧的了。徐琼生于1987年，属兔，但她觉得自己属牛，以前常常会有些执拗的牛脾气,最近已经聪明地收敛不少。

徐琼看起来漫不经心的,但刚才她一直用余光看着丈夫。凭着以前的几次类似经历,她相信自己已经看懂了他的困境,判断他应该是对拿餐具犹豫不决——尽管在正常人身上这完全不能称之为事,更不可能成为困境。

她的丈夫正变得越来越不正常,简直成了一个怪异的人。

客厅里的电视机开着,一位知性而漂亮的女心理咨询师正以特邀嘉宾身份对一个家庭主妇的提问做出解答,他们讨论的是青春期孩子叛逆的问题。徐琼心不在焉地瞥了那位心理咨询师一眼,她知道她的名字,安如雪。若在平时,如果有安如雪的节目,无论是探讨情感困惑还是青少年成长过程中的心理问题,徐琼肯定是会认真去看的,可是这个早晨不行,她的丈夫明显发病了,她没啥心情。

如果罗慕雄再不及时把碗筷拿出来,她上班就要迟到了。

徐琼是一家外企的中层管理者,担任公司财务部主管,公司由电脑系统全程监控,员工进门需要"刷脸"——站在人脸识别系统机器前报到。无故迟到一次将被上级警告并且扣100块钱,迟到两次扣200块,以此类推,一个月累计迟到五次扣除全月奖金。有合理原因迟到需要递交一份书面说明,审批之后可以免除罚款。没有特殊事情,谁也不愿招惹麻烦。

方才罗慕雄在消毒柜前纠结不已的时候,徐琼已在盘算,她要么假装若无其事地抢着去取碗筷——还必须假装确实什么也没注意到;要么借口想起什么急事,不吃早餐先走。反正,她就是不敢开口数落罗慕雄,完全不敢。

幸亏这几天她的父母带着两个孩子回了老家,不然人多嘴杂,这个早晨很可能又会爆发一场家庭闹剧。

她实在是受够了,却真的不敢唠叨自己的老公。

这里面当然有苦衷。

二　一幕幕闹剧

不敢数落罗慕雄有两个原因。

第一个原因是他们已经为类似的鸡毛蒜皮型琐事吵过好几回，而且吵得一次比一次严重。徐琼印象最深的有三次，都闹得人仰马翻。

头一回是因为停车。那天是周末，全家人坐着罗慕雄亲自开的奥迪车去公园玩。徐琼因为前一天夜里公司应酬喝了酒，不能驾车，一时又找不到代驾，于是自己打车回，她平常开的宝马停在公司的车库里。此番到公园大门之后，徐琼的爸爸妈妈带着五岁的小智和三岁的小美先下了车，徐琼正拿着手机处理一个公司急件，就在座位上没动，想等罗慕雄找到车位把车停妥再下。没想到这一等，居然磨了十几分钟。罗慕雄竟然反反复复把车在停车位上开进开出、摆来摆去，想要把车停得他认为的"正"。徐琼以及车外的保安无数次说"可以了"，可罗慕雄完全无视他们的劝说，一次又一次重新停。徐琼一生气，自己打开车门跳下去，不小心摔了一跤，膝盖擦破了皮，虽然没有流血，但是生疼生疼。她爬起来，气急败坏地大声叫道："你神经病啊！"结果罗慕雄非但没有愧疚之意，反倒瞪着有点发红的眼睛大声吼道："你才神经病！你有没有常识？车都没停稳，跳什么跳？等下你自己打车回去，别坐我的车！"夫妻俩平常关系实在不错，很少吵架。这次徐琼气得再说不出一句话，扔下老老小小，掉头一个人先回了家。两口子第二天才又慢慢和好。

第二次是因为换衣服。一个周末，罗慕雄要出门参加公司的应酬，要在酒桌上谈事。他已经穿了件衬衫，居然为自己究竟是外搭西装还是夹克衫而焦虑不安。一下子把西装拿起来，一下子又把夹克衫拿起来，大半天举棋不定。一旁躺在床上玩手机的徐琼忍不住脱口说了一句："都可以啊！这西装是休闲西装，夹克又是商务型夹克，随便哪件都没关系。"结果罗慕雄却大发雷霆，把两件衣服通通丢在地上，还气急败坏地踩几脚，然后从衣柜里另外拿一件薄款风衣套上，气哼哼地走了。这表现实在太恶劣了！和他平日的可亲可爱形象判若两人。惊呆了的徐琼委屈得满眼泪水，整天都不开心。尽管两天之后罗慕雄主动道歉，两人重归于好，徐琼还是暗下决心，以后要设法减少两人间的冲突，为这样的小事情影响夫妻感情实在挺愚蠢。

　　第三次是因为抱孩子。那天罗慕雄下班回家，一开门，小智和小美像往常一样，争先恐后跑过去，嘴里大叫："爸爸，抱！"平常罗慕雄有时先抱这个，再抱那个，有时一把就把两个孩子都抱起来。可是这一天，他却站在那里，手足无措，像个陌生人，一下子想对这个孩子伸出手，一下子想对那个孩子伸出手，脸上的神情也是既焦急又尴尬。小智毕竟高大得多，一下子扑到爸爸怀里，小丫头小美"哇"地就哭起来。这种情形平常也发生过，罗慕雄以前的做法是马上腾出一只手抱起小美，笑呵呵地安慰她。但是这一次，他居然对着小美凶道："哭什么？一点点小事就哭哭哭！"小美哭得更厉害了。外公赶紧去哄小美，罗慕雄生气地把小智往地上一顿。可能他用力太猛，这下小智也委屈得大哭起来。徐琼无动于衷，只是冷冷地把这幕闹剧完全看在眼里。她自己因为上班时文件打错一个字，挨了老板批评心情没那么好，因而没有及时出手救场，结果整个家里闹成一团。当时她觉得这日子简直没法过下去！

　　此后，徐琼冷眼旁观，类似的事件不时会出现，频率大约是半个月一次。比如去超市，罗慕雄有本事在一个货架前站二三十分钟，看他的神情估计是为到底要或者不要哪样东西而纠结不清，徐琼一开口罗慕雄就发飙；比如朋友邀约喝酒，罗慕雄会出门又回来，回来又出去，反复折腾好几次。

平常还好，罗慕雄还是原来的绅士，然而只要一到这种时刻，罗慕雄就眼神发直、表情恍惚，显得特别苦恼、纠结，谁要胆敢出声指正，他必定暴跳如雷。

起初，徐琼以为是罗慕雄在事业上遇到什么压力导致精神恍惚因而出现这种情况；直到发生了六七次类似事件，徐琼才突然意识到，应该不是压力这么简单，自己的老公一定是出问题了。

绝对有问题！只不过她一时弄不清楚究竟是什么问题。

于是每当这样的情景降临，徐琼什么也不敢说，也不知道该怎么做。

不敢数落罗慕雄的第二个原因相对复杂，有两个因素，一是近来发生的一起震动全国的新闻事件，二是一张金黄色的纸条。那条新闻实在令人惊恐，而徐琼偶然在罗慕雄包里发现的那张金色纸条又很奇怪，思前想后，徐琼把真实的新闻事件和那张纸条联系起来，她内心的恐惧就更严重了。

她心头常常一遍又一遍地浮现这两个也许真有关联的事物。

三 血案新闻

那起新闻事件大概是这样的，2019年12月22日，一起血案震惊众人。中国南部某县安保人员陈某持枪杀死两人后潜逃，杀人和追逃的消息在手机里通过微信传得沸沸扬扬，有的微信群里竟然可以看到追逃过程中现场拍摄的血淋淋的真实视频，着实令人心惊。

据说这位46岁的保安陈某自己不会开车，叫来单位平常打交道的签约车主，这名保安坐在副驾驶位置上，手里拿着一张写了二十来个名字的纸，按顺序打电话，把人喊到车上来。人一上车刚坐下，陈某就开枪，司机见状吓得浑身发抖、眼睛发直。在陈某枪杀第二名男子之后，司机已经完全吓傻了，幸亏惊吓之余还本能地产生了逃跑的念头。恰好一辆卡车停在路边，司机故意开车朝卡车撞过去，趁着陈某惊慌，司机立刻打开车门跑了。陈某知道事情败露，也赶紧逃窜进大山。此事一出，当地哗然，公安系统集中几千名警察展开搜捕行动，同时安排特警带着警犬搜山。

这件事闹得当地妇孺皆知，人人如临大敌，不少人甚至不敢出门。

两天以后，一名农妇在自己地里拔萝卜时发现旁边地窖里有陌生男人在烧火烤红薯，联想到杀人犯潜逃一事，她赶紧回家报警。警方立刻赶来，此人果然就是陈某。被捕前陈某妄图自杀，朝自己头部开枪，却没有命中要害，只是打坏了自己的左眼，然后束手就擒。

网上马上流传消息说陈某有过抑郁症和脑出血的病史，出现这种事很可能是陈某精神有问题。

这条新闻看得徐琼心惊肉跳。她立刻想起一件事，几天前，她在罗慕雄的公文包里，居然也发现了一张写着九个名字的金黄色纸条，而且那些字还是用红墨水写的。

这份名单究竟是什么意思？名单上的人跟罗慕雄有什么过节吗？

联想到这条新闻，徐琼吓得以手抚胸，自我安慰，喃喃道："不会有事的，不可能有事的！"

发现那张金色纸条纯属偶然。

那时罗慕雄在浴缸里泡澡，徐琼在客厅逗小美玩，来了一单需要货到付款的快递，是徐琼下单买的一件雾霾蓝双面羊绒大衣，价格两千八百元。雾霾蓝就是蓝色里面加一点灰色，这两年特别流行，而且这件大衣蓝得很高级。徐琼担心图片颜色跟实物不一致，就选择了货到付款的支付方式，万一色差实在太大还可以拒收。当然她平常很少这样做。

拆开包裹一看，简直是一眼惊艳，这件大衣的质地和光泽感都很高级，非常漂亮，徐琼很满意。

徐琼手机快没电了，于是决定用现金，而她钱包里钞票不够，就隔着浴室门对着罗慕雄喊了一声，说要从他的钱包里拿六百块钱。罗慕雄不耐烦地答："好吧！"这个家庭算是不差钱的，也从来不会因为钱的事情闹矛盾。徐琼从罗慕雄的公文包里取钱包的时候，无意中把一张折叠好的金黄色纸条带了出来，掉在地板上。徐琼愣了一下，突然产生好奇心，打开金黄色纸条一看，上面的字竟然是用红笔写的，文字内容显然是九个姓名，其中有两个人她认识，一个是罗慕雄的初恋情人黄萍，一个是罗慕雄的堂弟罗慕文。其他几个名字，从字面判断，应该是有男有女，比如，"杨芳喜"大概率是女性的名字，"李浩然"，想来该是一个男人。考虑到自己的丈夫近期行为反常，徐琼留了个心眼，用手机把这张纸条上的内容拍了下来，然后把纸条尽量原样放回。她不敢让罗慕雄知道她发现了这张名单。

名单上的人，究竟跟罗慕雄有什么关系？罗慕雄会不会像那个陈某一样，也要去杀人呢？这个想法一冒出来，徐琼赶紧连声"呸呸呸"，努力打消自己的念头。

她知道不能直接去问罗慕雄。这段时间他几乎是个火药桶，徐琼根本不敢去碰。

得要找些别的办法。

必须要找别的办法。

四　美人

是时候了，必须去找心理医生。徐琼的想法越来越坚定。

有天在家里吃晚餐的时候，罗慕雄为到底要不要打开一瓶白酒纠结不已。徐琼不过说了句"酒还是少喝一点"，罗慕雄竟然把那瓶还没有开盖的酒直接朝垃圾桶扔过去，结果没有扔准，酒瓶掉在地上，摔裂了，满屋子白酒的味道。徐琼什么也没说，泪流满面地快步离开桌子，本来打算赌气冲出家门，想想算了，转身进了卧室。两位老人见状，也不敢吱声，只是带着小智、小美进了书房。罗慕雄既愧疚又绝望地抱着脑袋呆坐在餐桌旁，他相信自己的脑子里一定进了鬼，不时跳出来发作，使得他一次又一次失控。

后来两人和好一起喝茶的时候，徐琼婉转地说自己睡眠也不好，想要罗慕雄陪她一起去医院看神经内科，或者去找心理医生。罗慕雄马上变了脸，一言不发，把手里的茶杯摔在地上，碎片横飞，茶水四溅，然后铁青着脸走开了。

徐琼根本没想到自己的老公竟然会有如此激烈的反应。这日子还要不要过？她惊愕了好一阵，生生压下心里呼啦啦直往外冒的火，忍气吞声地把碎片收拾好，此后不再跟他提起心理医生这个话题。

她知道自己必须采取措施，至少她可以一个人先去找心理咨询师说明情况。

几乎没有任何犹豫，徐琼决定找电视上见过的心理咨询师安如雪。

此前，徐琼很多次在屏幕上看到过这位知名女心理医生的样子，车载收音机里也听到过她的节目，还经常在微信朋友圈里看到朋友们转发她的原创文章，其中有一句话，徐琼几乎可以背下来：人类主体已经走过了国家、民族的动荡时期，我们现在迫切需要面对的，是每一个个体内心的兵荒马乱。爱情、背叛、破产、重病，那些令你痛不欲生、以泪洗面的伤心事，是你一个人的战场。

"每一个个体内心的兵荒马乱。""一个人的战场。"

概括得多么好！那位杀人的陈某，以及自己的老公，还有最近网上流传的带着两个几岁的娃跳楼的家庭主妇，不都是因为自己心理出了问题而导致身外的环境大乱吗？

有的事看起来很小，然而无数只蚂蚁可以啃噬掉一整头骆驼。每一个人的内心，都会有程度不同、类型各异的兵荒马乱时刻。

午休时，徐琼在办公室的电脑上上网，搜索"安如雪"三个字，很容易就在网上找到安如雪的助理小袁的联系电话。她拨通号码，预约好咨询时间。小袁的声音年轻甜美，像雨后森林里清脆的鸟鸣，令人印象深刻。

尽管要去见心理医生令徐琼忐忑不安，但这总比目睹自己的丈夫一次次莫名其妙简直是原地爆炸要好。何况这精神爆炸的杀伤力正越来越强，每次罗慕雄发作，家里老人孩子都变得惊慌不安。她要尽力保护自己的每一位亲人。

心理咨询师安如雪，是否真的能够成为救星？徐琼忍不住揣测，这位知名专家，这个依然年轻的知性美人，是否也有自己内心的兵荒马乱呢？

眼看快要下班了，徐琼开始整理桌上略显凌乱的办公用品，她的老板带着一个年轻漂亮的女人出现在办公室门前，匆匆说道："徐主管，麻烦你给这位叶梦远小姐结一下余款，我们公司从她手里买过一百箱红葡萄酒，当时只付了一半货款。"

徐琼有些错愕，公司买接待用酒这件事她记得很清楚，是老板交代她经办的，当时谈好的条件是余款一年之内支付，而现在才过去一个月。她于是试探着问："老板，您是说什么时候结算？我记得当时谈好的条件……"

老板打断道："马上，现在就开支票。"说完也不解释，转身离开，毫无回旋余地。

徐琼只得应道："好的。"她不由得暗忖，这位被唤为"叶梦远"

的年轻女子，除了漂亮，究竟还有什么特殊的魅力，竟然使得一贯喜欢拖延付款的老板愿意急巴巴地提前结账？

那叶梦远穿着件流苏裙摆的粉紫色旗袍，既传统又时尚，既端庄又性感，袅袅走到徐琼办公桌前，微笑着说道："徐主管，给您添麻烦了。"声音相当悦耳，真真是莺声燕语，余音绕梁。

徐琼此前已经见过这位二十几岁的大美人，发自内心地承认叶梦远确实可以靠脸吃饭，拥有那种连女人见了都忍不住要盯着看的超高颜值。此时，趁着叶梦远低头在包里找身份证，徐琼不由得认真研究起眼前这张俏脸来。白嫩细腻的皮肤、形状好看的嘴唇、高挺的鼻梁、大眼睛，这些都是美女标配；稍显与众不同的是她的睫毛，密密的、长长的，但它们不是微微上翘，而是有些微下垂，如同被折伤的蝴蝶翅膀，可怜兮兮地耷拉着、颤抖着，这样的睫毛更容易让人心生怜爱。叶梦远拿出身份证一抬头，眼神跟徐琼碰了个正着，赶紧垂下了受伤的蝴蝶翅膀。

边开支票，徐琼边想，这个眼神明显有些躲闪的年轻女子，内心应该也有自己的兵荒马乱吧？肯定有吧？

第二章 让子弹飞一会儿

世人只知平凡而鲜见传奇，传奇当然是有的，只不过需要智慧和信念，需要一点一点在平凡中积聚，直至裂变，方能呈现。

一　心理咨询师的迷失时刻

"您是安如雪老师吧？我好怕，真的害怕极了。在我身上发生了一件恐怖的事情，太阳底下，只要我张开嘴，用点力气，就会吹出好多泡泡。就是小孩子玩的那种泡泡，五颜六色，但它们是从我嘴里飞出去的。我是不是得了什么怪病？"

一大早，心理咨询师安如雪的手机打进一个陌生电话，一个年轻女孩子低声哭泣着，断断续续如此诉说。

女孩子的表达非常自我，根本不需要别人回应，一次性就把自己想要讲述的内容说完整了。安如雪本来想打断她，但是不知道什么原因，她那被职业淘洗而变得稀少的好奇心被激发，对这个女孩子的声音和措辞充满疑惑，于是沉默着听了一阵。

嘴里会吹出泡泡？是真是假？难道这个人真有什么特异功能？还是说所谓的嘴里吹出泡泡仅仅只是她的臆想，只是内心一种神秘的隐喻？

安如雪拿着手机听着，简直觉得这个声音不是来自地球，而是来自深海，甚至遥不可知的深空场。她不认识这个女孩子，不知道此人通过什么途径找到她的私人电话，如此鲁莽地打过来。

这不是一个专业的、专享的咨询氛围，安如雪心不在焉，平静温和地回应道："呃，抱歉，我不知道你是谁，也不是太清楚你说的究竟是什么情况，而且，我现在，嗯，有事，不在状态。请你打电话给我的助理预约心理咨询好吗？"

"那，好吧！"对方犹豫了一下才回答，语气里有些无奈和不甘。

无论如何，此人应该是有要咨询的诚意，可安如雪此时无心深究。

安如雪这几天确实不在状态。

最近一定有什么特别的事情就要发生。

很特别，应该会特别到对这位年轻的心理专家形成某种挑战。

安如雪，眉目清秀，气质优雅，比较耐看，她的外表倒是具备一名优秀咨询师应有的条件；至于此人目前是否拥有同样优质的精神内核，尽管她既是心理咨询师又是畅销书作家，要做出判断仍然一言难尽。

据说当一名心理咨询师，外貌过于漂亮或者过于难看都不行，像她这种中人以上姿色者比较合适。太漂亮了会过度地转移来访者的注意力，也更容易让他们移情，麻烦太多；太难看的话，容易让人起排斥之心。

就在昨夜，半夜梦中醒来，安如雪居然好一阵子想不起来自己究竟是谁。

这种情况实在令人诧异。几年前刚生完孩子坐月子的时候，身体需要深度修复，睡眠太深，倒是曾经如此。

她的心底回味着这种极少出现的感觉——相当程度的自我迷失，短时间内不知道自己是谁。

真是件非常古怪的事情。

不就是几天前遇到一个男人吗？难道那个偶然遇见的男人身上携带着无法描述的巨大能量不成？

此刻，安如雪坐在"星城安宁心理咨询工作室"，电脑一遍遍单曲循环播放一首名为《传奇》的歌。

很多时候，世人只知平凡而鲜见传奇，传奇当然是有的，只不过需要智慧和信念，需要一点一点在平凡中积聚，直至裂变，方能呈现。

这位咨询师什么也不干,就一直神情恍惚地听这首歌。音量恰到好处,刚好够她一个人听清楚,不至于干扰隔壁其他工作室的人。

小袁来送茶水的时候听到这歌曲,本来想感叹两句,说自己也喜欢这首歌,然而看了一眼安如雪迷惘的表情,这位 90 后的机灵姑娘识趣地没有开口。虽说安如雪生于 1985 年,比小袁年长 12 岁,刚好一轮,然而现在的大姐姐小姐姐们都比较重保养,也比较会保养,很多时候,从表面来看已经很难准确判断出她们的年龄。如果心理年龄够年轻,够有弹性,那就更不好说了。不过,一个人的精神状态、阅历,多少还是可以从气质中呈现出来。在安如雪面前,小袁常常产生两人同龄的错觉,但她对自己的老板还是非常恭敬的,见此情景,她悄无声息地退了出去。

反反复复,不厌其烦,一遍遍播放。安如雪觉得如此沉迷在音乐中的感觉也还不错。

歌星王菲天籁般的声音仿佛黑暗中发光的金属,极具穿透力。

> 只是因为在人群中多看了你一眼,
> 再也没能忘掉你容颜。
> 梦想着偶然能有一天再相见,
> 从此我开始孤单思念。

这样一首歌,为什么会让安如雪如此意乱情迷?原因很简单,因为它简直就是为她遇到那个人而写,歌词、曲调,仿佛为这次相遇量身定做。

那个男人让她芳心大乱,让她生平第一次犯了花痴,使得她的心魂四处游荡,收不回来。

而这首歌似乎在为她招魂。

歌声中，安如雪觉得自己的肉身似乎融化了，心里的一个坑洞在一点一点扩大，那个坑洞平日里时常会有忧伤奔涌，总也填不满，此刻更是大得只留下坑洞本身，而她自己整个人都不见了。

她就这样找不到自己。

醒着的时候都找不着北，睡着时就更不用说了。

歌声中，终于，她的意识慢慢回来了，她重重地呼出一口气，把身体绷直，然后痛下决心，伸手关掉了音乐。

音乐戛然而止，安如雪也似乎猛地醒来。

也许真的是这首歌把她的魂魄带走，又送回来。

这时候已经是早上八点五十分，安如雪终于挺起背脊，叹息一声，端起小袁送来的茶开始喝，却觉得那茶的味道有些奇怪，接近茶叶长霉的味道——但比这种味道更复杂，于是皱皱眉把茶杯放在一边，不再喝。

安如雪连续做了几个深呼吸，算是逐渐进入工作状态。

她打算稍微熟悉一下将要面对的来访者，于是翻看来访登记本。有几例是长程心理咨询来访者，是来治疗深度抑郁症的，相关资料安如雪烂熟于心；另外两位是新的咨询者，一位叫叶梦远，一位叫徐琼。

助理小袁准备了两份记录，一份是电子档，一份是手写的，字迹娟秀：

叶梦远，女，25岁，有姿色、有知识、有资产，她声称自己花蝴蝶一般在男人堆里穿梭，把男人们玩弄于股掌之上。叶梦远还特别介绍说她和姐姐是双胞胎，姐姐名叫叶思遥，在大学担任英语老师，是她心目中的偶像。叶梦远刚刚遭遇了一场可怕的意外。

  徐琼，女，33岁，其丈夫近期行为反常，很容易情绪失控，发作时接近崩溃，但他本人拒绝看心理医生，她只好代来咨询。

  通常心理咨询来访者提供的名字，有真有假，只是一种称呼方式。不过，找安如雪咨询的人用真名居多，也许是出于对她的信赖，或者说，是对她名气的盲从。

  小袁还口头补充说，叶梦远和徐琼都可以算安如雪的粉丝。叶梦远是读了安如雪的书，然后通过网络提供的线索找上门来的，她在电话里指名要见安如雪，自称是安如雪几本新作《红唇》《我用什么来安慰你》《谁的心中不曾有伤》的读者。另一位叫徐琼的，也在电话里说一直通过各类媒体关注安如雪。

  小袁讲述的时候，安如雪盯着纸上的五个字：可怕的意外。会是什么样可怕的意外？

  安如雪无法判断这些简单的信息背后，究竟隐藏着什么样的事件。那位名叫叶梦远的女孩子还只是一个轻飘飘的影子。

  两位来访者都还只是幻影。

  而她预感中即将发生的事情，也是虚无缥缈的。

二　孤儿感

  这些年，安如雪明明父母双全，也有兄弟姊妹，却总觉得自己像个孤儿，甚至像孤魂野鬼一样东游西荡。她一直在寻找一个精神处所，用来安放自己的灵魂。这所谓的处所，也许是一个和她相爱的人，也许是一件事。反正要可以让她安下心来。

  但总是找不到。

  丈夫王子健不是这处所，婚姻不是，连事业也不算——她对事业并不过分专注，只是尽可能用心对待，当作一种谋生手段。

孩子倒是可以让她开心和安心，但是孩子终归只是孩子，他的小小灵魂都需要安放在安如雪身上。她很爱自己的孩子，但孩子无法跟她进行灵魂层面的沟通与交流，无法给她带来归属感。

安如雪很清楚，从理论上来说，精神上的东西，不应该向外寻求，而应该向内，向自己的内心去探索，以自我的身、心、灵为探求方向。然而实际上，她目前还做不到。

她总是忍不住一次又一次向外张望，看看这人来人往的尘世路上，有没有一个可以跟她心思相通的人。

她一直觉得自己要求并不高，只不过是要找到一个这样的人，他们相亲相爱、彼此珍惜，就像古诗里写的那样：执子之手，与子偕老。

谁能说这样的要求真的很高呢？

可谁又能确定这个要求不算高呢？开玩笑，在这样一颗飘浮的蓝色星球里寻找段位更高的另一个自己，怎么可能很容易。

也许是她内心深处关于情爱的能量囤积得太多了，而现实生活中，她遇到的恰好合意的爱却太少了。从小时候起，她就觉得自己缺乏父母之爱，野花野草般生长——当然，她这个时代，是通常所说的社会转型期，父母都在拼命打拼，无暇顾及孩子，可以在童年时期得到足够父母之爱的人，可谓凤毛麟角——及至成年，又一直没遇到过真正适合她、可以好好来爱她的人。

人群熙熙攘攘，身边认识的人也以千万计，她居然就是无法找到一个恰好的人。

有过喜欢她甚至为她深深沉迷的男人，但她并不上心；有过让她动心的男人，但别人并没有像她渴望的那样将她视若珍宝；还有过一个他们彼此接受的男人，可是，那个男人太花心，安如雪在他面前总是心神不定、胡思乱想，最终只好分道扬镳。

一直是这样阴差阳错。

拖到年近三十,不能再拖,在父母的催促下,她平静地接受命运的安排,和一名偶然认识不久的中学老师王子健结婚了。烟火人间里一桩没有太多趣味的平凡婚姻。婚后,小夫妻很快有了一个可爱的男孩子,这个男孩子是安如雪对自己婚姻不后悔的理由、唯一的理由。而她内心期待爱情传奇的念想根本没有死,甚至随时在蠢蠢欲动。

于是,她的生活在平静的外表下,随时可能掀起波澜。

安如雪的脑子里一再闪现出几天前见过的那个男人的身影,就是他的出现轻易搅乱了她苦心经营的表面平静。

其实只知道他的名字——杜宇宁,其实只是见到了他的音容,其他的一切,一无所知。

不过是一个看起来不错的中年男子,在一场寻常的饭局中,偶然出现。

然而从她看到他的那一个瞬间开始,他就如同宝石一般发着光,强烈地吸引了她的视线——她似乎忽略了一点,闪光的有可能是宝石,但,也有可能是锋利的武器——刀光剑影,会把她刺伤。

可是吸引她的究竟是什么?她多次自问,没有找到答案。

此刻,时间不允许她深究,她逼着自己把杜宇宁的影子藏起来,把内心渴望爱情、对现有婚姻满怀遗憾的念头按下去,振作起精神,重新成为星城知名的心理咨询师,开始考虑咨询方案。

心理咨询师也有一时打不开的心结。这没什么不对劲,人人都有自己的问题,心理咨询师也一样。

没有人是完美的。

但是在前几天的饭局上,安如雪邂逅的那个男人看起来几乎接近她心目中定义的完美。

看起来是这样。

那场寻常的邂逅,竟然如此令她心神摇荡,一遍遍怀想。

三　光束中那个人

　　她以为那只是一个普通的饭局而已,就只是朋友之间的应酬,她完全不知道在自己的精神领域,那是鸿门宴,暗藏"杀机"。当然,这样来比喻也许言过其实,但安如雪自己的感受就是如此。

　　如果安如雪能够预见未来,如果时光能够倒流,她应该不会参加这个饭局,也就不会遇到杜宇宁。

　　是她的闺中密友兼文艺女青年江若水非要把她拉过去。果然是有什么样的朋友就有什么样的命运。

　　江若水虽然文艺范,但她赖以谋生的却是青少年增高产品,一个韩国保健品牌。江若水正儿八经注册了公司,自己任法人代表,人人称她江总。虽然这个时代在姓氏之后被冠以"总"的人实在是太多了——楼下只有一家小门面的盒饭店老板阿段也被人称"段总",开洗衣店的张阿姨也会被称为"张总",大家似乎都乐于接受这样的称呼。当然也有人会开玩笑说,"别喊我总总总,我哪里都不肿"。——南方人是不分卷舌音的。

　　那次,江若水的公司举办推广活动,安如雪以心理专家身份应邀出席。几句话下来,仿佛对暗号一般,两人一见如故,尽管她们年龄相差七八岁,此后居然也成了无话不谈的好朋友,安如雪还在无意中成功地把江若水变成了心理学的发烧友。

　　"妆不惊人死不休",这是江若水的人生信条之一。每天不仔细化好妆她绝对不会出门。而安如雪虽然也还注意自己的形象,但她总是一脸素颜。江若水总苦口婆心劝安如雪,她说安如雪五官端正,气质又好，稍加装扮，肯定是让人眼前一亮的美女。

安如雪笑着答："我宁愿别人说，这个女人稍稍化点妆就是个美女，也不要别人说，这个女人看起来也还漂亮，但那都是化妆品的功劳。"

当然，这种说法只是一个玩笑。安如雪觉得自己不喜欢化妆的真正原因是，化妆实在比较麻烦，她不愿意成为化妆品的奴隶。她有好几个女朋友都是这样，化妆成了习惯，如果哪天不在脸上涂涂抹抹，就连门都不敢出，对自己没半点自信。安如雪并不是完全排斥化妆，而是，她不想把时间耗在这件在她看来微不足道的事情上。至少现阶段如此。

虽然不是什么让人惊艳的美女，但安如雪对自己的外貌倒也毫不自卑——不断有人告诉她，她的气质非常好。

安如雪有个可圈可点的观念：一个女人，看待自己身形外貌的态度，应该是永远相信自己是这世上独一无二、不可替代的人，永远不要用其他人的任何标准来要求自己。不必要求自己应该眼睛大、皮肤白、曲线美，而要喜欢自己本来的模样。当一个女人试图以别人的标准来要求自己的身体时，这是不自信的表现，甚至是对自己的一种破坏和打击。诚然，可以想方设法让自己更美，也应该努力做最美的自己，但前提是时刻喜欢自己的样子。当然了，如果外貌实在对不起观众，又老想着出来混，还是应该尽量修饰自己，不要说化妆，就算动刀子都值得尝试。

一个人所共知却又不被理解的真相是，每个人都是一个独特的人。可惜，许多人都在努力让自己看起来像别人，或者让自己成为别人期望的人。

自觉自愿接纳自己，把自己做到极致的人，少之又少。

事实上，每一个被定义为幸福、成功的人，都是接受自己本来的样子，然后把自己经营得相当好的人。

那一天，安如雪和江若水本来是在一家中西餐厅边聊边吃套餐，她们时不时会聚一聚，不一定有事，就只是见个面聊聊天，兴致好的时候两个人恰好可以喝掉一瓶750毫升装的葡萄酒，对半分。

这次交流的主题是一位身患抑郁症的年轻女子在风景区跳崖身亡。江若水直言她实在无法理解那些自杀、寻死的人。她瞪圆了眼睛说："活着多好，只要活着，一切都还有希望；一旦死了，什么都没有可能了。"

安如雪倒是能够理解抑郁症患者的绝望情绪，因为她接待过十几例抑郁症来访者，还成功地治愈了其中一直坚持来咨询的好几位，治愈率大约是百分之六十。那些来过几次然后就不再露面的，究竟情况如何，她没有追踪，不得而知。她叹息道："抑郁症其实是一种身心都被破坏的疾病，如果治疗过程中能够对身体和心理双管齐下，真的是可以治好的；只不过必须找到有经验的咨询师，而且来访者自己必须坚持。这是一场持久战，过程还会有反复，不是短期内就可以见效的。"

两人边吃边聊，已经吃到一半，江若水接了一个电话，挂了电话之后就说要安如雪和她一起去参加另一个饭局。

"走走走，美女，别吃了，我们去做一件比吃饭重要得多的事情。不是，我的意思是，我们换个地方继续吃。"

"什么意思啊？"

"去认识一位著名作家，文华。你上次不是说想认识他吗？这会儿我的几个朋友跟文华在一起吃饭，主要是他们离我们不远。走吧，走吧。"

江若水说着，按铃买了单，然后拉着安如雪就往外跑。这次是江若水做东，当然她就是"主唱"。

去，还是不去？犹豫了几秒钟，安如雪决定跟着江若水走。因为她也想借这个机会跟那位作家聊聊,两个月前她读过他的书。那本讲述一个女人如何在当今社会取得成功的长篇小说,写得相当不错,曾经畅销了好长一段时间。她很惊讶一个男人以女性的视角来写东西,居然也可以如此天衣无缝。也许这是写作的魅力之一——成为一个自己想成为的虚拟自我。

安如雪跟在江若水身后进了包厢,她扫视了在座的每个人一眼,认出了文华。然而当她的目光再次聚焦,不经意落在一个陌生男人身上时,她突然怔住了。所谓的惊艳、过电,基本就是如此。

他明明坐在一群人中间,却让安如雪感觉他遗世独立又格外醒目。

在安如雪眼里,他带着光芒,像一个国王。

而且,这个人,真是好眼熟啊!眼熟到了让安如雪发呆的地步。而且,不只是眼熟,她一见了他,就从内心生出一种非常奇怪的感情——仿佛动画片里快速生长的藤蔓——对他的喜欢在顷刻之间疯长,想要跟他靠得很近。然而安如雪可以肯定自己绝对不可能认识他。

这究竟是怎么回事?

安如雪一下子想不起来在她过去的生命里,是否有什么人给过她如此奇特的第一感觉。这个时刻她确实没想起来。也许千千万万人中,才会碰到这么一个。对了,这就是传说中的一见钟情。不不不,比一见钟情"严重"多了!

怪不得人们会用倾国倾城来形容美丽的女人。倾国倾城,一切灰飞烟灭,只剩眼前这个人。

女人一样会遇到让自己如此震惊的男人。

假如她没有结婚,假如他也是一个自由人,他们之间会发生什么?

为什么会这样想？

安如雪有些惊疑。她绝对不是一个浅薄无聊的女人，但为什么会一见之下，就对一个男人产生如此明显的好感？因为他长得帅气吗？这肯定不是主要原因。这个中年男人固然很帅，五官俊朗、身材适中、气质不俗，假如他再年轻些，完全有条件成为影视明星。但这真的不足以打动安如雪，因为她经常去电视台以嘉宾身份参加节目，也常遇见一些男明星、男主持人，跟他们谈笑风生。她见过的帅哥太多了，此前并没有谁因为长得帅而让她如此怦然心动。

那么，究竟为了什么？因为他的身份？那就更不对了，因为她第一眼看到他就被他镇住的时候，她根本不知道他是什么人。连对方是什么人都不知道就被秒杀，这太厉了。

后来安如雪才找到答案。杜宇宁居然是一所高级军事院校的博士生导师，而且他上过前线，亲历战火硝烟。

再后来，安如雪饱受内心煎熬，在无数次痛苦的反思中，终于明白自己为什么对他一见倾心了。

其中有两个原因。一个是因为岁月沉淀在他面容里的一切，包括他经历过的纷飞战火、人生波折，已在他面容里贴上"成熟、睿智、刚毅"诸如此类的标签，那正是安如雪极其欣赏的。它们一起形成了某种看不见的强烈张力，或者说生物磁场，深深吸引了她。

另一个原因更重要，和安如雪曾经的一段恋情有关，这段恋情让她充满渴望却没有结果，那位男主角是一名英俊的刑警。只是，那段情感稍纵即逝，两人手都没有拉过，而且时光已经久远，安如雪一下子没记起这个人来。一句话，这其实就是"移情"的力量。移情是心理学上的一个概念，就是把对某一个特定的人的感情投射到另一个人身上。

也就是说，安如雪曾经深深喜欢过一个名叫严世平的刑警，但两人没有结果，是一个未完成事件，现在，她潜意识里埋藏已久的对帅气刑警的感情瞬间苏醒，而且转移到了杜宇宁的身上。杜宇宁成了严世平的化身，或者更准确地说，杜宇宁和严世平，都是她心目中理想爱情的化身。她幻想过千万遍的理想恋人，就是他们的样子。

所以一旦这样的人出现，安如雪就如同中了魔咒。

反正不管怎么说，这么多年来，安如雪终于再一次看到一个可以让她产生一见钟情感觉的男人。

为什么这种感觉在她的丈夫王子健身上如此寡淡呢？真是让人惆怅。

四　夫妻间的特别约定

安如雪是28岁的时候经人介绍认识王子健的，两人同龄，都属于他们所处时代的大龄青年。第一次看到王子健，乍见之下，安如雪心里有些泄气，因为王子健虽然个子很高、体形很好，是个中学老师，却长着一张娃娃脸，平时也不读书，脸上的神情看起来也简直幼稚得像个初中生。

安如雪后来才发现自己可能受父亲影响，有某种军人情结，一直对军人或者说有军人气质的男人容易产生好感。父亲般的成熟加军人气质，非常重要。

交往了几次之后，安如雪和王子健都觉得对方也还凑合，加上岁月不饶人，家里逼得紧，就去领了一纸婚书，一直这么凑合着过。

他们的日子过得平平淡淡，没什么生气，添了孩子依然如此。王子健这个人，性格比较平和，从来不会对任何事情进行主动的深度思考，而且对生活没有太多的要求和追求，人生于他，简直是做一天和尚撞一天钟。不过，他有一个天大的优点，那就是，他非常纵容安如雪，给了她几乎是绝对的自由。她要怎么做就可以怎么做，王子健从来不加以干涉。但，这无法满足安如雪的精神需求。她似乎没有感受到丈夫的存在，仍然觉得刻骨孤独，找不到安慰，内心依然充满痛苦。

最近，在安如雪的提议下，夫妻俩已经达成一个奇特的协议，可以这样概括：他们双方都要以最大的诚意善待这个家庭，维护家庭的正常功能；但同时，可以在绝不滥交的前提下稍稍留意一下其他人。如果一方真的找到真心相爱的人，另一方一定成全。如果找不到，那么，看在孩子的份上，两口子就认赌服输，一辈子凑合着过下去。好多家庭简直凑合都凑合不下去，一天到晚"战火硝烟"，不是也没离婚吗？

应该说能在婚姻内达成一个这样的共识，说明这对夫妻的心态是开放的、前卫的，也是对家庭、对彼此负责任的。从这个意义上来说，安如雪觉得王子健其实是个相当不错的男人。可是，他不错又能怎样呢？他们之间没有建立起良好的亲密关系，两个人即使分开一年半载，都不怎么想念对方。对安如雪这样一个渴望爱情的女人来说，这样的婚姻简直让她绝望。

那场饭局的第一个段落是，江若水这样向大家介绍安如雪："我的闺蜜，安如雪，名副其实的美女作家，很快就有新书面世。"大家用酒杯敲桌子，纷纷向安如雪敬酒。

然后江若水就把安如雪撇在一边，跟那位名叫文华的男作家聊得火热。安如雪看了文华一眼，觉得他是个其貌不扬的中年人，很镇定很稳重的样子。假如不是因为有杜宇宁在，安如雪一定会参加江若水和文华漫谈的"神仙会"，毕竟他们是同道中人，这样的交流对彼此都是有益的。不过，有了杜宇宁，安如雪的注意力就完全被他紧紧抓住了，无暇再顾及旁人。她困惑地、不时悄悄地注视杜宇宁——非常小心翼翼，免得被他发现。

你究竟想干什么？安如雪觉得自己心底有个恼怒的声音在气急败坏地责备她。她吃了一惊。但她无法管住自己，眼光不时朝杜宇宁飘过去，又飘过去。

这次饭局是杜宇宁做东，他表现得非常周到，不断殷勤地向每一个人的杯子里添红酒。喝完一杯后，安如雪推说嗓子哑，不能再喝，杜宇宁嘴里说着"再喝一点点"，但是并没有放过她，坚持一视同仁。当然，杜宇宁这样做，只是出于他为人处世的习惯，并不是刻意对她表示友好。这一点，安如雪心里是有数的。

尽管安如雪长得也还耐看，但座中几个年轻漂亮的美女，若论相貌，都不比安如雪逊色。大部分男人是视觉动物，杜宇宁似乎也不例外，所以，他并没有对初次相逢的安如雪另眼相看。

喝酒后，杜宇宁请大家去唱歌，下午场。

不知道为什么，安如雪想逃。

五　花痴

是真的想逃。

后来安如雪寻思，其实那时候如果她真的逃跑还来得及，如果她真的走了，就不会有后来的故事，更不必受煎熬之苦。

不过，遭受劫难也不见得就是坏事。一位知名作家曾经说：没有什么发生在作家身上的事——不管多快乐或多悲惨——会是一种浪费。何况，不寻常的事通常会带来不寻常的收获。

而那时候，安如雪居然在暗笑自己想逃跑的念头。为什么要逃？也许她怕自己被误以为是花痴，或者，她怀疑自己是不是真有花痴嫌疑。

所谓花痴，是指对异性过于迷恋的人，而且通常用来形容女人。

安如雪见识过真正的花痴。某次，好多年前了，她和她长得最帅的一任男朋友走在街上，突然一位陌生的中年妇女走上前来跟她的男朋友说话。男朋友以为安如雪认识这位妇女，便停下来听她说；而安如雪又误以为这妇人是她男朋友的熟人，于是，两人同时止步。但是他们都没听清那位妇人的话。于是安如雪再问她："你刚才说什么？"那妇人笑嘻嘻地指着安如雪的男朋友说："他是我弟弟。"安如雪吓了一跳，慌忙往后跳开了一步。那是在她的家乡，男朋友从外地来看她，而且她知道他根本就没有姐姐，可见这妇人精神有问题。

后来，安如雪才知道，这就是传说中的花痴。

统而言之，花痴往往表现为"钟情妄想"，一见到仪表堂堂的异性就爱慕不已，严重的患病者坚信别人爱上了她。

当然，花痴这个词，流传到现在，基本上已经成为一个褒义词了。因为，敢于表达自己内心感情的人，至少是勇敢者。

花痴之说，只是安如雪自己跟自己开的一个玩笑。然而从心理学的角度来说，所有的玩笑都有真实的成分。

当时安如雪确实言不由衷地说要走。她说她感冒了，嗓子哑，唱不了歌，要先离开。江若水没作声，因为她知道安如雪我行我素惯了，往往说走就会走，所以不准备留她；但是杜宇宁却挽留，也许只是出于礼貌。他说："不要走，不要走，谁都别走，不能唱歌就留下来鼓掌，给唱歌的人加油。"

安如雪于是真的没走，尽管她没有觉得他是刻意留她，尽管这个挽留的理由实在不怎么有吸引力。

不过，如果不是因为这一拨人里面有杜宇宁，如果不是杜宇宁加以挽留，安如雪肯定就走了。她只认识江若水，而且对于跟一堆不怎么熟识的人唱歌兴趣不大，何况，她真的感冒刚好，嗓子还没恢复过来。

她知道自己是为了杜宇宁而留下的。

那时候谁知道杜宇宁有潜力成为罪魁祸首？

安如雪和他们一起进了KTV包厢。她坐在一边喝茶，听大家唱，眼神不听使唤地留意着杜宇宁的动静。

他来到她身边敬了两次啤酒，只是出于客套，他还同样出于客套要她无论如何得唱一首歌。他说："你怎么心事重重的样子？朋友们在一起，就是要开心一点。"

安如雪回敬道："你以为你就很开心吗？你好像也有心事。"

杜宇宁笑道："这都被你看出来了。"

安如雪也笑："有心事，就是有故事。改天听听你的故事。我书里写的许多故事都是听来的。"

杜宇宁答："这个倒是很容易。我的故事太多了，而且非常曲折，甚至称得上传奇。下次一定好好讲给你听。"

就这样，他们互相留了电话号码。

安如雪后来反复回忆，可她怎么也不记得是谁主动要号码的，也许是她自己？也许是他？至少她心里很想知道他的号码。其实她很少和刚认识的人留电话。

于是，唱歌、留电话，成了饭局的第二个段落，接下来还有后续。

六　被泼凉水

杜宇宁亲口承认被看出来也有心事的那一瞬间，安如雪颇为自得。毕竟，她认为自己是个不错的心理咨询师，能够读出某些隐藏的信息。

可是,她真的不错吗?安如雪对于这个问题颇有些踌躇。

如果说她不优秀,那是睁着眼睛说瞎话。那么多通过她的博客或者来访者口口相传找到她做心理咨询的人,难道人家是傻子吗?一小时1000元,安如雪的收费标准实在不算太低。如果她的咨询没有效果,别人是不会来找她的,而且有好几个人是做长程的心理咨询,一做就是一年半载,每周来看她一次,一次一到两个小时。效果不好,谁会把钱白白扔进水里?还有一位年轻女孩子,她说安老师是她的底线,生活中遇到难题时她实在受不了,就会来找安老师咨询。

但如果说她很优秀,安如雪似乎觉得是问心有愧,因为她自己的问题目前都没有得到妥善解决。现阶段对她来说最严重的心结是,一方面她仍然对爱情过度渴求,另一方面她一天到晚在考虑到底要不要离婚。也就是说,她认为她的婚姻里没有爱情。如果不是考虑孩子的因素,她和王子健的婚姻早就瓦解了。

事实上,从心理学的角度来说,如果一个人过度渴求爱情,其实也是一种心理疾病。说明这个人内心有太多欠缺,想要用爱情这类虚幻的东西来弥补。而事实上,这很难行得通。

然而,安如雪是幸运的,因为她已经找到国内一名顶尖级心理咨询师当她的督导,她可以向这位名叫李云桑的中年男人倾诉内心所有的秘密,并得到他的指导。在他的专业帮助下不断发现自己并修正自己,她的问题迟早是可以解决的。对于婚姻,离,或者不离,都可以不是问题。

江若水和安如雪不时交流几句闺中密语。安如雪跟江若水咬耳朵:"你不是好多次问我对什么样的男人才会有兴趣吗?跟你说吧,杜宇宁这种类型的男人,就是我的杀手。当然,我说的是他这种类型,不一定是他这个具体的人,因为我根本还不了解他。"

江若水也附在安如雪耳边说:"为什么?我觉得他一般啊!告诉你,杜宇宁很喜欢我。他刚才说以后请我吃饭,希望我不要推辞;还有,他说,他的梦中情人,就是我这种样子的。不过,说实话,我对他没什么感觉。我觉得他,怎么说呢,反正他不是我喜欢的类型。"

简直是一瓢凉水当头浇下来。安如雪一下子呆住了。

杜宇宁居然会对江若水说这样的话?他们之间有很深的交情吗?他竟是一个玩世不恭、逢场作戏的花花公子型男人吗?他的形象怎么给人这么大的反差?

安如雪忍不住问:"你是什么时候认识他的?"

"我跟他还不太熟。这应该是第二次见他。反正是这样,我对他兴趣有限,但是他第一次见到我就明显对我有好感。"

安如雪不止一次听江若水讲述她自己的风流韵事。江若水是那种很容易让男人动心的女人,因为她秀外慧中,有自己的事业;而且她身上没有那种女强人容易流露出来的咄咄逼人的样子,看起来很温柔,天生一双桃花眼——形状漂亮还会不时含蓄地抛媚眼,加上她说话娇滴滴的,男人们确实很容易拜倒在她的石榴裙下。

所以她说杜宇宁明确表达过对她的喜欢,完全是有可能的,可能真心,更可能假意。

安如雪刹那间郁郁寡欢,一颗热腾腾的心瞬间遭遇寒流,于是不再留意杜宇宁。

过了一阵,杜宇宁走过来坚持要安如雪点歌,最终,安如雪到底唱了一首《追梦人》,然后大家各自散了。

杜宇宁就这样在安如雪的记忆里留下了一道刻痕。如果不是因为后来发生的事情,这道刻痕也就慢慢淡了。

七　子弹来了

尽管安如雪对杜宇宁颇有好感，但聚会之后她并没有打算太主动去做些什么。因为她很清楚，如果一个男人对一个女人有好感，他总会有意无意主动拿出些行动；而通常情况下，如果一个男人对一个女人没太多好感，女人主动也往往是徒劳。何况还有一个江若水夹在中间，何况江若水已经把杜宇宁油滑的一面告诉她了——真心喜欢一个人，通常不会像江若水说的那样，才见过一两次就直接挂在嘴上。

安如雪想，假如杜宇宁真对她有好感，她会珍惜。跟他做普通朋友也好、亲近一点的朋友也好，甚至更近一些，假如水到渠成，她不会刻意拒绝。至于近到什么程度，那要看两个人的缘分。

过了好几天，安如雪都快要把杜宇宁这个人抛在脑后的时候，她却突然收到他发来的短信。不过这条原本很寻常的短信来得有些奇怪。

那是一条非常普通的问候信息："祝元宵节快乐！"然而蹊跷的是，安如雪收到这条短信的时候，已经是正月十七，也就是说，短信迟到了整整两天。

她起初以为是他误发，后来仔细一看，短信上显示的发送时间，确实是正月十五的晚上。可是为什么会迟两天才收到呢？这种事情之前她可从来没有遇到过，绝对没有遇到过。

她于是回复道："谢谢问候，不过，可能什么地方出了问题，我居然现在才收到你的元宵节短信。时光倒流了。"

过了一阵子，杜宇宁回短信道："让子弹飞一会儿！"

多么机智的回复！安如雪立刻为之叫绝。这是他自己想到的吗？还是复制别人的内容？

安如雪当然做梦也想不到，这条短信本身居然就是一个预言，也是一颗子弹，威力十足，可以一扫往日的冰霜，瞬间再度燃起她的热情。

这条短信其实是一句电影台词，是刚刚流行过的电影大片《让子弹飞》里的一句台词。

但在生活中这样来使用这个句子，无疑是很有才、很有创意的。

她不能确定这是杜宇宁自己的原创，还是别人曾经这样回复过他，他只是照搬。

总之，上一次邂逅加上这条短信，让安如雪的心海掀起了不小的波澜。她决定要在他们之间人为地制造一些故事。

谁知道这波澜会有什么样的发展呢？也许只是一道波纹，很快就无声无息地消失，也许会酝酿成一场海啸。

安如雪人为制造的故事，该有怎样的情节？会像她写的小说那样引人入胜吗？

如果他们彼此找不到感觉，谁都无话可说；可是，如果他们能够心有灵犀，真心的爱能够产生的威力，她是知道的。那就是一场高能量的精神海啸。

一场让人心动的邂逅，一条令人惊叹的短信，一个满怀期待的女人。这故事将如何继续下去？

八　年轻女人的魂魄

被人称为"不折不扣的才女"的安如雪同时拥有律师、心理咨询师、作家等好几个头衔。她正着手写一本小说，决定让自己当第一女主角，就用自己的真实姓名，连书名她都定下来了，叫作《花非花》。在她看来，一本书，每一页都应该隐含着花朵、果实、闪电、钻石、泪水，才值得细细品读，所以她写书会非常投入。小说里的男主角起初用的是另外的名字，但后来她决定就用"杜宇宁"，这个人物是部分真实的。即使这辈子在现实中再也见不到他，在书里，他会继续存在，按照安如雪的意愿或者按照这个角色本身的意愿，存在下去。

部分真实，部分虚构，这才有吸引力。

安如雪给这本书取这样一个名字，是有用意的。

这些天她的脑子里一直游荡着一个幽灵，一个年轻女人的魂魄。这个女人是她小说里的第二女主角，基本是虚构的，她有轻度的神经症，总是身不由己地做出许多不一定符合她本意的事情，这个人物根本看不懂自己，需要第一女主角的帮助才能够逐渐觉醒。

这是不久前的一位来访者无意中带给安如雪的一个灵感。因为那个来访者身上就有明显的人格分裂倾向。她是个六十来岁的独身老太太，在这座城市拥有两套相差悬殊的住房。周一到周三，她住又旧又窄的老房子，每天跑出去捡破烂卖，邻居们都以为她是无依无靠穷困潦倒的孤老太；周四到周日，她住在别墅里，家里高朋满座，不少人是社会名流。只有她的孩子知道内情，他们拼命劝阻她古怪的行为却完全没有作用。她实在不知道自己为什么总想过这种截然不同的生活，她甚至为此感到痛苦，只好向心理咨询师求助。

安如雪给这个老太太做咨询的时候，一直试图想象老太太年轻时候的样子，毕竟一本小说的主要角色年纪太大，受众群体会很少，读者兴趣可能会打折扣，必须让她更年轻一些。就这样，一个年轻女人的幽灵不经意间进驻了安如雪的大脑，加上刚刚认识就阴魂不散的杜宇宁，这些因素让安如雪莫名其妙地想到了白居易的一首诗《花非花》：

> 花非花，雾非雾，
> 夜半来，天明去。
> 来如春梦不多时，
> 去似朝云无觅处。

于是，她决定就用《花非花》作为小说的标题。

这一天她一口气完成小说的前面两章，并且把这些文字保存到电子邮箱里。

像大部分尚未衰老但不够年轻的女人一样，安如雪一度对自己的实际年龄讳莫如深。本来她觉得自己是并不看重年龄的，就像印度诗人泰戈尔说的那样，"我如村子里最年轻的人一样年轻，我如村子里最年老的人一样年老"，不是说，一个女人，看起来像多大，她就是多大吗？她觉得自己看起来也就二十八岁的样子。反正，她就觉得自己只有二十八岁。她的身体和心灵似乎都停留在这个年龄，拒绝再继续往后发展。可是她身边人的反应教会了她不得不看重年龄这个因素。

安如雪脑袋里年轻女人的幽灵动不动就会现身，有时候在她家某个角落里喝茶，有时候在衣柜里飘一下，老把她吓一跳，等她定睛看过去，却又什么都没有。

必须赶紧把这个故事写出来，不写出来，这个幽灵不会对安如雪善罢甘休，此外，这个故事已经卡得她心里很不舒服，不写不行了。

当然，故事里许多元素必须是虚构的，不然会涉及人家的隐私。但也会有相当一部分真实的东西，这是难免的。比如说，安如雪自己和小说男主角杜宇宁之间的相识过程，以及他们曾经互发的短信，就可以是真实的。

至于安如雪脑海里那个幽灵的故事，情形有些复杂。它们应该是在现实中全都真实地发生过，但是，却会用许多移花接木的手法，在小说的环境里，那些事件必须是禁得起推敲的，否则，也会没人要看胡编乱造的东西。

虚虚实实，充满悬念，符合逻辑，这正是小说的魅力所在。

一位心理咨询师热衷于写作，算得上是读者的福音。因为心理咨询师的视角比较独特，加上他们经常接触最深刻、最真实的人性，可能会写出许多普通人无法了解到的真相。

安如雪真的打算找个时间好好听听杜宇宁的故事，当然，她动这个念头的时候，仅仅是因为她对杜宇宁有好感，对他产生了好奇，她并没有抱太多的奢望；或者说，她根本不敢抱太多的希望，因为怕自己失望。这些年她一直在苦苦地寻觅爱情的影子，年轻的时候，都没能找到；现在已经没那么年轻了，又到哪里去找呢？死心吧！

安如雪根本料想不到她和杜宇宁之间真的会有故事，更料想不到杜宇宁唤醒她的妄念之后，又会让她多么困惑和痛苦，甚至需要她动用专业手段来自我疗愈。要早知道，她不会去碰这枚钉子。

九　蠢蠢欲动

那次安如雪给时而拾荒时而是富婆的老太太做完咨询，内心充满成就感，乘兴给杜宇宁发短信："你还欠我你的故事呢！近期我要写一篇新小说，看看你的故事能否给我带来启发。"

短信发出去，好一阵子没收到回音。安如雪觉得有些惆怅。她不喜欢不能够及时得到回应的状态。从心理学的角度来说，这种状况某种程度上说明她是个不够成熟的人。事实上，对于发出的短信，比较健康正常的心态是，短信发出去了，就顺其自然，马上有回复也好，过一段时间才有回复也好，甚至没有回复也罢，都该听之任之，因为那已经是别人的事。而一发出短信就希望立即有回应，就好像一个孩子一提出要求就希望立刻得到满足一样，这说明发短信的人不够自信，也不够有安全感，需要通过外界的回馈信息来确认自己的存在感和价值感。

所以心理学上，要把"延迟满足"——抑制欲望的即时满足、学会等待，作为衡量儿童自我控制能力的一个指标。

她的大脑开始处理杜宇宁不及时回短信这个信息。

为什么他不回短信？他对她不够有兴趣？他在忙？他拿不准该怎么回？

正胡思乱想时，杜宇宁回短信了："刚才在开会。下次有空，我请你喝茶。"

安如雪这才安下心来回复道："这两天我有点事情要忙，过两天再联系你。"

为什么要过两天？安如雪又得要研究自己了。其实给杜宇宁发短信的时候，她就有时间。她大可以大大方方地问杜宇宁当天是否有空，而没必要遮遮掩掩地拖到两天以后。

其实她说的"有点事情要忙"只是一个托词。安如雪手里是有些事情要做，但没有到称得上"忙"的地步，不会忙到连喝茶的时间都没有。作为一个目前还不算大红大紫的作家、心理咨询师，她是个自由人士，她愿意闲的时候可以是个闲人。喝个茶，一般也就是两个小时左右的事情，怎么会没时间？

究竟为什么要说过两天？她是这样分析自己的：一方面，是因为她觉得一个女人太迫切地想见到一个男人，显得太不矜持了；另一方面，是因为她这次想约杜宇宁是认真的，但是心里又还有些犹豫。她平常很少主动约人喝茶。有时候，即使跟人说要一起吃饭喝茶什么的，也只是一句客套，很少付诸行动。

她知道杜宇宁对她也是有好感的，不然只见过一面，他不会在元宵节的时候主动给她发条短信，虽然那只是一条群发的短信，后来她问过江若水，江若水在元宵节那天收到了同样的问候。尽管给安如雪那条短信迟到了两天，然而这样一来，反而起到戏剧化的效果，更加加深了彼此的印象。"让子弹飞一会儿！"多么机智的回复啊！如果这真是他自己的创意，单单凭这条短信，就可以让安如雪对他青睐有加了。因为这足以说明杜宇宁是多么智慧、多么有趣的一个人。安如雪喜欢智商高的人。当然，情商也要高。只有高智商而没有高情商，那说明智慧还是不够用。

可是，单独跟杜宇宁面对面喝茶，安如雪心里还有些底气不够足。为什么会底气不足呢？安如雪自己也觉得诧异。她寻思了好一阵子。她认为自己底气不足的真正原因是她已经不再年轻。这足以说明，从一开始，她的潜意识就在希望自己有足够的优势，可以打动他、吸引他。

真遗憾，尽管安如雪自己倾向于女人的魅力不能完全取决于青春貌美，而事实上，她的潜意识却不得不认可目前社会上流行的观点。

在目前这个社会里，年轻漂亮对于女人来说，基本上是最大的优势。有一个非常搞笑的段子，说中国男人其实很专一，因为他们二十多岁的时候，爱的是二十多岁的女人；三十多岁了，还是爱二十多岁的女人；到了四十岁、五十岁，依旧痴心不改；即使活到八十多岁，永远是爱二十多岁的女人。

而对男人的评判标准却不一样，衡量男人优秀的砝码是成功，说白了，在现阶段就是资产和名利。尽管杜宇宁已年过四十，比安如雪大六岁，然而安如雪还是担心杜宇宁可能会觉得她不年轻。四十岁的男人是这个社会最优秀的人群，他们正当壮年、成熟、成功，要气质有气质，要财富有财富，简直可以呼风唤雨。

安如雪不知道是什么因素让这个社会制定出这样的规则，而她自己为什么也在潜意识里加以认可。然而，据说，一个不自信的女人，还没开始就会败下去。

至少她在他面前，不够自信。她担心杜宇宁也许并不真的想跟她喝茶，一切只是她自己一厢情愿；与此同时，在潜意识里，她对他有更高的期望，她希望他们之间，不仅仅是喝一次茶就算了。

总之，她不是彻底明白为什么她有意要延期两天。想不太清楚，这里面有种种微妙之处。

十　记起婉秋

过了两天，下午，安如雪再给杜宇宁发短信："我的小说已经写完两章啦！你如果有空，我们聊一聊吧！不过，我拿不准你的故事是否真能用到我的小说里来。"

杜宇宁过了好一阵才回复：在开会。

这一天是安如雪要去学校探望孩子的日子。家里八岁的小男孩王子奇，在寄宿小学就读。学校在郊区，往返要一个多小时车程。安如雪计划好了，如果杜宇宁有时间，晚上她从学校回到市区，就和他一起喝茶。如果他没时间，那就算了，改天再说。

五点半，她刚到学校，杜宇宁的电话来了，他说他开完会了，可以请她吃饭喝茶。

安如雪说，她有点事，饭就不一起吃了，还是晚上八点左右再请他喝茶。她约了一个她常和朋友们聚会的地点。

安如雪七点半赶到她约定的地方。她算好了时间，自己要稍微提前一点到，好先吃个套餐。

然而等她吃完饭，杜宇宁还没到。

在等候的这段时间里，除了吃饭，安如雪还处理了好几件事情。她答应了一个请她以嘉宾身份出席并且有四位数出场费的邀请；给她的心理督导李云桑打了几分钟电话，探讨关于离婚有哪些心理学标准；还草拟了等下跟杜宇宁谈话的提纲——她认真地把这次交流当作一次访谈。

做完这些事，安如雪赫然发现茶楼的书架上有一本书，那本书她也有，是一次参加活动时获得的奖品。明明是奖品，却没有给她带来喜悦的感受，因为那不是她恰好想要的一本书。

那是上一个新年来临的时候，安如雪参加一个作家网举办的活动，一到现场就填一张卡片，这张卡片可以参与抽奖。填完卡片之后，安如雪发现一堆书，听说那些书就是奖品。她于是兴致勃勃地上去翻了翻，暗暗挑中了一本，她想，如果她中奖了，就要自己挑的那本书。

结果，安如雪运气出奇地好，居然第一个中奖。于是，她兴奋地走上主席台，想要拿自己看中的那本书。可是没想到，主持人告诉她，她不能按照自己的意愿拿书，中奖号码和书是对应的。结果，她拿到的就是这本她完全没有留意也谈不上想要的书。至于她看中的那一本，她后来想买下来，都没货了。

她真的应该觉得自己幸运吗？命运给她的，经常不是她想要而且还不好拒绝的。比如那本书，比如她的婚姻。其实她的老公也是相当优秀的一个人，至少她知道，在遇到她之前，有个叫婉秋的女子对王子健相当心仪，奈何他对她完全没有感觉，却见了安如雪就动心了。

安如雪此时没来由地思量起婉秋。那次是王子健偶尔喝酒喝大了，吹嘘自己以前也是有女粉丝的人，还把婉秋的照片找给安如雪看。那女子长得细眉细眼，很有些民国女人的味道。婉秋这个名字相当好记，安如雪一下子就记住了，因为曾经有一首流行歌，歌名是《晚秋》，两者发音相同，熟悉的东西是很容易记住的。据王子健说，婉秋曾经对他各种花式示好，什么下雪天送热腾腾的馄饨当夜宵、什么过生日送惊喜派对，王子健却一直装傻或者真傻，直到他跟安如雪结婚，婉秋才停止作妖。至少表面上看起来停止了。这个婉秋，算得上是个生猛的女人。

当安如雪惊觉时间已经快到晚上八点半而杜宇宁仍然没有影子的时候，觉得极为不安和不悦。说实话，她以前的经验里几乎从来没有这样的情形——长时间等待一个迟到的男人。别人等她还差不多。

她给他发了一条短信："你能来吗？要不改天再约？"如果杜宇宁真的不来，他在安如雪面前就不再有魅力，安如雪特别不喜欢言而无信的人。那么一般情况下，当然不可能再有改天的约定。"改天再约"就成了一句客套话。

杜宇宁马上回电话，说他已经到了对面马路上，掉个头就到了。

从心理学的角度来说，如果一个人没有什么特殊情况却迟到，那是因为他不太想做这件事，或者对这件事还有顾虑。

也就是说，安如雪有理由猜测杜宇宁并不真想跟她喝茶。只不过他们之前有约，他不得不履约。

这个念头令她兴味索然。

可是，不管怎么说，那个有本事让她陷入迷失状态的人马上就要来了，她必须打起精神。

十一　英雄故事

杜宇宁果然是个相当有故事的人。

想不到他们谈得空前投机，不知不觉地，两人在一起一共待了四个小时。这太出乎安如雪的意料了。她平常跟人谈话，能坚持两个小时就不错了，就会觉得很累。可是，他们在一起，居然兴致勃勃的话题不断，并且意犹未尽。

安如雪意识到，这四个小时，很可能会改变他们将来的人生。当然，有些改变是肉眼可见的，有些根本看不到。

杜宇宁把自己四十几年的人生经历来了个大概的回顾。从他以三分之差高考落榜然后去当兵谈起，一直谈到他最近刚刚成为博士生导师。

二十出头的时候，他到老山前线打过仗。在一次八十多人参加的特别行动中，有四十多名战士阵亡，余下的活着的人，躯体完好的只剩下六个，那就意味着其余的幸存者都是缺胳膊少腿的，而杜宇宁就是那完好的六分之一。但是他也负了伤，背部、腹部、腿部都有大面积伤口，迄今他的膝盖部位还有一块玉米粒大的弹片，医生鉴定说如果把弹片取出来会碰触太多的血管和神经，风险太大，弄不好的话，腿脚还会留下残疾，不如不取。

玉米粒大的弹片？安如雪简直想伸手去摸一摸他膝盖上弹片所在的地方。她赶紧把脑海里这个念头按了下去。

后来杜宇宁身上的伤治好之后，顶着战斗英雄、一等功臣的殊荣。二十四岁那一年，他主动要求"一定要到祖国最艰苦的地方去"，于是他被派驻到青海的高海拔地区去锻炼了几年。从没见过马的他学会了骑马，而且他还因为智力过人、骑术精湛成为骑兵连连长。那种地方,确实有许多艰苦之处,但也充满了乐趣。杜宇宁说起打猎、抓鱼、挖虫草的经历,忍不住面带微笑。

安如雪听得动容。她凝视着他,心里暗暗想,如果她能够,如果他愿意,她希望可以成为他生命中的一个安慰;或者准确地说,她希望他们成为彼此心灵的慰藉。

杜宇宁把自己的经历分成两块来谈,一块是工作,一块是求学。他学习非常用功,先是读了硕士,几年前,又取得了货真价实的博士学位,此后,一直留校任教。

安如雪忍不住问起他的家庭状况。他说自己结婚非常晚,三十多岁才结婚,将近不惑之年才有孩子,夫妻之间常有矛盾。他说,如果有一天他妻子想离婚,他愿意什么都留给她,净身出户。

安如雪想,一个对现有婚姻非常失望的男人,才会说出这么严重的话来吧?

她突然心动了。他们有相似之处,她的婚姻也并不幸福,她和老公之间也没什么深厚感情。眼前这个优秀的男人,是不是老天爷赐给她的礼物?他的妻子难道不懂得珍惜他?难道不觉得他简直是稀世珍宝?真正好的婚姻,彼此都是对方心里的一块宝。

在安如雪眼里,杜宇宁简直就是一处宝藏。她希望命运能够出现某种可能,比如说,让她成为他的妻子。当然,也许这只是一种妄想。她笑着说:"我们早认识就好了。我结婚也很晚,那时候死活找不到合适的人把自己嫁出去,恨不得到大街上去随便拉一个。"他也笑:"现在认识还不算晚。"

两人聊着聊着,一次次超过预定的时间。仿佛他们是相知多年而又久违不见的老朋友,总有聊不完的话题。

交谈偶尔短暂地停顿下来,安如雪望着杜宇宁,突然想起什么似的说:"你一定是我许愿许来的。今年过年的时候,大年初一听到鞭炮声,还没睁眼,我就特意许过愿。"

杜宇宁笑:"许的愿不要说出来,说出来就不灵了。"

安如雪也笑:"已经显灵了呢,哪里会不灵呀。你现在不是已经出现在我身边了吗?你肯定是我许愿许来的。"

杜宇宁说:"那我听听,你是怎么许愿的?"

安如雪卖关子:"不告诉你。不过,即使我不说,你一定也猜得到。"

杜宇宁笑一笑。

安如雪咳嗽起来。

这场咳嗽是有来历的,过年时同学聚会,安如雪被逼着喝了白酒又喝红酒,喝完酒之后还去唱歌,第二天早晨醒来,她发现自己居然说不出话,无法控制自己的声音。这种体验在她生命中,还是第一次。此后连续三天声音嘶哑;再然后,一直咳嗽,咳了一个月,现在变成了慢性咽炎。

交流过程中,她发现,杜宇宁也会不时地咳嗽,问起原因,杜宇宁说,他以前在部队的时候经常喊口令,后来到了学校上课,也难免过度用嗓子,所以有慢性咽炎,总会咳嗽。安如雪就笑:"你看,我们实在是太有缘分了,连生病都生一样的病。"

杜宇宁也微笑。

安如雪突然问,使用"让子弹飞一会儿!"这条短信是不是有什么典故,是不是别人给他发过这样的短信?杜宇宁说,没有,就是当时想起了这句台词,就这么回复。

安如雪含笑点头,这个男人,是真的,太让她动心了。如果可能,既已相逢,她一定不会轻易放过他。绝不轻易放过。

十二　是幸福，还是恐慌

他们一直聊到凌晨一点，茶楼都快打烊了，这才准备离去。

杜宇宁是自己开车过来的，那是一辆黑色越野车。坐在杜宇宁身边的座位上，安如雪的心中涌起久违的美好感觉。这样的感觉，人们通常是用幸福、温暖、安宁之类的词语来形容。

在杜宇宁送她回家的路上，安如雪突然说要找个网吧。她想让他看一看她新小说的开篇。因为她觉得那些文字简直像一场预言，提前为两个人的交往拉开了序幕。

杜宇宁起初说改天再看，因为他觉得网吧环境不好，而且也实在太晚了；但安如雪却坚持要他马上看。她找的理由是她要亲眼看到他阅读那些文字时的表情。杜宇宁于是笑着同意了。看得出来，他很愿意迁就她。

两人一起进了网吧。

杜宇宁看了一下小说开头，边看边提出自己的想法；安如雪觉得他的鉴赏力和表达力都有一定水准，果然可以视他为知音。杜宇宁用心听了一次《传奇》这首歌。听歌的时候，他把其中一个耳塞轻轻放在安如雪耳旁。听完之后，他轻轻拥了拥安如雪的肩膀，叹口气说，他晚上可能要失眠了。

杜宇宁开车送安如雪回家。安如雪要他把车开进她住的小区，她说，她希望他们在一起的时间可以因此再延长几分钟。她以前从来没有这样做过，从来没有要求一个男人，把她送到自己居住的小区。就算有人主动提这样的要求，她也一定是拒绝。例外和特别，似乎太多了。

下车之前，安如雪转过头，凝视着杜宇宁。她想把他看得更清楚一些。而杜宇宁却看着前方，安如雪凝视的是他的侧面。

他有一张坚毅的脸，长得确实很帅（杜宇宁说许多人认为他长得像歌星郁钧剑）。

突然，没来由地，安如雪心中涌起一阵恐慌。

恐慌？怎么回事？

然而心头按不下去的感受，确实是恐慌。

恐慌她抓不住他？恐慌自己不能自拔？这感觉来得实在是太奇怪了。

她突兀地想起自己看过的一部电视连续剧，已经记不起名字了，但情节给她留下了深刻的印象，剧中的男主角聪明帅气，却是个杀人狂，出于报复心理，专门诱杀秀外慧中的年轻女性；而从侧面看，杜宇宁的气质形象就跟那个男主角极其相像。（后来，安如雪才发现，她这种莫名其妙的恐慌不安的感觉，竟然是准确的，得到了应验。只不过，杜宇宁的侧面形象，具有象征意义，象征着安如雪不了解而杜宇宁又不愿意表露的那些部分。在电视剧里，那个男主角是杀人凶手；而在安如雪生命中，杜宇宁无意之中简直成了一个"精神杀手"。幸亏，他们交往时间不长，她陷得不深；而且杜宇宁并非故意伤害她，再加上，她是专业人士，有一定的防御能力，懂得努力和这位有意无意成为精神杀手的人过招。）

但是，当杜宇宁转过头，眼神跟安如雪接触的时候，她觉得他的目光温暖如春，那种不祥的、惶恐的感觉瞬间就完全消失了。

安如雪心中充满奇异的遐想，这种感觉似乎很美妙。她觉得自己的生活成了小说的一个部分，或者说，她的小说不只是在描述，简直是在预言她的生活。她只是在写小说，根本没想到现实生活中，她和杜宇宁之间真会发生什么事情。她曾经以为，只是一起喝喝茶、听听他的故事，两个人之间的交情也就尽了。当然，她内心深处是有所渴望的，渴望能够遇到知音。

可是她想不到他那么快就以迅雷不及掩耳的速度潜入她的精神空间，想不到他们短暂相聚的时刻那么相投，想不到他们的境况会那么相近。他符合她对爱人、对人生的所有梦想。连年龄都符合，她一直想找一个比她大五岁到十岁的男人当老公，而杜宇宁比她大六岁。

挥手告别的时候，安如雪想，也许她这一生，从这一天起，就会变得不一样。也许他们从此相依相伴，至少在精神上如此；当然，也可能是相反的局面，说不定会出现什么难以预料的情况，他们以后仍是路人。这个晚上和杜宇宁在一起倾心交谈的几个小时，也许只是这辈子一个亮晶晶的记忆，变成记忆星空里众多星星中的一颗，而这样的时刻说不定以后再也不会有。

总之，可能性有许多种。

安如雪不知道自己心里为什么总是有隐隐的不安。只能说，这其实是一种直觉。而她的直觉，常常是准确的。

她不记得以前在哪里看到过一句话：如果一个男人真的爱你，绝对不会让你不安，他会带给你笃定和安定，绝对不会让你担忧和焦虑。

可是，他们之间的感情还谈不上是爱。就算她爱了，也还只是爱上自己心头的影子，不是真实的他。

他，会不会把她放在心上呢？

没有人能够准确预言自己的未来。这个世界，变数实在是太多了。都说人生如戏，事实上，人生比戏剧更加跌宕起伏。

那个夜里，安如雪半夜醒来，居然老半天没搞清楚自己是谁，好在过了一阵她又迷糊地睡着了。

天亮的时候,安如雪想起了上午九点的心理咨询预约。据她的女助理小袁介绍,90后无敌美女叶梦远,在电话里吞吞吐吐地透露,她是个酒业公司的老板,无数男人围在她身边,她像猫戏老鼠般和他们游戏感情。叶梦远的经历,无疑是让人相当好奇的,比她嘴里双胞胎姐姐、大学老师叶思遥的生活要丰富得多。

安如雪灵机一动,突然变得非常兴奋,她脑子里的幽灵,可以是这个叶梦远呀!这下子好了,她要写的那本书的主角都到齐了。没能打开心结的她自己、有着奇特人生经历的杜宇宁、变幻莫测的叶梦远(简直堪称幽灵附体),以及有着种种可能性的未知的经历和结局。

这些主角以及他们各自的故事,足以成就一本精彩的小说。安如雪对此充满信心。

看看吧,年轻的"幽灵"女主马上就要现身了。

第三章 戏剧化的生活

这个年轻女子,何以如此语出惊人?她以前在电话里说,嘴里会吹出泡泡,是不是真的?安如雪在脑海里快速地分析叶梦远这一次透露的信息,回想这些重点句子。她很清楚20世纪80年代之后出生的年轻人,他们关于性的认知度和开放度远远超过前面几个时代。

一　受伤的花蝴蝶

这一刻，安如雪下意识地做了个深呼吸，脸上露出招牌式的平静的笑容，迎接现实中的来访者，或者说，故事里的女主角。

她必须集中精力面对自己的来访者，这是一个遭遇桃花劫的年轻女子；而安如雪自己遇到的，说不定也是一场不折不扣的桃花劫呢！这次心理咨询师既要把自己的问题解决好，又要能够帮助到这位来访者。

一眼望过去，安如雪马上想起惊艳这个词。

叶梦远的衣着很打眼，耀眼到了像在舞台上演出的程度，更具体地界定，简直像夜总会女郎。虽然天气称得上寒冷，她却穿得不多，正所谓"鞋跟足够高，裙子足够短"；那头发，看不出是真发还是假发，棕黄色，微微卷曲着垂在胸前——令人注目的是，来访者胸前有一道深深的乳沟，也就是流行说的"胸大有料"；她的脸上化了浓妆，甚至戴了假睫毛，眼睛变得很大，但是眼神空洞，没有一丝光彩，神情沉重而迷惘。

虽然她打扮的风格看起来很招摇，但是，没有人真的会把她当作夜总会女郎。因为她的衣服质地是考究的，只是模拟了夜总会的风格；而且，她的气质是相当优雅的，让人感觉她似乎在非常努力地自重，很难真的认为她是风尘女子。

总之，安如雪感觉这位来访者又夸张又矛盾，毫无疑问内心有太多冲突。

这个浑身上下充满矛盾感的女人看起来有些疲惫。坐在安如雪身边，她表现得有些焦虑不安，固执地沉默不语。

安如雪也不催她，只是静静地望着她，面带微笑，充满温情与关怀。心理咨询的过程中，咨询师和来访者免不了会发生较量和权力争夺。此刻较量的内容是：谁能更长时间保持沉默。

过了好一阵，叶梦远叹息一声，似乎下了决心一般，她说："安老师，你要有心理准备，我要说的事情可能会让你觉得有些吃惊。"

安如雪怔了一下，这声调，这语气，怎么好像有些熟悉？在哪里听到过这个声音？可她却想不起来，于是说道："嗯，等等，我需要打断你一下，我们应该并不认识吧？可是为什么你一说话，我觉得好像听到过你的声音。"

叶梦远看了安如雪一眼，垂头道："我给你打过电话。曾经有一次在太阳底下，我的嘴里居然吹出泡泡，我自己都吓住了。"

安如雪这才猛地记起那个奇怪的电话，于是问："嘴里吹出泡泡，这件事情是做梦，还是真的？"

叶梦远眼神躲闪，回应道："我今天不想说这件事。"

如果来访者声称不愿意谈论一件事，心理咨询师通常是可以尊重这个决定的，当然也可以紧追不放，因为来访者逃避的态度里，也许恰好就藏着许多有用的信息，这要看情况而定。安如雪稍稍思索，毕竟是刚刚见面，不需要太过犀利，可以对来访者宽容一些，于是点点头。

叶梦远双手揉揉额头，而后继续说："反正，我想到哪里就说到哪里吧，既然到你这里来了，我就豁出去了。嗯，如果不是因为我那天晚上被一个五十多岁的老男人强奸，哎，就是，我吃了个哑巴亏，应该可以用强奸这个词，反正，如果不是被强奸，我想我不会来做心理咨询。是我的一个朋友介绍我读您的书，告诉我您的电话，然后，我决定来找您的。我知道您非常擅长做婚姻情感咨询。不过，我不知道我的问题算不算情感问题。因为，我觉得我根本不相信什么爱情，我不过是在跟那些男人玩玩而已。或者诚实地说，我是想利用男人。有些男人很贱、很坏，就是用来玩、用来利用的！"

"应该可以用强奸这个词！""不过是在跟那些男人玩玩而已！"

这个年轻女子，何以如此语出惊人？她以前在电话里说，嘴里会吹出泡泡，是不是真的？安如雪在脑海里快速地分析叶梦远这一次透露的信息，回想这些重点句子。她很清楚20世纪80年代之后出生的年轻人，他们关于性的认知度和开放度远远超过前面几个时代。比如说，他们大多数往往一谈恋爱就开始同居；而20世纪六七十年代的人，却大多数会以结婚作为性的许可前提。尽管如此，80后这个群体的性生活并没有达到泛滥成灾的程度，像叶梦远这样宣称跟男人只是玩玩的女性，是不多见的，直白地说，这确实是一种病态，幸亏她自己也似乎意识到了这一点。

安如雪只是"嗯"了一声，微笑着点点头，没有接她的话。她一时也弄不清楚该如何接话，也就无声胜有声。

内心惊愕而表面平静的女咨询师看着这个浓妆之下艳光四射、漂亮得惊人的女子，再不动声色地瞄一眼手里小袁填的档案：叶梦远，女，25岁，蝴蝶梦酒业公司总经理……

叶梦远停顿片刻，继续说："当然，被强奸就不好玩了。我现在想起那个臭男人还有些恶心。"

"花蝴蝶一般在男人堆里穿梭""可怕的意外"。安如雪盯着叶梦远，脑海里闪过她之前对小袁吐露的这些关键词。

一感觉到爱情，或者受到情伤之后，瞬间变回幼儿状态，一天到晚哭着喊着要抱、要糖吃，动不动就吃醋、生气，并不想分手却一再用分手来试探、要挟对方，呈现各种匪夷所思的情状。这是安如雪对一些前来咨询的为情所困的女子的形容和描述。

眼前的叶梦远却跟她们不一样，她把男女关系当成游戏、工具。

安如雪在瞬间有些走神，她此刻当然还想不到，她自己竟然也会深陷情感的泥淖，只不过作为一名心理咨询师，她比寻常人懂得自拔罢了。

意识到自己正在走神之后,安如雪赶紧拉回思绪,认真面对叶梦远道:"你刚才说,应该可以用强奸这个词,为什么是应该?而不是其他确定的说法?这话听起来,里面还有许多其他信息,是吗?"

叶梦远叹口气,"是的。说来话长,我大概讲讲吧!"

我是在一次唱歌的时候认识这个老男人的。他比我大了将近三十岁,是一个快要退休的在单位有点小权力的工作人员。我叫他老K吧!

KTV包厢里,朋友把他介绍给我的时候,我其实挺尊重他的。他显然对我也是非常有好感的,一听说我是酒业公司老总,马上就承诺每个月可以帮我做至少十万元业务。我很感谢他说话这么痛快,就敬了他几杯酒,也陪他唱了几首歌。当时觉得他虽然是个比较随意的人,比如说动不动拍拍我的肩膀啊什么的,但他的总体表现并不让人讨厌。

接下来的几天里,他确实以他们单位的名义从我的公司买了两万多块钱的酒。为了答谢他,我又请他吃了顿饭。但是我没想到他那么容易想入非非,竟然误以为我喜欢他,从此就每天缠着我。

不过说实话,刚开始他的表现真的不讨人嫌。他上班很轻松,没什么事,每天早上到他的单位报个到,然后就开着单位配给他的车子到我公司里来,我要到哪里去,他就自告奋勇给我当司机。我公司有车,但我拿到驾照的时间不长,技术不够熟练,所以还是请了个司机。这几天,老K的存在让我的司机都多余了。

我当然明白,他可能是有些喜欢我,可是他都那么一大把年纪了，我觉得他应该不会有太多非分之想，何况我还跟他把话挑明了，说好了跟他只是做普通朋友，把他当作大哥。口头上他也答应得很爽快。

可是，后来有两次，他约我吃饭，都企图把我往宾馆里带。每次我都顺利地逃走了。

但是不久前的一天晚上，还是发生了意外。

他先是请了一大帮朋友，都是些也还有点身份的人，和我一起喝酒，那些朋友每个人都来敬我，其实我的酒量还可以，但是他们人多，一圈下来，我还是被灌得有点晕。

再后来，我喝得差不多快要醉了，但绝对没有真醉，于是坚决不肯再喝，饭局结束老K扶我上他的车，我神志不清地由他扶着。一上车就困得不行，一直想打盹，我自己又一直努力想要保持清醒。于是就一会儿短暂睡着，一会儿又似乎醒了。我后来严重怀疑是不是被下了药，因为我并没有醉酒，却严重眩晕。

过了一阵，不知道究竟过了多久，我终于挣扎着稍微清醒了一些，车子一直开着，从路边霓虹灯招牌的文字里我发现居然到了几十公里以外的另一个城市。我呆了，大声问："怎么回事？这都到了哪里？"他说："你很快就知道了。"然后他停车，竟然直接把我往宾馆里拉。我挣扎了一下，拼命想逃，但，喝多了酒，力气不够，加上那是在外地，我也不想让他太难堪，只好由着他把我扶进了房间。后面的话，就不用我说了。

这个五十多岁的老男人，真是太龌龊了。我恨死他了！

叶梦远边说边想起老K完全不顾她的感受、拼命解开她的衣裳并使用暴力征服她的过程，恨得咬牙切齿。

那时候她用力掐他，想阻止他的进攻。但是她不敢用太大的力，因为如果拼体力，酒醉之后的她根本拼不过老K，于是她只能颓然放弃抵抗。

她说这辈子从没遇到过这样的事情。

二　双胞胎姐妹

安如雪听着叶梦远的叙述，脑子里飞快地整理信息和思路。

她想，这个二十几岁的女子，又不是个不谙世事的小孩儿，人人都知道天下没有免费的午餐，一个男人每天无怨无悔来给你当免费司机，他图什么？应该说这位老K的用意已经是非常明显了，你叶梦远自己不加以拒绝，最后发生这种事情，再后悔又有什么用呢？有句话说，没有无缘无故的爱，也没有无缘无故的恨，叶梦远自己应该事先考虑到老K是有所图的，如果自己对他所图的事情不认同，就要对他的付出表示拒绝，否则很可能会出现非常被动的局面。只不过究竟会被动到什么地步，因人而异。这是常识，难道她不懂？当然，也许她不是不懂，而是潜意识隐藏了这些常识。毕竟，在心理上，叶梦远称得上是一个病人，病人的所思所想、言行举止，多数时候跟常人是不一样的。有时候，你不能指望一个病人符合常规。

但这些话并不是心理咨询师可以随意说出口的，放在心里想想倒是无妨，如果信口说出来，来访者很容易对咨询师产生阻抗。

安如雪听完叶梦远的讲述，点点头，淡淡说道："现在还看得出来你非常气愤。"

叶梦远皱着眉，悻悻然抽出桌上的一张面巾纸，狠狠揉成一团，扔进废纸篓。

这是一个发泄性的动作。安如雪看在眼里，没有吱声，内心产生深深的怜悯，不由得想起"迷途羔羊"之说，忍不住暗自感慨，我们这个世界的设定真的还不够美好，上帝的羔羊，即使没有迷途，羔羊嘛，最终，不还是待宰吗？人一出生就要经历种种磨难，而且，很快就要面临死亡。从这个意义上来说，人人都是待宰的羔羊。也许，探索更多的可能性，要找对方向，哪怕含泪，依然奔跑。

过了一会儿，叶梦远自言自语说："我只是想知道为什么会有这样的事情在我身上发生。"

安如雪反问："你自己觉得为什么？"

叶梦远迟疑了一下，说："我太缺乏警惕心，那天不该喝太多酒。"

这个回答明显只看到了事情的表面。安如雪道："可是即使你那天少喝，说不定哪天还是会多喝。只要你和那个老 K 之间存在这种不清不楚的互动关系，他就总在想办法，想各种办法，你不是说他好多次都想把你往宾馆里带吗？你躲得过初一躲不过十五，也许想办法让你喝酒只是其中的一种手段。这不是问题的根源。"

"那根源是什么？"

"你自己觉得呢？"

"我……我不知道。"

"我记得你在讲老 K 的故事之前说过一句话，你说你根本不相信爱情，不过是跟男人玩玩。还记得吗？"

"我记得。这是我一贯的态度。我真的不相信那些男人心里能有什么美好的爱情，他们想要的只是暧昧，只是性，只不过是想玩弄一下女人。所以，大家在一起只是彼此玩玩，但是，玩玩，也要你情我愿。"

"好吧，这是你的想法。也许老 K 也是这么想的，也认为大家在一起只是玩玩，只不过你们对玩玩的理解不一样，他把你带到外地去，逼迫你，他自己是不是也认为只是玩玩而已呢？只不过他并不认为还要遵守你说的你情我愿法则。或者,也许他认为既然你接受他提供的各种好处,就会默许你和他之间接下来可能发生的事情。"

叶梦远睁大了眼睛,一下子不知道该怎么说。

她停顿了好一阵子,才道:"我的姐姐叶思遥警告过我,让我不要跟那些男人玩。可是,我并没有主动找他们玩,是他们自己要缠着我不放。"

叶梦远把"姐姐"和"警告"两个词的字音咬得非常重,安如雪不由得问:"你的姐姐?你是说你的姐姐警告过你?"

"是的。我们是一对双胞胎姐妹。她要我离男人远一点。她很纯洁,从来不跟男人玩。目前连男朋友都没交。"

"双胞胎,那她也是二十五岁,完全可以交男朋友。你们两姐妹好像是两个极端。"

"我也有些奇怪,我们长得简直一模一样,只是打扮不同。我知道也有不少人追她,但是,从来没有人骚扰她。也许因为她的社会地位不一样,毕竟她是大学老师,没有谁会去冒犯她。"

"社会地位,这仍然不是根源。大学老师也有被冒犯的情况。嗯,你应该知道,开酒业公司的女老板也不少,难道每个酒业公司的女老板都会被人纠缠、被人冒犯吗?"

"这个……这个倒是不一定。"

"所以,问题的根源,相当一部分在你自己身上。"

"为什么会在我自己身上呢?是什么样的根源?"

"这个问题,我们只能放到下次慢慢来分析。这样吧,今天时间不是太多了,我们只能先处理主要问题。关于那天晚上发生的事情,你现在还有什么不好的感觉?"

"我心里难受得慌。我恨不得找个人去把老K给废了。安老师,你能不能想个办法让我平静下来?这些天我把自己关在家里,又不敢跟谁说,真是又气又闷,快要气出病来了。"

安如雪让叶梦远尽可能放松,最终,她用催眠放松疗法让叶梦远心情平静下来。

她们约好一周之后再来探讨关于根源的问题。

三 退行性幼稚病

简单整理一下叶梦远的案例,安如雪也准备离开。还没走出心理咨询室,杜宇宁的形象自动地出现在她的脑海里。他的微笑、他说过的话,一直缠住她不放。

她不由自主地开始梳理这几天和杜宇宁交往的过程。她总觉得他们之间有什么不对劲。

究竟是哪里不对呢?

听完杜宇宁故事的那个夜晚,安如雪失眠了。

次日早晨六点多,她给杜宇宁发了条短信:彻夜未眠。

到了八点多,杜宇宁依然没有回复她的短信。她忐忑不安,又发了一条:"某位同志没回短信,可能有如下原因:其一,这个人实在太忙啦,没工夫回;其二,这个人拿不准该怎么回;其三,这个人希望两人之间保持更远的距离;其四,这个人的意思是,算了吧,把昨天晚上的事忘了吧,昨晚有些着魔呢。"

杜宇宁收到这第二条短信,马上回电话过来:"都不是,我不过是不太喜欢发短信。我发短信太慢了,而且,短信并不适合交流。"他说他晚上也失眠了,只不过,被安如雪抢先说出来了。

由于整晚没睡,安如雪一整天处于某种亢奋的状态。

她一次次地想到杜宇宁,甚至设想将来某一天,他们可以共同开始一种全新的生活。她简直像不谙世事的少女坠入情网一样,内心狂热,头脑混乱。为什么会这样?他们毕竟才见过两次面!她觉得自己正陷入一种智商被直接拉低的弱智状态里。

这一切太奇怪了!我怎么会突然变得如此幼稚?

安如雪想起自己第一次找李云桑面对面做心理督导的时候,李云桑说她有某种程度的表演型人格。当时安如雪根本不同意李云桑的判断。因为安如雪大部分时候是个比较严肃的人,严肃到了有人说有些怕她的地步。

现在看来,关于这个判断,李云桑并不完全是错的。至少安如雪也会有情绪表露过分的时候。

其实人是在跟别人的交往当中认识自己。当一个人跟另一个人走得比较近,就会暴露出他人性较为深藏、较为脆弱的部分。安如雪对于这个刚刚暴露出来的如此陌生的自己有些恐慌。她觉得自己处在一种非常奇怪的、戏剧化的,甚至有些失控的危险状态里,简直是在发高烧。

她很清楚必须要让自己冷静下来。可是,目前她做得不够好。

安如雪简直无法遏止地想要跟杜宇宁随时保持联系。她觉得打电话可能很冒昧,因为不知道他在什么样的环境里,也许在开会,也许和其他人在一起,不一定方便接听。而且,她拿不准自己到底是不是真的受他欢迎。她还没有足够的自信。那么,只能发短信。

她想了想,拟了这样一条短信:"我无法解释自己这两天的状态。遇到你,我简直非常失态。"她把手机拿在手里看了好一阵,叹息一声,鼓起勇气,把短信发了出去。

杜宇宁居然仍然没有及时回她的短信。

在某个瞬间,安如雪有种自取其辱的感觉。

这个杜宇宁,他的语言和行为之间怎么会有那么大的差异呢?他说过,他们现在认识不算晚;他说过,他们完全有走到一起的可能。她回忆起他的神情,他似乎是真诚的,他还说过他的每一句话都是真的,她可以录下来,以后再来印证,时间可以为他做证。可是,现在,他居然连她的短信都不回。

安如雪觉得自己的自信和自尊都受到了打击。她此前很少如此主动地对待男人。可是,在和杜宇宁的交往中,除了第一步是杜宇宁走出来的,而那一步,只是礼貌性的一步,其他的步子,无疑她是非常主动的。对,像飞蛾扑火,就是这种情形,发现了一丝丝光亮,安如雪就扑了过去。

现在为什么会是这样的情况?是她的判断出现了失误吗?难道杜宇宁根本就不喜欢她?

四 长长的一个电话

安如雪是个非常干脆的人,比如说,买房子这种并不算小的事情,她都可以在一个小时之内就做出决定。所以,那天晚上,当杜宇宁说出他们现在相识也不晚的时候,她已经决定要尝试给她和他一个正式的开始。他们可以试着彼此了解,如果真的合适,就都离婚,可以彼此组成新的家庭;当然,也可以不用这样决绝,只要他们之间保持交往,慢慢靠近就行。总之,她渴望和他在一起。这确实是一个非常疯狂的念头,但是,她完全不知道怎么会产生这种念头的。重要的是,他并没有否认她明确表达出来的愿望。难道,杜宇宁当时仅仅是为了照顾她的情绪和自尊,才刻意迎合她?

现在,杜宇宁的反应让她大受打击。当然,她觉得也许杜宇宁是一个非常理性的人,他不希望事情进展得太快,但,他也愿意给她、给自己机会,所以就会出现这种语言和行为不一致的情况。总之,安如雪觉得自己不了解他。

这一刻,短信发出,却得不到杜宇宁的回应,安如雪的内心有些痛苦，她甚至想要放弃去了解他。

安如雪是个喜欢给事情画上句号的人，没画句号，这件事情就算没完。她决定要把自己的想法告诉杜宇宁，为她自己这两天的头脑发热画个句号。

她于是再发短信："能通个话吗？有事情要对你说呢。"

还是没有回音。

安如雪心里一横，拿出壮士断腕的勇气和决心，直接拨通了杜宇宁的电话。

杜宇宁很快接了。安如雪说："很抱歉打扰你。我是想告诉你，这两天我的表现非常奇怪，简直有些神志不清。原谅我一次次发短信给你。这样吧，可能我们的想法是不一致的，以后，我不会再打扰你了，我们也不必再见面了。以前说的话都不算。"

杜宇宁说："你说得太严重了。你的短信我都收到了，其实，我看到你给我发的短信，心里好高兴的。现在怎么你又说出以后不见面的话呢？"

这样的反应令安如雪觉得非常费解。

怎么会这样？

安如雪费力地说："因为我觉得我在你面前状态相当不正常。我觉得自己的表现简直像个几岁的小孩子。当然，我是心理咨询师，我明白这种状况的原因，当一个人被另一个人深深吸引的时候，可能会出现心理上的退行，重新回到自己生命的早期。算啦，我不想去分析自己了。总之，你保重，原谅我打扰你，以后再也不会了。我挂电话了。"

安如雪飞快地把电话挂掉。

过了不到半分钟，杜宇宁又用手机打了过来。他说他刚刚才看到最后一条短信，刚刚才知道她要求通话。

安如雪说:"你别笑话我。我自己都不知道怎么回事。我自己都不知道我为什么会是这样一番表现。"

杜宇宁爽朗地笑:"你应该知道啊,你是心理咨询师,怎么会不知道?"

"心理咨询师能给别人做心理咨询,有时候也会对自己无能为力。当然只是有时候。大部分时间是可以掌控自己的。我会很快找我的督导分析一下我自己。"

"你可以去分析你自己,但是你不要动不动就说以后不见面的话吧。我这两天也是,一直想着你。我也觉得我自己表现得很奇怪。"

"我这两天也是,一直想着你。"

这是真的吗?杜宇宁也在想念她?安如雪疑惑极了。

她应该是相信他的。她的直觉告诉他,他应该是值得被信任的,他应该不是一个轻薄的男人。可是,如果他说的是真的,为什么他极少主动联系她,连她的短信都不及时回呢?太奇怪了。

杜宇宁非常聪明地引开了话题。

他提出一个观点:有时候,喜欢一个人,是自己的事,和别人无关。

她马上问他是不是看过印度哲学家克里希那穆提的书,因为克里希那穆提有一个观点,真正爱一个人,就像爱一个宠物、爱一处风景一样,并不一定要占有,并不一定要对方也来爱自己。

杜宇宁说他没有看过,他说的是自己的观点。安如雪就惊叹他特别有悟性,怪不得能考取博士。

他很健谈,常常把她逗得哈哈大笑。

杜宇宁心满意足地说:"我喜欢听到你这么笑。能够让你开心,我就觉得我还能为你做点事情,就会很有成就感。"

他们电话里一口气聊了四十多分钟,直到杜宇宁身边的座机响,他们才挂断电话。

五 婴儿状态

　　第二天一整天，安如雪一直希望杜宇宁能够给她打电话或者发短信，但她的希望落空了。他一直没有主动联系她。

　　想着前一天他们在电话里交流的四十多分钟那么愉快，她忍不住发短信给他："在忙什么呢？"她无法容忍他们之间一整天没有任何沟通。

　　结果，杜宇宁又没及时回信。

　　晚上七点，安如雪要去她参股的教育机构上作文课。这算是唯一一份她需要有规律地去做的工作。每周五的晚上和周六的上午，她都需要花两个钟头给几个孩子上小班作文课。她自己的儿子王子奇参加了周六上午的作文班。甚至可以这样说，正是为了教王子奇写好作文，安如雪才特意设计了一套适合青少年的写作课程。

　　等公交车的时候，一对四五岁的双胞胎姐妹从安如雪身边经过，她们长得简直一模一样，穿着打扮也是毫无二致，非常可爱。安如雪忍不住轻轻拍拍她们的小脸蛋，微笑着说："你们是双胞胎，对不对？长得好漂亮啊！真可爱！"那对小姐妹笑嘻嘻地看着她，一点儿都不认生。她们的妈妈也在一旁微笑，跟安如雪交换了一个友好的眼神。安如雪想，不知道这对双胞胎姐妹长大以后，会不会像叶梦远和叶思遥一样，有着截然不同的命运呢？

　　终于车来了。

　　刚上车，安如雪就接到一个认识不久的朋友打来的电话，那个朋友曾经答应帮助安如雪联系一个名人的人物采访，却又很久没有消息，这次打电话来，是说那个重要人物答应接受采访。这篇人物访谈文章，是一家报社向安如雪约的稿子。

安如雪觉得这个朋友真是非常实在,不声不响的,却一直在努力帮助她,平常话不多,交代的事一直放在心里,直到拿到结果。

挂了电话,她突然不受控制地落下泪来。

之所以落泪,当然不完全是朋友感动了她,而是,她目前简直回到了幼儿状态,不能承受哪怕一丁点小小的情感起伏。朋友的热心让她感动,杜宇宁的疏离让她委屈。这些小小的感受居然都足以让她掉眼泪。

她不知道这段时间自己为什么突然变得如此脆弱。

太让人崩溃了。

这种心理的婴儿状态,会持续多久?

她相信杜宇宁应该不是故意不理她。他也许有他的苦衷。她觉得自己应该尽可能去理解他。

她决定,不管是什么情况,她愿意尽可能陪伴他、尽可能了解他。这样的陪伴,她希望是一辈子,但,如果命中注定只能是一阵子,甚至从现在起,两人以后再也没有任何联系,她也将无怨无悔。

总之,目前,她想尽可能解读他,解开一些谜。比如,目前最简单也最紧迫的谜题是,他为什么那么不愿意回她的短信。为什么两个人正常沟通的时候他热情又真诚,而处理起她的短信来却又如此敷衍、拖延,判若两人。

她还要尽可能多地了解一个全新的自我,确切地说,是一个因为和杜宇宁互动而呈现出来的全新的自我侧面。

六　难得的心意相通

作文课课间休息的时候,安如雪再给杜宇宁发出这一天的第二条短信:"感觉你的语言和行为之间有好大的差异呢!改天如果你有时间、有兴趣，我们可以好好讨论一下。另外，如果我的言行有什么让你不理解的地方，请用最大的善意来解读。在你面前，我对自己充满困惑，但请相信我的诚意。"

她刚刚按下发送键，手机就响了起来。居然是杜宇宁打来的电话。

安如雪以为是他收到短信马上打电话过来，惊喜地说："怎么会这么快？"

杜宇宁带笑说："子弹总要飞一会儿。"这有些答非所问。

杜宇宁问她在哪里，她说她在上作文课。不过，今天是周末，儿子在家，下课以后她要马上回去陪儿子，没空见他。这一天，王子健不在家，家里只有王子奇和他的一个同学，两个不足十岁的孩子没有成人看护，长时间在家是不安全的，她必须一下课就回家去。不过后面这一层原因她并没有跟杜宇宁说明白。王子奇上她的作文课是在另一个班，另一个时间。

正说着，出现了网络故障，杜宇宁说重新打过来。

过了一阵子，杜宇宁的电话重新打了进来，他开心地说，刚才他刚打通她的电话，就听到手机响起提示音，他以为是别人给他打电话，没想到居然就是安如雪的短信。也就是说，他们是同时在跟对方联系的。安如雪这才知道起初他们都误会了。她以为他是收到第二条短信立即回电话的；他则以为她说得快，是在说反话，指的是对第一条短信的回应。

杜宇宁说："我们怎么配合得这么好？看来这两天失眠也好，想你也好，都是值得的了。"

安如雪有些茫然。直觉告诉她，杜宇宁的话可信度应该是比较高的。可是，他连短信都不给她回这件事，又让她充满顾虑。这个人怎么表现得这么矛盾？

两个人在电话里聊得难舍难分。杜宇宁甚至使用了比如"亲一个"之类极其亲密的字眼，让安如雪觉得有些意外。安如雪马上又要上课了，她依依不舍地跟杜宇宁道别。

安如雪追求的是灵魂与灵魂的相遇、相知。至于身体的亲昵，不是不可以，但一定要以双方相爱为前提。在她和杜宇宁之间，甚至要以双方都有想要重新组合成一个新家的诚意为前提。当然，最终能不能成，还要看两个人的感受。也许这些想法听起来有些荒唐，但安如雪却真是这么期待的。

怪不得李云桑会说她是表演型人格。不不不，不是表演。很多时候，她其实是认真的，比一般人更直接、更执着。也许认真得过头，反倒不真实，成了表演。

可是，她和杜宇宁对彼此的了解还太不够了。

不知道什么缘故，安如雪一直觉得自己心里不安。她感觉杜宇宁的思想和他的表现，都跟她平常遇到的人迥然不同，不能够用常人的逻辑来对待他。也许这和他的经历有关。事实上，她自己也表现得跟常人不一样，不是吗？哪个女人会如此迫切地想把自己的心交给另一个还不够熟悉的人呢？她过于依赖自己的直觉了。

总之，遇到杜宇宁这件事非常奇葩。先是化身花痴，然后表现得像个幼儿，她觉得自己像是患了重感冒，在发烧，把脑子都烧糊涂了，暂时无法用理性来对待。

她期待他们之间真的上演一出传奇。人生中，只要他们自己愿意，各种各样的可能性都是有的。比如说，西班牙天才画家达利对朋友的妻子加拉一见钟情，两人冲破世俗的框架走到一起，成为佳话。

安如雪决定，她不能再过于主动了。她不愿意自己像火山一样，轰地喷发一阵，然后就无声无息地熄灭、冷却，只剩下废墟、遗址。

她希望他们是彼此生命中的温泉，可以细水长流，可以永远彼此温暖。

回家路上，安如雪的手机响了，助理小袁特别提醒她，那位名叫徐琼的女人预约了第二天上午九点到十点的时间段，说是为她丈夫来咨询的，她的丈夫近来行为怪异。

一旦面对别人的事，安如雪就会摇身一变，所有的理性又回来了。

第四章
金色名单之二

对于一个自我感觉良好、时时处处都心积虑追求完美的女人来说,这样的事情简直是噩梦。

安如雪温和地望着她,有意轻描淡写道:"其实这也不是什么不得了的事,你知道了真实情况就会有办法的,很容易治好。就怕你自己根本不知道。"

一　令人窒息的口气

受不了！安如雪觉得自己实在无法忍受下去了。室内弥漫的一种古怪气味几乎令她窒息。

和来访者徐琼见面不到一分钟，心理咨询师安如雪被迫之下不得不做了两件事，或者说，忍无可忍做了两个小动作。

这两个小动作很可能不易被接受，有些冒险。但安如雪确实是承受不了才做出这种举动，不过她掩饰得非常好。

第一个动作是点燃一盘熏香。

第二个动作是打开窗户。

点燃那盘白玉兰精油熏香的时候，安如雪微笑着说，"我这两天有轻微的头晕，得要香熏一下，希望你不介意。"然后她又顺手打开窗户道："这种熏香味道比较浓烈，需要开窗透气。"

然后，安如雪拍着胸口如释重负般吐了口气，想着自己刚刚出口的话没有一句是真的，这位声名在外的心理咨询师不禁有轻微的歉然。

妆容优雅到完美程度的徐琼完全不知道，导致安如雪点熏香、开窗的，竟然是徐琼自己的口臭。这名来访者清亮的眼神注视着安如雪的举动，脸上是谅解和接受的表情。

口臭这种事，通常自己很难真正发现。而如果这个人有一定的身份和地位，那就更难发现——因为身边的人可能不好意思甚至不敢直接告知真相。

徐琼真的不知道自己有比较严重的口臭，她竟然天真地相信安如雪的说辞——是因为女心理咨询师自己头晕才点熏香、开窗户。

"在别人眼里我似乎一切都好,儿女双全,组成一个'好'字,我自己经济独立、职位也不错,和先生感情很好,而且先生确实非常优秀。"徐琼讲述道。

安如雪听着,内心却纠结坏了,有点开小差。眼前这个美丽而自信的女人,到底知不知道自己有如此令人狼狈的毛病呢?要不要把她口臭的信息透露给她呢?如果要,又怎么表达呢?

"嗯。"安如雪完全不带表情地点点头,表示自己在听,而且在心里给了自己一个警告:必须专注于徐琼所表达的内容。

优秀的心理咨询师必须是耐心而智慧的倾听者、敏锐的发现者。

"既然我到你这里来,肯定还是遇到了问题。严格地说,是我先生有问题。但是他的性格,根本不会接受心理咨询,我试探过他,他很排斥,只好我自己先来。"

徐琼话锋一转,开始描述罗慕雄如何停个车都要反反复复倒腾二十几分钟,如何拿个碗筷都纠结半天,总之,旁人看起来很简单的小事情,他却半天做不好。

"这样的事情,频率有多高?总是这样,还是偶尔如此?"安如雪问道。

徐琼想了想,道:"十天半月就会有一次吧!我没做过详细记录,大概是这样。而且他变得心情越来越不好,愁眉苦脸,容易发脾气。他以前是非常乐观的,以前完全是一个超级好男人。"

安如雪道:"你描述的情形,涉及强迫、抑郁、焦虑等等一系列症状,毕竟他本人没有来,我不能够轻易下结论。而且,恕我直言,你对于你丈夫情况的表述,准确度到底有多高,我也无法证实。你能不能告诉我,是哪一个最重要的原因或者哪一个最具体的事件让你下定决心来找我?"

徐琼问："安老师，您是否关注过最近一条关于安保人员杀人潜逃，后来又被抓获的新闻？"

安如雪点点头。适度关注新闻事件是她的职业习惯之一。何况，现在信息传播途径那么便捷，想要不关注都有难度。这个新闻事件她注意了一下，报道说陈某曾经有过抑郁症和脑出血的病史，如果这个说法是准确的，那么陈某极可能精神有问题。此外，作为一名正当壮年的安保人员，在这样一个驾照如此普及的时代竟然不会开车，那么这位涉事安保的个人能力和综合素质更容易被打上问号。

然而这件事跟眼前的来访者会有什么关系？安如雪忖度着。

徐琼也有意无意沉默下来。

二　讨论金色名单

叹口气之后，徐琼继续发问："安老师您对陈某有一个杀人名单的细节有印象吗？新闻上说那个名单上有二十多个人。"

安如雪道："杀人名单？这个我也注意到了。"

徐琼再叹口气，拿出手机，翻出一张照片递给安如雪，解释道："这是我无意中在我先生公文包里发现的一张纸条，我偷偷拍了照。"

这应该是一份用红笔写的九人名单，安如雪看着照片，心里得出这样的结论。但她并不说出自己的看法，只是问："你觉得这是什么？"

徐琼道："我先生最近举止怪异，包里藏着这么一份红笔写的名单，加上社会上刚刚又发生了陈某手持名单杀人的事，我心里特别不安。"

枪杀案、举止怪异、黄名单。

安如雪不禁坐直了身子。

"你先生是否已经知道你看到了这个名单?"安如雪问。

徐琼摇摇头道:"他应该不知道。我没跟他说,也不敢说。"

安如雪再看看手机上的照片,然后还给徐琼,问道:"上面这九个人,你认识吗?"

徐琼指着一个名字道:"这个名字,黄萍,我猜应该是我先生的初恋情人。因为他的初恋情人也叫黄萍。但我不能确定到底是不是同一个人。毕竟同名同姓的人也不少。"

安如雪踌躇一阵,说道:"其实心理咨询能够做到的非常有限,主要是帮助你去看清楚问题,提供心理支持,真正解决具体问题还是要靠你自己。何况,你的情况比较复杂,你带来的还不是你自己的问题,真正的当事人不在场。有的东西属于不能让外人知晓的秘密。目前的状况,你对我不要抱太大的希望,很可能我帮不了你。"

徐琼问道:"安老师你觉得我能做什么呢?这个名单究竟是什么情况?我先生会不会真的也去杀人?"

安如雪正色道:"你不觉得这些问题我也无法回答吗?如果你一定要知道答案,你应该去问你先生。不过,你应该也知道,有些问题,也许没有答案,也许不需要答案。"

徐琼叹口气,双手抱头,喃喃道:"我到底该怎么办呢?"

安如雪于是问:"为什么你不直接问你先生呢?"

徐琼道:"我不敢。他最近太容易发脾气,这个人自尊心又特别强,我怕我一问,他又发火。还有,我怕我问他,反倒给他更多的压力。"

安如雪道:"回避或者逃避,也是一种应对方法。但它不见得是最好的方法。"

徐琼问:"安老师,人的情绪到底是怎么回事?为什么我先生近来那么容易发火，我都快不认识他了。"

安如雪道："情绪主要是一个人对自己内部和外部环境的反应，是一种主观认知经验，也就是我们通常说的喜怒哀乐。我本人对情绪的段位进行了概括，第一段，自己特别容易失控，喜怒无常，也很容易受别人情绪影响，通常老弱以及无明的青壮年处于这个阶段；第二段，自己的不良情绪能够自己消化，但是很容易受外界影响而失衡，又要重新消化，普通人的阶段；第三段，洞明世事和人性，自己收放自如，对于他人的情绪，明白那是别人的事，自己乐意以及被请求时，可以帮别人消化，这是素质比较高的人的阶段；第四段，自己随心所欲，也能主宰自己掌控的人的情绪，这是高人甚至王者阶段。你先生情绪突然发生变化，应该是他自己面临着内外环境的改变，需要去面对。"她边说边在纸上写下关键词，便于徐琼理解。

徐琼道："我先生以前可以算第三阶段的人，但是现在降到第一阶段去了。您的意思是说，我应该直接去面对？"

安如雪摇头道："究竟该怎么面对确实是你自己的事情。我不会鼓励你去直接面对，也并不反对你选择逃避，只是想让你知道，解决问题有很多种方式，你可以权衡之后做出决定，并且尽可能考虑好随之而来的后果。这样吧，你现在静下心来，这里有纸和笔，你认真归纳一下你可以采取的措施以及你所要承担的后果。然后我们讨论一下。"

徐琼拿起笔写写画画，一边写着"直接面对"，一边写着"不予过问"，十来分钟后，跟安如雪讨论一阵，然后坚定说道："我还是决定自己去面对他。逃避不是最好的办法。"

安如雪微笑着点点头，然后道："我觉得你很勇敢。对了，有件事，我也拿不定主意要不要告诉你。"

徐琼道："什么事啊？安老师你尽管说。"

安如雪道："有没有人提醒过你，可能你的身体出了点小问题？"

徐琼诧异道："没有啊！而且我自己好像也没觉得自己身体有问题。安老师您是想说什么？"

安如雪终于下定决心说道："那我还是直说吧，这样也是为了对你负责，也确实是为了你好。你自己有没有发现你口腔有异味？而且很严重。"她谨慎地没有直接说出"口臭"这个词。

徐琼愣住，想了想道："我的孩子不止一次说过我嘴巴臭，我自己偶尔也有感觉。但是，我不知道竟然已经比较严重。"

安如雪真诚地望着她说："孩子们常常说真话。你自己确实可以去医院看看医生。你看，你是如此优雅美丽的一个女人。"

徐琼一听，一脸震惊，继而有些尴尬和难堪。

是的，她自己一直不自知。做梦也没想到自己居然会口臭！对于一个自我感觉良好、时时处处都心积虑追求完美的女人来说，这样的事情简直是噩梦。

安如雪温和地望着她，有意轻描淡写道："其实这也不是什么不得了的事，你知道了真实情况就会有办法的，很容易治好。就怕你自己根本不知道。"又道："今天的咨询时间到了。你有什么情况下次再约。"

徐琼羞愧地笑了笑，然后真诚地说："安老师，谢谢你这么坦诚，就凭这一点，我今天没有白来。下次我还会来找你帮助我拿主意。"

说完徐琼转身走。然而走开几步，她又回头道："假如能够做到，我会把我先生也带来。"

安如雪叹口气道："你先生愿意来当然最好。其实对于他的精神状况，我们交流这么久之后，我已经有一个初步判断，不过，现在不方便贸然跟你说。毕竟没有见到他本人。"

徐琼道："谢谢你，安老师，我必须想办法，想尽一切办法面对这些事，到时我再跟您预约时间。"说完快步走开。

徐琼想办法的重点是什么？研究黄色名单？让她丈夫一起来咨询？

安如雪望着她的背影，思绪漫游一阵，然后设法在脑子里放下跟徐琼相关的一切。

毕竟这不是心理咨询师的事。

小袁拿着热水壶进来，给安如雪加水。她看了一眼杯子，发现杯子里的水基本上没怎么动，于是象征性地添了一点热水，说道："安老师，您要多喝水呀。像您这样经常说话，需要用水养着嗓子。"

安如雪皱眉道："噢，我还正要问你，这水里怎么好像有一种奇怪的味道？这味道我都没法形容，又像是霉味，又像是什么特殊的药味儿似的，总之很奇怪，我不喜欢这种味道。"

小袁仿佛吓了一跳，道："噢，真的啊？我好像没感觉。可能是茶叶不太好，我这就给您去换一杯。"

安如雪道："不用了，我马上要出去。以后我自己带个杯子过来，前一阵特意买了一个新杯子，以后你不用给我倒水了，真的不用，不是跟你讲客气，我自己来就好。"

小袁讪讪道："好的，我记住了。安老师，不好意思。"

安如雪笑道："你别往心里去，我向来就不喜欢麻烦别人。"

小袁拿着杯子和热水瓶出去了，眼神似乎有些慌乱。几个月前她来到工作室，做了一阵文员之后，安如雪跟同事聊天，说想要找个助理，小袁恰好在一旁听到了，马上毛遂自荐，安如雪也就答应让她先试试。彼此相处一阵之后，安如雪感觉小袁比较勤奋，做事也还周到，就决定正式请她当助理，工作室另外请了位文员。

不知道什么缘故，安如雪凭直觉感觉到小袁对她的关注似乎过了头，总觉得她似乎在不时窥视自己，但又认为这算不上太大的问题，也就继续看看再说。

第五章 无爱婚姻

她恨恨地想，怪不得世上有那么多冲动犯罪，此刻如果她身上有炸弹，说不定也想扑上去跟他同归于尽。安如雪很想重新坐回到地上大哭一场，像个真正的泼妇一样撒泼。但是她克制了自己，只是冷静地、倔强地、仇恨地瞪着王子健。

安如雪觉得自己此刻就像一个疯女人。平日的优雅和风度全都荡然无存。是谁说过，好的婚姻会让一个女人越来越好，糟糕的婚姻会让一个女人从天使变成魔鬼。她又愤怒又悲哀地盯着王子健，觉得自己心都死了。

一　关于父亲的记忆

真正内心成熟的人才会知道这样一个真相，爱情和婚姻在本质上是两件事。

美好的爱情不一定必然带来美好的婚姻，而和谐的婚姻里也可能并不具备爱情的元素。

还有一个真相，婚姻模式似乎也能遗传，在代际中被复制、被传递。

安如雪觉得在自己父亲母亲的婚姻当中，爱情的因素恐怕非常有限。

她的父母亲是经人介绍认识的。当年，母亲是一位对生活充满热情的农村姑娘，聪明大方，积极参加当时的各种社会运动，社教啦、宣传队啦，而且是其中的骨干分子。

父亲年轻时是一位高大威武的军人，据说当时一位军校校长的女儿非常喜欢父亲，但他心里有些自卑，总想着要门当户对，于是不愿接受那个城里姑娘抛来的绣球，而是托乡亲们在家乡帮他找对象。

介绍人先把父亲的一张两寸彩色照片给母亲看，那张照片是父亲这辈子照得最帅气的一张，一见之下，母亲当即芳心暗许。及至父亲从部队回来，两人第一次见面便彼此认同，母亲略略感到遗憾的是，父亲的脸膛比较黑，而不像照片上那样白白净净。但这并不妨碍他们彼此中意对方。两人很快结婚并陆续生下三个孩子之后，父亲走上了对越自卫反击的战场。他本来是位副连长，然而刚上战场，连长就负伤下了火线，于是，他就地转正，成了连长。（第一次和杜宇宁喝茶的时候,安如雪先介绍自己,顺便提到父亲曾赴越南打过仗,杜宇宁说,我们越说越近了。)

父亲在战场上表现得非常机智勇敢,许多关键的地方都是他身先士卒起了很好的带头作用。当时战士们口头流传最广的一句话是:子弹到了咱们连长面前就会自动拐弯。

战争结束后,父亲本来可以荣立一等功,但是他很担心如果自己立了一等功,还会留在部队打仗,于是不惜找到团长,请求宁愿不要功也要转业;团长于是只给他报三等功,并同意他转业。于是,父亲携妻带子,转业回到家乡,成了一名乡干部。后来听说所有立了一等功的人都可以转业去大城市。

在安如雪的记忆中,父母亲一辈子都在吵吵闹闹中度过。现在到了老年,他们依旧动不动就大吵小闹,甚至把斗嘴当成人生乐趣之一。

而安如雪之所以愿意跟王子健闪电结婚,固然是因为当时她年龄已经不小,但另外一个主要原因就是看中他也跟她的父亲一样,曾经是个高大的军人,后来转业成了一名体育老师。婚后安如雪才发现,自己完全是被他的表面现象所迷惑了。因为从本质上来说,王子健根本不是她期待的那种类型的男人。

一个人的情感需求,早在他的童年时代就已经被决定。

安如雪童年时和父亲在一起的机会极少。她心目中父亲的形象是模糊的。所以几十年过去了,她其实一直在找她的父亲。她需要的是一个父亲型的成熟稳重的丈夫,懂得引导她、宠爱她。

在她小时候,父亲是什么样子的?她的记忆相当模糊。

她记得在她五岁多的时候,有一次正带着弟弟在家门口玩,一个穿军装的人出现了,笑眯眯地走来跟她说话。她迷惑地看着这个人,怯生生地回答他的提问。

我叫安如雪。

我五岁半了。

我妈妈在地里干活。

那个军人接着问她:"雪儿,你真的不认识我吗?"安如雪望着他,茫然地摇头。

他说:"我是你爸爸呀。快,去告诉妈妈,爸爸回来了。"

爸爸?安如雪半信半疑地跑去找妈妈。

妈妈不相信地问:"真的是你爸爸回来了?"

安如雪说:"是真的。那个人的帽子上有五角星。"

那个人!这个词语居然用来指代自己的父亲。

一个五岁半的孩子,居然不认识自己的亲生父亲,这无论如何是一件令人心酸的事。这样一个记忆碎片,安如雪成年后想起来,常常忍不住要落泪。

她的另一个记忆是,父亲从越南战场上归来,当时全家人已经随军,从乡下搬进了城里,母亲带着她和弟弟,站在欢迎的队伍里。妈妈突然看到了父亲,用手指着父亲对安如雪说:"看!你爸爸在那里!"七八岁的安如雪顺着母亲的手指头望过去,果然看到了父亲。但是她当时的反应很奇怪,她流着泪说:"我没看到。"明明已经看到了,却说自己没看到,从心理学的角度来说,这是典型的回避型依恋。

后来安如雪跟着妈妈去父亲连队,父亲忙着安顿战士们,他把沿途老百姓塞到他衣服口袋里的慰问品,鸡蛋呀、水果呀,拿出来给安如雪。安如雪又掉眼泪了。父亲开心地说:"你这个小傻瓜蛋,怎么哭了?"然后他又一阵风地走了,忙着安顿他手下的兵去了。

父亲平安回来,安如雪的表现过度,说明她简直不敢相信父亲已经回来了,也说明她对父亲的感情是极深的。

童年时代关于父亲的记忆,真的是非常少。小时候,安如雪一直在寻找自己的精神父亲,一个成熟、坚定、智慧,又懂得宠爱她的男人。

及至成年,在爱情这个领域,她的需求其实一直没有改变,她渴望的,就是一个成熟、坚定、智慧,又懂得宠爱她的男人。

二　婚姻之乏善可陈

然而王子健根本不是她要找的人。至少以前不是,现在也还不是。不知道将来他会成长到什么程度,或者说,他们彼此的关系能够成长到什么程度。

首先,王子健的思想简直可以用幼稚来形容,他孩子气十足,头脑简单,根本谈不上成熟,他的思想简直只是停留在少年阶段;关于坚定,也许这种气质他还是有的;但是,关于智慧,可以这么说,他的智慧远远征服不了安如雪这名才女;至于宠爱,那就不用说也是不达标的,一个孩子,怎么懂得宠爱另一个孩子呢?王子健年龄跟安如雪差不多大,而且他不太懂得怎么讨女人欢心,安如雪在他面前,连撒娇耍赖的欲望都没有。平常,他们之间也很少有肢体接触。事实上,安如雪是一个非常渴望亲密关系的女人。如果她喜欢一个人,她就会在他面前撒娇、耍赖、粘人,像个小孩子。

她和王子健,不像夫妻,倒像两个熟人,一块搭伙过日子,谈不上有多好的感情质量,大多数时候彼此相安无事而已。

在这场婚姻中,最能安慰安如雪的是他们的孩子王子奇。

小家伙智力上更多的遗传了安如雪的基因,他非常聪慧,小小年龄,就很懂事;体格上更多的遗传了王子健的基因,比同龄的孩子高出半个头。也就是说,他基本上遗传了他们的优点。

如果要求不是那么高,安如雪和王子健组建的三口之家甚至可以算是幸福的。王子健的脾气很好,跟谁都容易相处;安如雪是家庭的核心,大事小事都是她做主;孩子是家庭的枢纽,一切都围绕着孩子转。谁能说这不算一种幸福呢?

可是安如雪常常觉得自己不幸福。这辈子没找到一个心心相印的爱人,那怎么能叫幸福呢?有时候夜里醒来,不管是她一个人,还是身边躺着王子健,一种莫名其妙的孤独感会牢牢地攫住她:在这世上,没有和她相亲相爱的人,她的心一直是孤独的。她会因此泪流满面。

王子健倒是没太多的失落感。他是那种包容度很强,跟谁都可以过一辈子的人。

不过,王子健发起怒来,也是一件让人头痛的事。

这个春节前夕,这对夫妻之间就罕见地爆发了一场战争,一幕闹剧,算得上他们结婚以来最严重的冲突。

三　家庭闹剧

按照约定,一家三口这一次应该回王子健的老家过年。他们结婚之后就约好了,每年轮流到两边父母家过春节。本来一大早,还没起床,安如雪已经说好了让王子健去超市买些东西,她中午还有个应酬,吃完中饭一家子就出发去王子健老家。

没想到,早餐桌上,就起了事端。

王子健做好蛋炒饭,还炒了个青菜,见安如雪老半天没洗漱完,王子健心里已经有些不满。吃饭的时候,不知道怎么提起一件往事,安如雪又埋怨王子健做事不动脑筋，被人牵着鼻子走。

那件事情一度让王子健非常窝火，他确实是因为头脑太简单被人利用了，白白损失了二三十万。其实他心里一直很后悔，但后悔也晚了，他已经为此付出巨大的代价。这件事是王子健心里的一个结。此刻安如雪又揭他的老伤疤，他非常生气，大叫让安如雪闭嘴。安如雪见他突然发火，也生气，两人于是对峙起来。

互相指责的过程中，安如雪脱口而出："谁让你自己那么没用！"

王子健大叫："这日子，过不下去了！"他拿起饭碗砸到地上；安如雪惊呆了，但她不甘示弱，也叫："不过就不过，早就不想跟你过日子了！"她匆忙中抓起桌上的一个药瓶子砸到地上，但是那个药瓶是塑料质地的，摔在地上只是象征性地响了一声，没有碎裂的效果。但总算也给安如雪造了一下势。王子健似乎要在声势上压倒安如雪，而安如雪又是在他面前从来没吃过亏的，总之这一次是两人针锋相对。

他们的孩子，八岁多的王子奇见情况不对，哭着说："你们不要吵架好吗？我还是一个小孩子，你们这么吵，我好害怕！"

安如雪愧疚地抱了抱王子奇，柔声道："宝宝，别怕，没关系，我和你爸爸不会怎么样的。"

她于心不忍，却又不肯低头。不管王子健说什么，她都立刻顶回去。

王子健道："早知道你是这么以自我中心的女人，当初就不该跟你结婚。你以为你是武则天啊？"

安如雪道："没人逼着你跟我结婚啊！也是你向我求婚的啊！"

不可思议的一幕发生了，在他们这样闹成一团的时刻，当年曾经无比热爱王子健却又被王子健放弃的女人婉秋来了电话。若在平常，王子健也就会顾忌安如雪的感受，也许就不接这个电话了。此刻，为了刺激安如雪，王子健故意大声接电话道："婉秋啊，好久没你的消息了,越长越漂亮了吧?最近好吗?"

竟然是婉秋来的电话,那个阴魂不散痴迷王子健却求而不得的女人!正好夫妻俩吵架她就来电话,这世上怎么会有这么巧合的事?难道真是量子纠缠、第六感在起作用?安如雪反倒冷笑起来,不生气,也不吃醋。

王子健接完电话,道:"当年我要是跟婉秋结婚,日子肯定不会过成今天的样子。"

安如雪道:"日子过成这样是我一个人的原因吗?你想跟谁结婚都可以,现在仍然可以,我分分钟给你自由。"

两人继续拌嘴,王子健突然怒气冲冲地把安如雪往外推,结果用力过猛,安如雪一下子倒在客厅的地板上。这是生平第一次被人推倒在地,仇恨的火焰立刻啃噬了安如雪,那一刻,心理咨询师、畅销书作家安如雪不见了,取而代之的是绝望又陷入疯狂的家庭主妇安如雪。她又气又恨,跟这个男人死战到底的决心都有。

她爬起来,脑海里闪过的武器类型有:厨房里的刀、热水瓶、酒瓶子醋瓶子、木棍子铁棍子。但她起来后环顾了一下四周,只是顺手操起一只高跟鞋,往王子健身上砸过去。

她把高跟鞋抓在手里的时候,觉得分量实在是太轻了。但她又没胆量真去厨房里拿刀,怕吓到了王子奇;于是她不管不顾先把高跟鞋甩出去再说。

甩鞋子的时候,她本来想对着他的头砸过去,但是她怕那样真会伤到他,于是一犹豫,对准他身上打过去。

但是,训练有素又牛高马大的王子健身手相当敏捷,他身子一偏,躲开了。

安如雪无比失望。

她恨恨地想,怪不得世上有那么多冲动犯罪,此刻如果她身上有炸弹,说不定也想扑上去跟他同归于尽。她很想重新坐回到地上大哭一场，像个真正的泼妇一样撒泼。但是她克制了自己，只是冷静地、倔强地、仇恨地瞪着王子健。

安如雪觉得自己此刻就像一个疯女人。平日的优雅和风度全都荡然无存。是谁说过，好的婚姻会让一个女人越来越好，糟糕的婚姻会让一个女人从天使变成魔鬼。她又愤怒又悲哀地盯着王子健，觉得自己心都死了。

两个人好歹不再动手，偃旗息鼓，彼此瞪视对方。

安如雪大声宣布："这次过年我不会跟你走了！你自己带着儿子回你老家去！"

安如雪知道王子健怕她这一招。果然王子健说："你是本来就不想去，今天才故意找碴是吧？"

安如雪说："谁跟你故意找碴？你这种男人，没人想跟你过日子！"

王子健说："你照照镜子吧！你哪里像个女人？"好歹跟安如雪朝夕相处这么些年，曾经不善言辞的王子健已经变得伶牙俐齿了。

安如雪心知肚明王子健说她不像个女人的意思。不过就是抱怨她不喜欢做家务，家里常常一团糟；还有另一层意思，估计是说她在床上的表现乏善可陈。

关于这两条，她已经无数次在心里替自己辩护过了。

首先，她确实不擅长做家务，也不喜欢做家务。她无法理解为什么有的女人可以那么轻易就把自己家里收拾得整洁雅致，那么喜欢一天到晚手不停脚不住地以收拾自己的家为乐。她不是不会做，她平常做的家务几乎限于不得不做的类型，比如做饭、洗衣服、拖地，主要是她觉得家务太浪费时间、浪费精力，当然，可能这是她给自己的懒惰找的借口。事实上，她觉得自己的懒是在可以容忍的范围的。家里的地板一直都是她拖；如果王子健不在家，她一样可以做出可口的饭菜，事实上，她的厨艺常常可以超过王子健。她对家务实在提不起热情。如果王子健觉得他可以像某些大老爷们似的男人那样，等着安如雪把一切都收拾得妥妥帖帖，连他的衣服都熨平整、鞋子也擦得光亮，恐怕这过于一厢情愿。安如雪有自己的梦想，有自己需要付诸努力的东西，她喜欢看书、写作、和朋友交流。要她放弃一切，彻底成为一个家庭主妇的话，恐怕跟她搭档的男人要足够强势也要有足够的魅力和实力，可以让她彻底臣服，以围着他转为乐事。王子健的综合实力显然无法达到这种效果。再说了，家务这样的小事情，有必要的话，请个人来做就行了（事实上，家里太乱的时候，安如雪会请钟点工来彻底做一次卫生），哪里犯得着为这样的小事一天到晚斤斤计较？

至于床上表现，那就更不好说了。床上运动是一种双人艺术，不是哪一个人单独能够决定其质量的。这样的双人运动水平一般，王子健自己也是有责任的，他根本不应该也没权利就此有太多抱怨。

"你照照镜子吧！你哪里像个女人？"这是什么鬼话！

于是安如雪干脆摆出了悍妇的架势，反唇相讥："就算我不像个女人，那是因为你不像个男人！"

王子健不再作声。

望着仍然在掉眼泪的王子奇，安如雪有些心疼，觉得有必要好好安慰一下自己的孩子。她搂着儿子，边亲吻他，边说："仔仔，你别哭，大人吵架，是大人自己的事，跟你没关系，爸爸妈妈仍然爱你。我仔仔是世界上最聪明、最能干的孩子。就算爸爸妈妈离婚，也不是什么大不了的事。你看，美国总统奥巴马的爸爸妈妈在他两岁的时候就离婚了，他照样能当总统。你的爸爸妈妈都不爱对方，所以才会这样吵吵闹闹，你以后长大了，要找一个你很爱的、也很爱你的人结婚。记住了吗？仔仔乖，没关系，不哭。"

王子奇懂事地边流泪边点头。

安如雪要出门的时候，抱了抱儿子，跟他道别。王子健在一边说："你想清楚一点。"

安如雪回应道："你放心，我早就想得清清楚楚了。这次我绝对不会跟你去你家。"

然后她再笑着跟王子奇说："仔仔乖啊，要照顾好自己，要开开心心的。你也不用担心妈妈，妈妈没事的。妈妈出门了，bye-bye！"

在这样的家庭环境下，幸好有个懂得开导人的妈妈，王子奇显然已经没什么心理负担，他应声说："妈妈，bye-bye！"

可惜有的人会开导别人，却不懂得开导自己。

四　勉强和解

两口子吵架那天，安如雪应酬完毕回家的时候，在路上，她心里一直在挣扎，假如王子健还没走，她到底要不要和他一起去他老家呢？这么多年来，他们虽然并不相爱，但日子过得倒也安静，像这样激烈的冲突，那是非常罕见的。

结果，等她打开家门，王子健已经带着王子奇走了。前一阵子她为公公婆婆准备好的那些过年礼物，也都被带走了。

安如雪心里有些空空的，但是，她并不觉得难过。

多么奇怪的事情，两个人闹成这样，她居然一点都不痛苦。

假如她爱一个人，哪怕那个人不及时回短信，她都会痛苦得不得了。可是，她和王子健之间，两个人发生如此激烈的战争，她居然仍旧那么平静。简直是一种麻木。

后来安如雪回了自己的老家过年。她的爸爸妈妈劝了女儿几句，倒也没有过多地说什么。

大年初一的早晨，安如雪被一阵鞭炮声惊醒了。她的家乡有个习俗，大年初一这天，一大早，每户人家的一家之主就要起来放一挂长长的鞭炮，鞭炮响起的时候，每个人都要在心里默默许几个愿望，而且要赶在鞭炮声停下来之前许愿完毕，这样，许的愿才会灵。

当安如雪的爸爸点燃了鞭炮，安如雪一下子清醒过来。她飞快地许下了三个愿望：祝愿自己和亲人尤其是亲爱的儿子王子奇身体健康、幸福平安；祝愿自己的事业越来越顺利；祝愿自己拥有一个可以相爱一生的爱人。

当她许完愿，鞭炮声也就停了。

她相信，她的愿望一定会灵验的。春节过后当她遇到杜宇宁，她就对他说过，他是她许愿许来的。问题是，她一厢情愿臆想的情景和现实中发生的事实，会不会真的一致呢？

整个春节，共有十几天时间，安如雪和王子健谁都没跟对方联系。既没发短信，也没打电话。安如雪更加觉得自己没有错，因为王子健确实是太不懂事了，他不给安如雪打电话也就罢了，但是连她的父母，他也不打电话拜个年，这就怎么都说不过去了。他们夫妻吵架，只是夫妻的事，尊老爱幼还是要的吧？老丈人、丈母娘不指望你这个女婿好烟好酒送上门来拜年，不管两口子怎么吵架，只要两个人还没离婚，打个电话怎么都是必须的吧？

一个三十几岁的男人，为人处世还这么幼稚，叫安如雪怎么爱得起来？叫她怎么不想着另外找一个合适的人共度一生？

这些天安如雪只是把电话打到王子健老家的座机上，直接找王子奇，偶尔也没事人一样跟王子健的父母简单聊几句。

王子奇毕竟还小，早就忘了爸爸妈妈吵架的事，每天都玩得很开心。这让安如雪放下心来。

春节过后，三个人回到家里，起初安如雪见了王子健总是仇恨地瞪视他，一点好气都没有。

王子健冷冷地说："告诉你，我不是你的敌人。"

安如雪反唇相讥，"你还知道你不是我的敌人啊？那你为什么动手打人？"

"我那是打人吗？是你自己找打！谁让你说话那么难听！"

"我说话难听，也是你自己找的。谁让你做事做得那么不漂亮！"

两人都闭了嘴。

这么一吵，反倒把起初的尴尬打破了，这个家又恢复了原状。本来安如雪和王子健都有共同的想法，只要对方开口要离婚，那就离了算了。可是双方都没提离婚这回事，于是大家又都不了了之。

这个家，夫妻之间不亲密，彼此没有多大的幸福感；但母子、父子之间是融洽的，家庭功能倒是很正常。

也许，没有爱情的婚姻，就是这个样子。两个人，能凑合就凑合，就这么囫囵过下去，这毕竟还算一个完整的家。

如果想让这个家充满幸福和快乐，夫妻两人都要有更多的成长，不是仅仅哪一方努力就能够扭转这个局面的。

从这个角度来说，安如雪简直有些羡慕心理咨询来访者徐琼和她丈夫罗慕雄。毕竟他们是相爱的。能够在对的时间遇到对的人，一切就好办得多。

第六章 蝴蝶梦

安如雪陷入沉思,她突然顿悟,如果一个人对于「性」和「情」无法厘清,多半是因为自己的内心没有得到完整的发育,还有太多幼稚的、本能的、儿童态的东西。叶梦远如此,她自己也是如此,只不过,她自己纠结于精神层面的「情」;而叶梦远更多是挣扎于身体层面的「性」——毕竟叶梦远在少女时代身体受过伤害。安如雪还相信,当一个人真正看明白一件事,自我救赎的时刻就快要到了。

一　梦境引领现实

叶梦远在网上做过几次心理年龄测试，测出来的结果居然都在四十岁以上。当然，这类测试的科学性、严谨性有限，测试结果仅仅具有参考价值。叶梦远自己觉得自己的内心无比沧桑，而测试结果符合她本人的判断，如此而已。

一个生理年龄只有二十五岁的女人，内心居然如此衰老。当然这样说并不全对，首先心理测试只是一种倾向，不见得准确；然后她觉得自己是个过于矛盾的女人，有时候她觉得自己是个历尽沧桑的老太太，有时候又感觉还是个不谙世事的儿童。具体一点说，她有时玩世不恭，尤其是对男人全无真心，这个时候，她觉得自己看破红尘，心已苍老；有时，却又对这世界充满单纯的遐想。

她对自己的魅力相当自信。尤其是最近，也许是春天已经到来，就像家乡的小山坡上燃起一树树桃花那样，她的桃花运旺得不得了，一个个男人争先恐后想要闯进她的生命，成为与她息息相关的角色。

叶梦远组建蝴蝶梦酒业公司绝非偶然。当然，偶然的因素也有。总的说来，这份事业缘于她小时候的一个梦。

叶梦远的童年梦境：

她正在村子后山的桃树林里玩，突然地上涌出来一口水井。许多彩色的蝴蝶飞过来，围着那口井翩翩起舞。

井里的水越来越多，往外奔涌，形成一条小溪，成群的蝴蝶顺着小溪飞，她也跟着小溪跑；溪水汇成一条河流，蝴蝶依然顺着水流飞，她也顺着河流一直追过去；然后，所有的河水汇入一片汪洋大海。

　　在大海的边缘，她看到升起一轮火红的太阳，所有的蝴蝶都朝太阳飞去；而太阳发出强烈的光芒，刺得她的眼睛有些酸。

　　她突然醒了过来。

　　这个梦太诡异了！

　　叶梦远把梦境讲给奶奶听，奶奶说："我家的小闺女，以后会成为不得了的大人物呢。"后来，叶梦远牢牢记住了这个梦，井、蝴蝶、小溪、河流、大海、朝阳、自己一直跟着水流和蝴蝶跑；她也牢牢记住了奶奶的话，一直想努力追求上进，想要真正成为一个举足轻重的"大人物"。

　　叶梦远小时候就长得很可爱。两只眼睛又大又亮，几乎每个见到她的人都要忍不住夸一句，"这个孩子好漂亮！"

　　她一直学习很用功，是那所偏远山村的第一个女大学生，学的是英语专业，在一个招聘会上，她很顺利地找到了一份相当不错的工作。上班一年之后，在一次外出旅游时，朋友招待她喝了一款果酒，这酒的味道非常独特，口感很好，酒的品牌叫作"蝴蝶梦"。叶梦远心有所动，当她了解到星城还没有这个品牌的代理商，于是找了几个朋友一起，开了一家蝴蝶梦酒业公司，合伙代理这款酒，她自己担任公司总经理。在这个时代，如果真正有心，开公司并不是难事，他们自己筹集一部分资金，向亲友借一部分，再向银行贷款一部分，把办公室规整好，张灯结彩地就开张了。

　　她怀疑自己这辈子跟酒有不解之缘。那个梦，主题是水，而酒的主要成分不就是水吗？还有蝴蝶，她的梦里蝴蝶翩翩起舞，这款酒恰好就叫作蝴蝶梦；再有，她的名字里也有一个"梦"字。这款酒简直是专门为她量身制造的，她不理会都不行。

一进入这个行业,她就以漂亮的外形、优雅的气质加上能说会道,成了业内一只被称道的"黑天鹅"。

从学校进入社会之后,她第一次和男人产生紧密纠缠,也是因为酒。

那个男人,她简称为A,是在酒桌上认识的。A也是一家企业的老总。知道她经营酒业,马上说以后他公司需要的业务招待酒就全包给她了。她一听,非常领情,和这个男人以兄妹相称。

A果然买了很多酒,还经常请她吃饭,她也基本上每请必到。一来二去,某次酒后,在A的强烈要求下,他们一起进了宾馆的房间。A一再保证只是去休息一下,绝对不碰叶梦远。

要不要跟A走,叶梦远内心充满挣扎。她喜欢和他在一起聊天,可以学到许多经商的经验,她更需要他照顾公司的生意,如果冷硬地拒绝他,她怕自己会失去他。所以,她选择了跟他走。进了宾馆房间,就由不得她了。

叶梦远大学的时候谈过恋爱,和男朋友一起在外租房同居过一段时间。这种做法在他们这个时代的大学生中,是相当普遍的。大学毕业后,她和男朋友没在同一个城市,很自然地分手了,并没觉得多痛苦。但是后来经历的一场恋爱,通过网络认识的一个网名叫"阳光"的男人,让她饱尝了痛苦的滋味。她试图忘记这件事,但总是无法释怀。她一直起意要找一位心理咨询师好好谈一谈,好彻底摆脱积压在心底的种种阴影。

起初叶梦远对于轻易和A上床是充满罪恶感的。然而次数多了,心也就麻木了。后来她又跟其他男人有染之后,她不再自己跟自己过不去。她跟男人上床的依据不只是他们是否照顾她的生意,照顾她的生意只是条件之一,条件之二是这个男人必须要让她看着上眼,心里喜欢,最最重要的一点,是对方必须身体健康——否则的话,一不小心染上什么病,那就完了。她慢慢学会如何大致判断一个人是否健康:性格开朗大方没有戾气、身上没有异味、体型匀称、眼神明亮等等。当然,这样的判断只是准确率相对比较高,说不定也会误判。

她觉得她的喜欢只是表面的,只是说对方让她觉得顺眼。骨子里,她完全不信任男人,甚至有些蔑视男人。她曾经认为,男人很贱,男人是用来骗的。

为什么会这样?她自己隐约是知道的,隐约觉得自己的认知有问题,甚至有病。她需要确认,需要救赎。

于是她终于设法找到了心理咨询师。

二 早恋之伤

叶梦远坐在安如雪身边,忐忑地问:"按照上次的约定,我们今天好像要探讨为什么我会不信任男人、为什么会不相信爱情,对吗?"

安如雪点点头。

叶梦远脸上表情有些迷惘:"我觉得自己确实很奇怪。一方面,我不停地跟各种男人周旋;另一方面,我根本不喜欢或者说不信任男人。当然,我承认有时候是为了商业利益,但有时候根本不是。"

安如雪脸上的表情总是很平静,问道:"你最早跟男人近距离接触,是什么时候?"

"应该是初二吧!对了,安老师,我要把我的早恋故事讲给你听,还有另外一段对我影响很深的恋爱,一个网上认识的叫'阳光'的男人,我也要慢慢告诉你。"

叶梦远的早恋:

叶梦远注意到班长王枭这段时间总在有意无意地注视她。确实是注视，而不只是看。注视是长时间地看、很注意地凝视，而看，用在看人这件事情上，也就只是快速扫一眼，不会太用心。

王枭简直是全班女生共同的梦中情人，这一点叶梦远是很清楚的。他长得又高大又帅气，此外，既然能当班长，成绩当然也是名列前茅。每次考试，几乎毫无悬念的结果是：王枭第一，叶梦远第二。以前叶梦远从没觉得王枭特别注意她。最近，是怎么回事呢？

那时候，叶梦远是三大班花之一。班上还有两个漂亮的女孩子，她们长得确实耐看，并且各有千秋，难分高下，所以她们一起入选；而叶梦远之所以被选为三朵班花之一，是因为她不仅长得漂亮，更因为她学习成绩很好。

她曾经听班上的女生说王枭正跟班花中的某一朵在谈恋爱，根本想不通他近来为什么老是注意她。

这一天晚自习放学，叶梦远一个人走在路上。王枭突然从后面跟了上来。他拍拍她的肩膀："嘿！"

叶梦远虽然吃了一惊，但并没有多想，两人很自然地聊了一阵，谈学习呀，周末怎么玩啊，聊得非常开心。王枭说他们家刚刚搬家，几次都看到叶梦远走在他前面，才知道原来他们两家在同一个方向。他说他前两次就想追上去跟她说话，却没有勇气。叶梦远在心里偷偷笑，没想到王枭也会这么腼腆。她想，也许两人的家在同一条路上，这就是王枭最近突然开始关心她的原因。毕竟他们之间意外地有了可以接近的理由。王枭把叶梦远送到离她家很近的地方才走。叶梦远几次回头，都看到他在原地目送她，心中一阵温暖。

第二天、第三天，连续好几天，晚自习之后，王枭都跟叶梦远一起走。总是她先走，出了校门，他再追上来。

叶梦远突然相信，他一定是喜欢上她了。

小小少女，在瞬间懂得了怀春。每次下了晚自习，一出校门，她就心跳得很厉害，又紧张又甜蜜地等待他的出现。

然而王枭在连续陪她走了六个晚上之后，突然就不再在同一时间出现了。

她以前曾经是独来独往的，但她从不觉得孤单。然而，在王枭陪伴她六次之后，她突然渴望他夜夜都能出现。

整整一个星期，叶梦远都是孤单单地独自回家。每次她都盼着他会准时出现，而希望却总是落空。为什么王枭突然就不陪她了？难道他根本就不喜欢她，仅仅是她自己一厢情愿吗？

叶梦远不知道那个星期她是怎么熬过来的。每次一回到家里，她就把门反锁起来，对父母谎称要做功课，实际上，她是躲在里面掉眼泪。

就在叶梦远伤心失望的时候，孤独一星期之后，第八个晚上，王枭又出现了。仍然像第一次那样，他突然从后面跟上来，拍拍她的肩膀，对她说："嘿！"他的笑容看起来很阳光。

叶梦远一下子怔住了，她不相信地看着他。在路边的灌木丛里，王枭张开双臂，叶梦远稍稍犹豫了一下，终于羞涩地扑进王枭怀里。王枭像电影上演的那些恋爱中的男人对待女人一样，亲吻了她。这是她的初吻。

被王枭吻过之后，叶梦远浑身无力，她是被王枭扶回她家附近的。

叶梦远深深地坠入了情网，她入迷地注意着王枭的一举一动。由于上课老走神，她的学习成绩也有所下降。不过还好，幸亏叶梦远一直是那种聪明的学生，她不需要太用功，成绩就

099

很好，她只是从第二名下降到第十名左右而已。

　　王枭经常陪她回家，但不是每天都陪。有好几次，王枭带叶梦远去公园散步。就在公园的草地上，叶梦远糊里糊涂把自己少女的初夜献给了王枭。

　　那个过程她记得很清楚。王枭先是吻她，把她吻得晕头转向。然后，他抓住她的手，引向他身体的某个部位。

　　叶梦远的手第一次碰到一个光滑的、温暖的、硬的东西，她吃了一惊，把手缩了回来。那一刻，她的手感觉到的特殊触感是从来不曾有过的。

　　王枭坚持着把她的手再一次引向同一个地方。

　　然后，叶梦远整个人都迷糊了。

　　那时候是夏天，王枭轻易地掀起她的裙子。而她身体的某个部位很奇怪地像有一条小溪在奔涌一样，把她的裤子都弄湿了。王枭把他身体的某个部位顶进她小溪潺潺的地方。她感觉到轻微的疼痛，心里有说不出来的惶恐，但她陶醉其中，整个人像在云朵上飘着。因为，她爱他。

　　后来，他们又在一起好多次，基本上隔几天就会在一起。

　　可是，没想到，叶梦远怀孕了。

　　她慌乱得不行，痛苦得无法形容。

　　他们各自掏出自己的积蓄，并以要参加班级活动、买资料为由，从父母那里拿了一笔钱，假装说这次学校组织的活动要去外地，然后去外地的医院做了人流手术。不知道是父母过于信任自己的孩子还是他们太有装假的天赋，总之，竟然都成功地瞒过了家长。

　　叶梦远相信自己一生都无法忘记这样的手术带给她的痛苦。她无助地躺在手术台上，听到医疗器械叮当响，撕心裂肺般的疼痛让她无法抑止地大喊大叫。

再后来，叶梦远更痛苦地发现，王枭抛弃了她。

王枭开始去追另一朵班花。

让她心如死灰的另一个重大发现是，她后来知道王枭居然跟每一个班花都谈过恋爱、发生过关系。这是那两个班花亲口承认的。但是那两朵班花是否有过怀孕流产的痛苦经历，她就不清楚了。

她每天以泪洗面，忧郁成疾。

初三下学期，叶梦远的父母注意到了女儿的异样，多方追问，知道缘由后，气愤不已，却又不敢张扬，于是让她转了学。她在新的环境里待了一两年才慢慢好转。

三　性与情

诉说这段往事使得叶梦远泪涌如泉。

安如雪抽取桌上的面巾纸，递给叶梦远。

叶梦远接过来，拭了拭脸上的泪。她挣扎着带笑说："安老师，不好意思。我其实已经很久没哭过了。"

安如雪表情凝重地点点头，表示理解。

叶梦远唏嘘一阵，说："我觉得自己现在好像经历了几个世纪那么久，又好像重新回到了从前。"

"你现在最明显的感觉是什么？"

"我好伤心的。您不知道，当年最痛苦的时候，我一次又一次地想自杀，而且真的割过一次腕，没有勇气用太大的力气，只是割破了皮，流了一点血。幸亏有一个男老师一直安慰我。我很感谢他。不然，我简直活不下去。"

"哦，一位男老师安慰你。"

"是的。那位老师很负责任，而且，他年龄很大了，对我极好，发现我心情特别低落的时候，会让师母约我去他家吃零食，他们夫妻一起开导我、鼓励我。不过，我只是感激他，跟他倒是没什么特殊的故事。"

"你从自己的初恋经历里，得到什么经验？"

"可能就是王枭让我不再信任爱情，不再信任男人，甚至想要报复男人，毕竟，在花朵一样的年纪里，我却承受了身体和心灵的双重打击。而且，是他让我学会了在恋爱中制造竞争感、制造距离感。现在有那么多男人喜欢我，就是因为我受到他影响，故意制造了竞争感和距离感。"

"你是说，你觉得自己付出真心却被伤害，所以以后选择不信任爱情，不信任男人。"

"我自己是这样认为的。可是，后来，我还是又真心爱过一个人，就是我刚刚说的叫'阳光'的男人，但是结果还是很受伤。唉，我今天太累了，不想说了。我告诉过你，虽然我还年轻，经历却很多，心里真的好沧桑。我觉得自己有一颗老女人的心。安老师，我下次再来找您吧。"

望着叶梦远的背影，安如雪陷入沉思。她突然顿悟，如果一个人对于"性"和"情"无法厘清，多半是因为自己的内心没有得到完整的发育，还有太多幼稚的、本能的、儿童态的东西。叶梦远如此，她自己也是如此，只不过，她自己纠结于精神层面的"情"；而叶梦远更多是挣扎于身体层面的"性"——毕竟叶梦远在少女时代身体受过伤害。安如雪还相信，当一个人真正看明白一件事，自我救赎的时刻就快要到了。

第七章
那颗遇见的子弹

「爱情对你而言，可能是一个未完成事件，也就是说，你一直没有遇到过真正合意的、两情相悦的爱情，你的需求从来没有被满足过，所以你一直沉迷其中。而杜宇宁可能恰好符合了你的模型，所以，他一出现，你就会像抓救命稻草一样想抓住他。」

一 咨询师的心理督导

安如雪坐在李云桑面前，神情苦恼而恍惚，一言不发。

李云桑此刻的身份是心理督导，也就是心理咨询师的咨询师。他早已跻身中国心理学界明星级心理咨询师。单从外表来看，他的形象英俊潇洒，极有气质，很显年轻，目测顶多三十来岁，没有人相信他已经五十有余。这位帅气而又儒雅的绅士经常以特邀专家的身份亮相中央级电视媒体，而且，他确实是个学识渊博的专家，绝非浪得虚名。

安如雪有幸认识李云桑，是因为偶然在电视上看到过他的节目，而且后来又面对面地听了他的心理咨询培训课程。在听课的过程中，安如雪表现得很积极，她思路清晰，伶牙俐齿，让人印象深刻，李云桑也注意到了她。

是在认真听了他的课之后，安如雪才深深为他折服的。一个人把学术研究做到如此出神入化的地步，真是让人肃然起敬。他的许多观点，尤其是他对爱情婚姻的看法，让安如雪觉得自己的人生重新打开了一扇又一扇的窗，她因此可以从更多的角度来解读这个世界。

而李云桑之所以愿意担任安如雪的心理督导，是因为他发自内心欣赏这个女子的才情。他开玩笑说，他们可以合作写书，他口述，她整理，这样，新书出来的时候，得向他付一部分稿费。

李云桑含笑望着沉默的安如雪说："如果我的判断没有错，你的生活里最近可能发生了什么特别的事情。"

他总是如此一针见血。

安如雪一点都不觉得惊异。

李云桑的洞察力以及他对她的了解程度，有时候简直超过了她自己，这种情形此前她早已多次领教。当然，这个说法可能有些夸张。最了解自己的人，通常情况下，只能是自己。

她笑着说："您说对了，确实有事发生。最近我遇见了一颗子弹。"

"遇见一颗子弹？我猜，你是说，你遇见了一个像子弹一样的男人吧？"

又被说中了。

安如雪叹息一声，微笑，沉思。

前几天，在一本名为《送你一颗子弹》的书里，安如雪看到一句话，深有同感："事实上我想说的……是我自己，每天早上醒来，都像在一条陌生的大街上重新捡到一个孤儿。"这本书的作者是一位曾留学美国的政治学女博士。

写出这样一本书的女子，称得上才貌双全，在剑桥大学当讲师，年过三十依旧孑然一身。她的身边想必有不少追随者，可内心仍有孤儿的感觉，这已经让人觉得奇怪；更让人奇怪的是安如雪，父母双双健在，有家有孩子，也常会觉得自己是孤儿，而且，这种孤儿的感觉根深蒂固。她曾经写过一首诗，这首诗其他的部分，她已记不起，但她清楚地记得诗的结尾是：

……
当你归来，
众人欢唱；
当你归来，

我如街头无人认领的孩子，

　　痛哭一场。

　　她不知道为何许多人的内心都有如此严重的孤儿情结。也许就是因为内心缺乏归属感，没有找到一个跟自己相爱的人，自己又没有觉醒，很少自我觉察，不懂得如何对自己提供精神支持。

　　在美国心理学家马斯洛的需要层次理论中，爱和归属的需要被列在第三个层次。

　　马斯洛认为，可以把人的需要分为五个层次，从低到高依次为：生理需要、安全需要、爱和归属的需要、尊重的需要、自我实现的需要。对于安如雪来说，她目前最为缺乏也最为渴望的需要就是爱和归属的需要。更高层级的需要她觉得自己完成得不错，底层需求的满足反倒无法达成。

　　这个像子弹般呼啸而来的杜宇宁，能否终结安如雪内心的孤儿情结？他能否让她产生归属感，觉得她的灵魂从此有了依靠，从此有人与她相依为命，同走天涯？

　　安如雪收回自己的思绪，重新面对李云桑。她把自己莫名其妙坠入情网的经历一口气向李云桑叙述一通。

　　安如雪自述：

　　李老师，你知道的，虽然我是个渴望爱情的女人，但我绝不随便，而且，事实上，我很难真正爱上一个人。因为我知道自己内心是个缺乏安全感的人，疑心很重，根本不敢轻易动心。

　　我最近接触了一个男人，并且在极短的时间内和他的精神世界形成某种紧密的关联。这种感觉非常奇怪，我自己完全说不清楚。总的说来,我觉得我和这个男人之间的关系,既很远,又很近,应该说,目前为止,我和他的感情还不是完全意义上的爱情,因为我还不了解他。但我对他非常入迷,想知道跟他有关的一切。你知道,我对爱情非常敏感。

我是偶然认识他的。他叫杜宇宁。第一眼见到他,我就对他产生了极其强烈的好感。这在我的生命历程中,是一种很稀有的感受。

我不清楚自己为什么会被他吸引。他的形象?气质?社会身份?好像都不是。总之,一见到他,我就觉得他身边的一切都是被虚化了的,只有他这个人,形象非常鲜明。这就像是一张集体合影的黑白照中,别人都是黑白色,只有他一个人是彩色的。

当时面对的是一大群人,我只认识把我带过去的那个女朋友。我们一起吃饭、唱歌。从头到尾,我只关注杜宇宁一个人。

那天我嗓子哑,唱不了歌,所以我就打算走。当时没想很多,可能因为自己对一个陌生人没来由地产生这么浓烈的好感,觉得有些危险,本能地想要退缩。但是说实话,其实我的本意并不是真的想走,相反,我其实非常渴望靠近他,想对他了解得更多一些。但我不知道为什么我却表现出自己要走。当然,如果不是因为那群人里有他;如果他不留我,我肯定真的走了。

当我说要走的时候,他很认真地挽留了我。我于是就顺水推舟地留了下来。

杜宇宁是个非常周到的人。他注意到了我有些忧郁的样子。你知道,平常,我很容易会显得心事重重。一个有追求而现实并不如意的人,是会不知不觉显得忧心忡忡的。

他照顾到了在座每一个人的情绪。我想这正是他的人格魅力所在。

他偶尔也陪我聊几句。后来我说起近期会出书，他说他很欣赏能写文章的人。我们互相留了电话号码。

　　此后的好几天，我们都没有联系对方。我其实常常会想起他。但我觉得我并不了解他，假如他没有表现出对我的兴趣的话，也许我并不打算跟他有私底下的联系。

　　后来，元宵节，我收到了他群发的短信。有意思的是，他的短信迟了两天我才收到。当我回他短信并告诉他这种延迟，他很幽默地回了我一句："让子弹飞一会儿！"我想，应该就是这条短信起到了催化剂的作用，如此幽默、智慧的回复把我镇住了，使得我对他不仅仅有好感，而且产生了好奇，那种感觉就像猛然发现了一处绝美的风景，让人又惊又喜。我想起唱歌的时候他说过他是个有很多故事的人，于是打算以他为原型，让他成为我新故事中的男主角。随后，我表现得非常主动，约他喝茶聊天。

　　那次喝茶，我们交流得非常愉快，简直是无话不谈。他曾经是军人，还参加过真正的战争。

　　也就是在那次交流中，我发现我和他的境况是相似的。当然，这里有个前提，要假定他说的都是真话，他说他和妻子的关系也不好。不知道为什么，我相信他说的每一句话。

　　应该说，那次交流把我和他之间的距离瞬间拉近了。他居然和我爸爸的经历很相似，也上前线打过仗；他很爱学习，已经取得博士学位。总之，他完全符合我对爱人的憧憬，不管是他的形象还是他的思想和气质。我觉得，他简直是上帝为我量身定做的一个人。

　　后来，我们通过几次电话，把一些事说得特别透。我甚至说过如果双方都觉得合适，我们可以有新的婚姻，他也同意我的说法。我对自己敢于在他面前如此直白、如此勇敢地表达自己的思想大吃一惊。我甚至给他发过这样的短信："这些天把你藏在心里，常常感觉到生命的喜悦与宁静。但愿你真是我守候许久的那个人。"

我确信他对我也是有相当程度好感的，他的语言让我感觉确实如此；可是，他的行为却给我带来了无穷的困惑。比如，除了前面一两次他回过我短信之外，后来我给他发短信，他基本上都不回复，而是方便的时候直接给我回电话。这些天，有两次，我们在电话里一聊就是四五十分钟，还意犹未尽。当然，他解释过他不习惯用短信交流。但我总觉得这里面可能有什么隐情。

另外，他基本上从不主动联系我，但是如果我联系他，他回我电话的时候，又会表现得非常深情。为什么会这样？我觉得他应该不是那种"不主动、不拒绝、不负责"的所谓"三不"男人。

总之，他像一个谜，让我一天到晚就想着要快快把谜底解开。这种感觉让我对他充满渴望。我每天都在渴望能够见到他，至少能够跟他有交流。

我对他的总体感觉是，他也喜欢我，但是，他很谨慎，也有些犹豫。我想，也许，这样的男人，有太多女人喜欢他。

当然，我偶尔也会想，他该不会是在玩感情游戏吧？反正有一个不讨人厌的傻女人那么主动地喜欢他，他就觉得玩一玩也没什么不可以。老天爷，这样我会发疯的。

唉，我遇到的，到底是不是爱情？

二　男人解读男人

安如雪一口气说完，李云桑忍不住微笑着摇头说："你呀！一个对爱情执迷不悟的女人！典型的恋爱脑。我们对一件事情入迷，有时候恰恰是因为受到吸引但又不了解。对于不确定的、未知的事情，人类的关注度本来就会更高，何况你身陷迷局。你讲述一遍这件事情之后，对自己有什么新发现？"

"没什么发现。觉得有些绝望，可能我真的对这个人着迷了。"

"对一个人着迷，其实没什么好绝望的。这正好又给你提供了一个成长的机会。我们的一切表现都是有原因的。因为这件事，你正好可以更清楚地了解你自己。你刚才说的这些事，我看到几个问题。首先，你不是爱上了一个什么叫杜宇宁的男人，你爱上的是你自己心中的爱情模型，爱情对你而言，可能是一个未完成事件，也就是说，你一直没有遇到过真正合意的、两情相悦的爱情，你的需求从来没有被满足过，所以你一直沉迷其中。而杜宇宁可能恰好符合了你的模型，所以，他一出现，你就会像抓救命稻草一样想抓住他，我觉得你要赶快从这种沉迷的状态里走出来；第二，请原谅我毒舌，以一个男人的经验来判断，虽然我并不了解这个杜宇宁，但我觉得，他可能还不够喜欢你，至少目前还喜欢得不够，更谈不上爱你。很少有人会在短时间内真心爱上一个人。他只是对你某些方面有兴趣。比如，他可能仅仅欣赏你是个作家，欣赏你是个有才华的女人，仅此而已。"

说到这里，李云桑有意停顿了一下，看了安如雪一眼。他发现她听得发呆，于是有意咳嗽一声。安如雪惊觉过来，目不转睛地盯着李云桑。

他于是继续说下去:"至于他说的那些话,极可能是美丽的谎言,他并不是欺骗你,极可能他仅仅是逢场作戏,他同时也在欺骗他自己;还可能,这就是他为人处世的习惯,喜欢适度迎合别人,时常会虚伪。当然,这只是我没有足够根据的推测。也许他说的是真话,每一个个体都是不一样的,确实有那种彼此一见钟情的人,这需要你自己用头脑去判断。你自己也知道,每个人的内心都这样,既住着天使,也住着魔鬼。第三,你说他参加过真正的战争,那么,他很可能患有轻度的'战争综合心理障碍',当然,这只是一种推测,毕竟我没见过他,不知道他的具体情况。由于战争的环境和条件非常艰苦,也充满危险,会长期处在紧张、疲劳、饥渴,甚至恐慌的状态下,这样他们就会特别容易出现心理障碍。像你说的杜宇宁,他的社会功能是适应得不错的,战争结束后取得博士学位,还成了博士生导师,那么,他的社会功能还没有受损;但是,他可能有轻微的情绪不稳定及焦虑抑郁状态,特别容易在跟人有亲密关系的时候诱发出来,而你的心理依然不够成熟,你们之间很可能会有一个无法相容的过程。当然,也许我的判断是错误的,毕竟没有直接见到你说的那个人,目前我感觉如此。总之你不要介意,在你面前我喜欢说话直接。毕竟你跟普通的来访者是不一样的。"

这位心理督导抓住了要害。安如雪怔怔望着李云桑,没有答话。因为,她知道,他可能确实是正确的。极可能是。

她也感觉杜宇宁是受过伤害的人,她曾经希望能够安慰他的灵魂。只不过,她没有明确认识到"战争综合心理障碍"这样一个概念。

三 叶思遥来电

安如雪一个人走在路上,她觉得自己心里疯狂的念头被李云桑打压下去不少。是的，她是该打破那些虚幻的东西，迅速变得理性坚强起来。如果她连自己的问题都处理不了，又怎么谈得上还能安慰杜宇宁呢？又怎么能够最大限度地帮助那些信任她的来访者呢？像叶梦远、徐琼她们，那么信任她，她当然不能辜负她们的心灵交付。

爱情这种事，也是有季节的，年轻的时候，可以憧憬一下爱情，尽可能找到最美好的感觉；可是现在她都成家有孩子了，就不要再把爱情这种虚无缥缈的事情放在心上了吧？就像茶叶，春天的茶尖采下来，清香怡人；可是，秋天去采茶，哪怕也能采到茶尖，那味道却是苦涩的。

一个聪明的女人，就该在正确的时间做好正确的事情。该谈恋爱的时候，好好找一个彼此真正喜欢的人来爱，从此互相扶持，不离不弃；不该谈恋爱的时候，即使真的有爱情来临，也要有一定的抵抗力，除非那份爱情有多么惊天地泣鬼神，那倒是可以考虑豁出去。聪明的人，就该如此。可是，她为什么就没办法当一个真正聪明的女人呢？爱情，真的不是人生的必需品，而是奢侈品，是需要代价的。

安如雪的手机响了。一个似曾相识的年轻女声。她自我介绍说自己叫叶思遥，是叶梦远的双胞胎姐姐。她说："安老师，我妹妹说您是个很有思想的心理咨询师，请您一定尽心尽力，帮我妹妹从这种游戏人生的状态里走出来。我觉得她这种情况非常危险，真是太玩世不恭了。"

怪不得觉得她的声音似曾相识。这两姐妹，连声音都像。

安如雪真诚地说："你放心吧！我会尽最大的努力善待我的每一位来访者。你妹妹，确实有她自己的问题。她会在我的帮助下，慢慢把自己看得更清楚的。一个人，真正了解自己，才能够改善自己。"

"您觉得,她究竟有什么问题呢?"

"其实每个人都有自己的问题。你妹妹,她的经历给她留下了一些创伤,她需要慢慢修复。具体的情况,恐怕你自己直接问她更好。心理咨询师是要为来访者保密的。"

"哦,好的。怪不得我妹妹那么信任您。您确实是个非常智慧的人。对了,我妹妹有一次古古怪怪地说,她的嘴巴里会吹出许多泡泡。可是我让她当我的面吹,她又不肯。"

又是说嘴巴里会吹出泡泡!却又不知是真是假。

这个叶梦远,实在奇怪。为什么她要这样说?

挂了电话,安如雪不由得叹口气,对自己摇摇头,她突然生出焦虑情绪。

是的,她必须加快自我成长的步伐,她还肩负着帮助别人的使命。

杜宇宁的出现,也许就是一个让她进一步认识自己的机会,一个让她打怪升级的契机。作为心理咨询师,在做自我成长的时候,她始终不太愿意去碰触爱情这一块,现在,杜宇宁出现了,她必须去面对。至于两个人以后的结局,她无法预料。

她一开始就希望他们可以有一个堪称传奇的结局。但,这仅仅是她单方面的一种愿望。

不过,结局或许不是最重要的。

真正重要的是她自己在这个过程中的自我了解和醒悟。

第八章
人性，复杂的人性

前些天击中她的是自己心中的幻影，此刻她推倒的也是自己心中的幻影，和真实的杜宇宁关系不大。那几天如同患了重感冒般——确实是感情上的一场高烧。有了这场高烧，她应该就获得免疫力了。

一　灰心

"千万不能泥足深陷！"安如雪一次又一次警告自己。

她太了解自己的个性了，只要认定一件事，会非常投入甚至疯狂，更别说是真心爱上一个人这种本来就激情如火的事情；而她目前完全拿不准杜宇宁是否真的喜欢她。虽然她也欣赏关于"我爱你，但和你无关"的后现代爱情观，可她更渴望在这世上有个非常合适的人，可以与她有一种互动式的爱情，彼此双向奔赴。否则的话，她还不如一天到晚抱着书啃，去爱那些依然健在或者已经故去的大师级人物，何苦要招惹一个和她生活在同一片天空下的捉摸不透的凡夫俗子？

接受李云桑督导之后的两天，恰好是周末，安如雪非常用心地过自己的生活。她看书、写作、带孩子，感觉时间过得特别快。她特意管束好自己，没有主动联系杜宇宁，她真的怕自己彻底陷进去。

送孩子回学校之后，安如雪到底忍不住了，先给杜宇宁发了一条短信："你是怎么过周末的呀？"然后，她并没有指望他会马上回复，只是等着他方便的时候回电话过来。

然后，她想起来好些天没联系江若水，于是打她的电话。

"江大美女，在忙什么？"

"没忙什么，等下我要去听课。"

"唉，听什么课嘛！真扫兴。今天你要是有空就好了。我打扮得漂漂亮亮的，很适合约会呢！"安如雪边开玩笑边哈哈笑。

"噢，难得你有如此雅兴，我帮你约一个人好了。你说吧，你想见谁？"

"就想见你呀！"

"少来！对了，想起来了，上次你不是说对杜宇宁这种类型的男人有好感吗？我帮你把他约出来。时间可以晚一点，等我下课了我们再开始喝茶。"

安如雪想了想，说："好吧！你约他。不过，你不要提到我哦！"其实，约杜宇宁正是安如雪心心念念想要的结果。她单独和杜宇宁见过一面而且他们彼此特别有好感的事情，安如雪还没来得及告诉江若水。她们之间，本来是无话不谈的。不过，安如雪不是很喜欢跟人分享真正的秘密。她还没想好到底要不要把这件事告诉江若水。

过了一阵子，江若水回电话了，她说已经约好，杜宇宁同意一起喝茶。安如雪问："你没提起我吧？"

江若水说："没有。"

安如雪说："啊，这样不好，你又没提到我，你们两人去喝茶吧，我就不去当电灯泡了。"她觉得自己应该是吃醋了。

江若水简直急了："你这个人，是你自己说不要提你，而且我跟你说好了我是帮你约的，要不是你，我根本不会给杜宇宁打电话。我对他才没兴趣呢。你敢不去！"

安如雪大笑。她说："那你详细告诉我，你是怎么跟他约的？"

江若水却有些期期艾艾。

安如雪威胁道："你不告诉我你们说了些什么，我就真不去。"

江若水说："好吧，告诉你！但有一个前提，不管我告诉你什么，你都必须一起去，好不？"

"好，你说吧！"

"真不知道怎么了，这个杜宇宁是真的喜欢我。他说不管多晚，不管他离我多远，不管他有多累，他都愿意来见我。刚才约他喝茶，我说九点半，他说好；我说十点，他也立刻答应，而且他想就只是我和他两个人去喝茶。我说不行，还要多叫几个人。他同意了，说到时候他会亲自来接我。"

安如雪觉得自己的血液都凉了。

杜宇宁，他不是说他也在想着安如雪吗？他不是说他们之间有走到一起的可能吗？为什么他又对江若水也表现得那么有好感呢？原来，他是如此言不由衷，难道他真的只是想游戏一下感情吗？怪不得他从不主动联系她。

江若水继续说："唉，男人啊，我打交道的男人太多了，我发现，男人逃不过这样的规律，二十岁的男人可能有真感情；三十岁的男人心急着想要成家；四十岁的男人只想要不负责任的婚外情甚至一夜情；五十岁的男人，仍然想追女人，做垂死挣扎。我还是尽可能跟三十多岁的男人打交道比较好。像杜宇宁这种想玩婚外情的四十多岁老男人，不对我的胃口。"

安如雪笑笑说："你快成为思想家了，看你把男人总结得一套一套的。先这样，我们等下再见吧！"

就在这一瞬间，安如雪灰心了。她终于明白：很多时候，对一些人来说，爱情，真的就只是幻影。她不假思索地再给杜宇宁发短信道："有的感情，也许只是幻影。"然后她决定要放下他。是的，一切只是幻影。

安如雪不安地想，几个小时之后，该如何去面对杜宇宁呢？到底还要不要去呢？不得不承认，在短兵相接直接和男人打交道这个领域，这位心理咨询师段位太低了。

好半天安如雪才定下神来。她知道自己不可能不去。好奇心在诱惑她，她很想弄清楚杜宇宁到底是个什么样的人。

其实杜宇宁到底是个什么样的人已经不重要。前些天击中她的是自己心中的幻影，此刻她推倒的也是自己心中的幻影，和真实的杜宇宁关系不大。那几天如同患了重感冒般——确实是她感情上的一场高烧。有了这场高烧，她应该就获得免疫力了。以后，她再也不会对爱情梦寐以求。她会踏实地、坦然地过好自己的生活。

但她还是想去见见他。

她真有些不甘心和杜宇宁会是这样一个故事，连泡沫都不算的故事。

这些天过得简直真的像在演戏。先是一见倾心，然后是两个人毫无保留地交谈，她闪电般被他吸引，有那么两天，她一天到晚想着他，简直神魂颠倒、神志不清。然后，江若水一个电话，就让她想要放弃他。

真是有点不甘心。

但，不甘心又有什么用？

她想起自己曾经希望缔造一个传奇，现在看来，这个想法真是荒唐。现实生活中，哪来那么多传奇呢？

二　迷惑

安如雪的心短暂地痛了一阵，很快变平和了。

她开始抓紧时间安静地写小说。安如雪不是很奇怪自己怎么会那么快就把心态调整好了。毕竟，资深心理咨询师的功底还在。毕竟，她和杜宇宁认识才几天。

她觉得，等下和江若水一起再见一次杜宇宁，倒也不是什么大不了的事。她真的想看清楚，这个杜宇宁究竟是个什么样的人。

此刻，安如雪对自己的感觉力和判断力产生了严重的怀疑。她的感觉本来告诉她，杜宇宁是可信的，杜宇宁是喜欢她的；她本来是这样认定的：一个打过仗、受过伤、伤好了马上要求到祖国最艰苦地方去的人，人品一定是非常优良的，是不会轻易说假话的。

可是，如果江若水的话是真的，如果杜宇宁真的也跟江若水有暧昧的交流，那就说明杜宇宁对安如雪说的话是不可靠的，或者，杜宇宁是个喜欢和不同的女人玩暧昧的人。如果这个判断成立，那么，这个杜宇宁，根本就不值得安如雪再用半点心思。

幸亏他们之间什么都没有发生，连手都没有拉过，不然，安如雪会憎恨自己。

晚上九点，离江若水约定的见面时间只有半个小时的时候，安如雪的手机响了，她拿起手机，上面赫然显示：杜宇宁。安如雪瞬间凌乱起来。

他打来电话是什么意思？他还打算继续说假话吗？

安如雪定定神，按了接听键，神情漠然地招呼道："杜博导。"

杜宇宁在电话里明显地怔了一下。因为，此前，安如雪的声音一直是甜蜜温柔的，让人觉得非常亲近。而此刻，听筒里传来的声音让杜宇宁觉得两个人的距离特别疏远。

杜宇宁有些不安地解释说，他的手机是一卡双号，他现在刚从外地往回赶，刚把卡转换回来，这才收到她的短信，所以赶紧回电话。

安如雪不作声。

杜宇宁说："你吃饭了没有？我过来接你吃东西好不好？"

安如雪想，谁会这么晚还没吃饭呢？此外，杜宇宁明明已经答应江若水的邀约为什么又约她安如雪呢？他目前应该还不知道她和江若水之间的约定。安如雪疑惑不已，一时又不知从何厘清，索性不去多想，只是说："谢谢，我吃过了。你过来接我？难道你今晚没有约会吗？"

杜宇宁沉默了一阵，然后说："有约会。是你的朋友约我。"

安如雪想都没想，应道："她也约了我。"

"那就更好了，这事和你有关就更好了。如果你去，我就去；如果你不去，我就推掉，因为今天不早了，我也有些累。但是只要你愿意去，我就去。"

安如雪说："我的朋友约你，是因为我。她是为了我才约你的。"

杜宇宁说："我认识她比认识你更早，她可能是要和我谈另外一件事，所以才会约我。关于这次约会，我们可以不用讨论了。你要记住，我做的任何跟你有关的事情，都是为了我们越来越好。我是个什么样的人，时间会证明。江若水并不知道我们两个人一直保持联系，可能我们不一定要告诉她。"

安如雪同意这个说法。毕竟他们两个人都不是自由之身，一些事情，在一些时候，是必须要保密的。

看来居然是一场误会。杜宇宁并没有同时跟江若水玩暧昧。

安如雪仍然选择了信任杜宇宁。她寻思，江若水说杜宇宁想邀请她单独喝茶，可能也是真的。但这能说明什么呢？她并不知道他们两人的详细对话，也许，江若水只是选择性地向她透露了一些信息，江若水只是喜欢那种认为所有男人都被她的魅力彻底征服的感觉，所以强化了男人喜欢她的一些信号。当然，就算杜宇宁真的约江若水单独喝茶，那也不能说明什么。他当然有权利去接近自己喜欢的人。江若水本来就是一个也还讨人喜欢的女人。何况，男女之间当然可以有很正常的交往。

安如雪相信杜宇宁应该不是一个欺骗感情的人。她对杜宇宁是有信心有期望的，她希望他是真正值得她爱的人。只不过，她目前依然充满顾虑。现阶段他们之间非常缺乏也不方便有真正坦诚的交流。

安如雪没来由地想起她以前看到过的一句话：蝴蝶的翅膀飞不过沧海，谁也不忍心去责怪。

他们之间的感情，会不会只是蝴蝶的翅膀呢？

她真心希望她和杜宇宁能够在阳光下走到一起来，成为非常亲密的知己。如果不能达成这种境界，至少，他们还可以成为普通朋友。她绝不游戏。她会每一步都走得很认真、很小心。

三　看起来很美

江若水和安如雪先后到达约定的地点，一起等杜宇宁。

这一天安如雪穿着一件极其醒目的玫红色鸭绒背心，黑白方格的花呢裙子，非常打眼。

江若水开玩笑说安如雪越来越漂亮了。

然后，江若水打杜宇宁的电话，看他到了哪里。

杜宇宁说他已经到了，在停车。

过了几分钟，安如雪远远地看到一个人影。她虽然还看不清那个人，却相信他就是杜宇宁。她总觉得在她眼里，他整个人看起来像某种重型武器，特别具有辨识度，也特别具有杀伤力。

杜宇宁和安如雪像电话里约好的那样，丝毫不提及他们之间已经有过交流的情形。杜宇宁由远而近走过来的时候，安如雪有意背对着他，认真看一份报纸。杜宇宁假装问江若水："这个穿红衣服的美女是谁？"

安如雪转过身来，跟杜宇宁打招呼道："你好！"

杜宇宁笑着点头。

江若水再向杜宇宁强调安如雪是个才女，她说："你们上次见过，安如雪老师，作家，才女。"

安如雪开玩笑说："不错，是个'柴'女，干柴烈火的柴。"

江若水哈哈笑，她说她要让干柴烈火燃烧起来。

本来约好喝茶，江若水不住地喊冷，说要去吃东西，他们于是找了个环境不错的地方点了些小吃。

江若水不时开安如雪的玩笑，说她和杜宇宁两个人很适合在一起。

杜宇宁也笑着说,看来江总早就安排好了。他一直称呼她江总。

安如雪不时含笑望望杜宇宁。有杜宇宁在身边,她觉得很安心,心满意足。

人的感情真是无法捉摸的东西。杜宇宁这样一个人,只见过他两三次面,彼此的了解还非常有限,但安如雪却似乎觉得,他们在一起已经几生几世了。

江若水不明就里,还在一个劲地撮合他们两个人。其实他们早就不用撮合了。

三人聊得很起劲,快十二点了,安如雪提议改天再聚。她说杜宇宁第二天还要上班,太晚了会很辛苦。

杜宇宁领情地点点头。

分手的时候,杜宇宁让安如雪和江若水商量好,先送谁回家。在这个时候,三个人都沉默了。因为这个决定有点微妙。江若水住得比较远,安如雪家比较近,按道理,应该先送住得近的。但这件事,似乎不能完全按表面逻辑。

安如雪想,江若水不是说她对杜宇宁没兴趣吗?她为什么不成全她?难道她一定还要抓住这样的机会证明自己的魅力所向无敌吗?她一定要征服她身边的每个男人吗?

安如雪当然是希望先送江若水回家,然后她可以有机会跟杜宇宁私下里交流的,但是她见江若水迟迟不作声,让人觉得似乎她也有意要跟杜宇宁私密接触,于是朗声说:"先送我回去吧!"她不想让杜宇宁为难。

杜宇宁于是先把安如雪送回家,再送江若水。

大约半个小时以后,安如雪的手机响了。是杜宇宁打来的电话。

那时候安如雪正在沐浴,她觉得杜宇宁可能会打电话给她,于是特意把手机拿到了浴室。

电话接通，杜宇宁说："我已经把你的朋友送回家。"

安如雪哦了一声，然后咬文嚼字地说："我正在，淋浴。"

"什么？"

"我在淋浴。"

"哦，你是说你在洗澡。用词那么文气。"

她笑了笑，然后撒着娇跟他开玩笑："我好怕江若水把你抢走呢！她比我年轻，比我有吸引力呢！"

杜宇宁笑："那我就真的会被她抢走。"

安如雪先是愣了片刻。看来杜宇宁是真的对江若水有好感。她娇嗔道："你敢！你真被人家抢走了，我再去把你抢回来。"

杜宇宁有些敷衍地说："好了，好了，先这样吧！今天不早了，晚安。"

安如雪心满意足地挂掉电话，她觉得杜宇宁是个非常善解人意的男人。他打这个电话的用意非常明显，是为了让她对他放心，不要多心。

她对他重又充满了无穷无尽的美好遐想。

可是，她隐隐有些担心，这种美好的感觉，究竟能够保持多久呢？如果哪一天，这种感觉不翼而飞怎么办呢？

她太贪恋心中有爱的感觉。

而他们之间的了解目前实在是非常有限，那种建立在猜测上的所谓"爱"的感觉，是相当令人纠结也相当脆弱的。这一点安如雪倒是很清楚。

第九章
无果之恋

一个特别渴望得到宠爱的女孩子,却在几个关键的成长过程中遭受重大打击,感受被背叛之伤、遭遇流产之痛,也难怪她会玩世不恭。安如雪判断,叶梦远对男人、对爱情的看法是矛盾的,既憧憬,又心怀恐惧。对于有过如此复杂经历的人,硬生生的说教毫无意义,只能陪伴她慢慢探索。

一　莴笋叶炒蜗牛

叶梦远，这个总是打扮得很夸张的漂亮女孩子，她和一个网上相识的男人会有什么样的故事呢？

这个疑问很快就会解开。安如雪发现，她居然不知不觉地在牵挂叶梦远。这种情况是不多见的。心理咨询师必须学会在自己的日常生活中屏蔽来访者信息，把工作和生活分开，免受干扰。

跟叶梦远打过两次交道，安如雪觉得自己开始同情这个本性其实挺善良的年轻女子，她对下午的心理咨询居然充满期待。

王子健这天中午也在家，两人没兴趣做饭，安如雪就提议去一个地方吃大明虾。那家酒店的大明虾又大又肥，安如雪去过一次之后，一直念念不忘。

两人点了一斤大明虾，一个辣椒炒肉，还有一个清炒莴笋叶。

清炒莴笋叶是最后上的，安如雪已经吃了好一阵虾子和辣椒炒肉。

再吃几口莴笋叶，安如雪觉得差不多饱了。她漫不经心地挑起一片莴笋叶，准备往嘴里送。

突然，一个黑色的黄豆粒大的东西出现在盘中的莴笋叶里，起初安如雪以为是豆豉，没太在意。然后想想她点的是清炒莴笋叶，按理是不应该放豆豉的。她再定睛一看，天哪，居然是一只小蜗牛！这太恶心了。安如雪简直要呕吐，她对王子健说道："竟然有一只蜗牛！"王子健凑近看了看，道："真的是蜗牛！"

安如雪招手把服务员叫了过来，指着那盘菜说："你们这里怎么回事啊？我点的是清炒莴笋叶……"

安如雪话没说完，那服务员抢着说："这是莴笋叶啊！"

"没错。可我没点莴笋叶炒蜗牛啊！你们怎么放一只蜗牛在里面？"

听见安如雪神来一笔地说出"莴笋叶炒蜗牛"，王子健哈哈笑了起来。

服务员把头凑过去一看，果然是一只小蜗牛，禁不住张口结舌，尴尬着不知如何应对。

安如雪说："把你们领班叫过来吧！这个菜，就别指望我买单了。"她的意思是莴笋叶的单她不会买，但服务员非常紧张，以为她要弄成一个霸王餐，所有的菜她都不买单。

领班赶紧过来了。安如雪问："美女，你打算怎么办？"

那领班道歉了半天，然后说："这样吧，大明虾的成本，您还是付给我们吧。"

安如雪说："跟大明虾没关系。我不打算吃你们的白食，把这道莴笋叶撤下去，当作我们没点，就行了。就不要你们赔偿我们的食欲损失了。"

领班极其明显地松了口气，赶紧亲自动手端走了莴笋叶。

买了单出来，王子健送安如雪去心理咨询工作室。

车子才开了几分钟，王子健就用抱怨的口吻建议安如雪要自己学会开车，免得动不动就要他当司机。

安如雪就开玩笑说："要我学开车很容易啊，你去另外换台好一点的车，我保证学。"

其实不学开车有两个原因，首先是安如雪觉得自己容易走神，方向感又差，实在不合适开车；其次，她一直不喜欢家里这台手动的老爷车。

王子健听着这话刺耳，因为安如雪不止一次埋怨他被人利用损失了二三十万的事，她说那笔钱完全可以拿来换台不错的车。于是

127

王子健就说:"我看你还是换老公更省事。"

安如雪一下子就觉得自己心里梗了一下,因为这是她的痛处。

老公,不是不愿意换,不是不可以换,问题是,种种原因,她不知道这辈子能不能换得了。假如她离开他,确实能找到合适的男人当老公的话,她是可以离开的。问题是如果离开他,一样找不到合适的人,那又何苦离开呢?他们在一起,至少现阶段,对孩子的成长是有利的,起码孩子有一个完整的家。

她紧紧闭嘴,不再言语。但她的脑海里闪回着杜宇宁的影子。

王子健也自知失言,于是随后一声不吭。

下车的时候,安如雪讽刺地说:"辛苦你送我,辛苦你陪我吃饭;还有,我们互相伤害,猛刺对方胸口一刀,用力太大,也很辛苦。"

王子健皮笑肉不笑地"哼"了一声,没说话。

唉,他们的婚姻,质量真是不怎么样。

二 不见阳光

一个在爱情婚姻领域有严重问题的人,多半是因为在生命早期的亲子关系中存在重大缺陷。这是心理学精神分析学派的一个观点。

安如雪望着眼神空洞的叶梦远——这个情爱关系混乱得已经病态的年轻女子,忖度着她的童年,以及青春期受过的身心伤害。

预约心理咨询的时候,叶梦远说今天要跟安如雪讨论一场她曾经陷入太深、受伤太重却没有结果的恋爱。

此刻,坐在安如雪面前,叶梦远几番欲言又止。

安如雪一直不出声,镇静地、微笑地望着她。

长长地呼出一口气,再喝一口茶,叶梦远终于开始讲述。

叶梦远的无果之恋：

我不知道从哪里说起。反正，随口说一通吧！刚开始见到这个自称为"阳光"的男人，我就对他印象很深，而他也非常关心我，然后他的一系列行动让我迅速坠入情网。

我跟他是在网上认识的。"阳光"是他的网名，起初是他主动加了我的QQ，我们聊过好几次，谈得很投机，就决定见面。早知道我会如此沦陷，那时候我宁愿不要去见他。

他是那种永远把自己打扮得非常抢眼的男人。不是花里胡哨那种抢眼，他的装扮是很得体的，他给人的感觉，不知道该怎么表达，反正就是，他像个明星，让你一眼看到他，就不容易忘记。他每周都要去最好的发廊修剪头发，每天都使用男士香水。

第一次见面，他请我去一家很正式的西餐厅吃饭。一坐下来他就开玩笑说这辈子都不打算放开我了。吃完饭，他就莫名其妙地拉我去逛街，买好多小礼物给我，包啦、鲜花啦，我拼命推辞都没有用。他都是挑那种非常好、非常昂贵的东西给我，我觉得自己像个受宠的公主一样。关于接受他礼物这件事，其实我不认为自己是一个多么物质化的女人，但是，我觉得一个男人如果真的爱一个女人，用礼物表达是一种难得的诚意。说明这个男人愿意为你付出。有礼物，不一定代表爱；但是如果有爱，在力所能及的范围内，一定需要用肯定会受欢迎的礼物来表达。

以后，每次见面，他要不就带我去做发型，要不就带我去买衣服，总之，他把我照顾得非常周到。我觉得这样被人宠爱与关怀，真是太好了。我们很快在我买的小户型房子里同居了。他是外地的，在本地没有买房，而且他租的房子刚好到期，就说先跟我挤一挤,过一阵找到合适的房子就买下来。我有点不理解他为什么花钱那么大手大脚却连房子都没买,他却说买房子不用急,结婚的时候再买更合适。

他把他以前的恋爱故事讲给我听,一个上海来的漂亮女孩子曾经让他深陷情网,但是后来,那个女孩子跟一个富翁跑了。她嫌弃他穷,说他不会照顾她。从此,阳光发誓自己一定要努力挣钱,要把跟自己谈恋爱的女孩子照顾得像公主。他果然说到做到,几经努力,先后涉及过好几个行业,包括餐饮啦、旅游啦,甚至曾为各大夜总会培训歌女,总之,他终于把自己折腾成一位成功人士,有能力从物质和精神两个层面全方位照顾他喜欢的女孩子。

我没想到我可以成为那位幸运的公主。那段时间我幸福得无法形容。

可惜好景不长。发生了一件事,使得阳光不再信任我。

在阳光之前,我也是有男朋友的,后来我和那个男孩子因为性格不合,分手了。可是他仍然有点放不下我,偶尔会在半夜三更打我电话。

有一天晚上我跟阳光在一起,已经一点多钟了,那个男孩子打我手机的时候,我在卫生间,而手机却放在床头柜上。阳光按了手机的接听键,却不作声,结果那个男孩子以为是我,居然说:"宝贝,好想你。"

阳光把电话挂了,而且马上关机。他当时什么也没有跟我说,第二天早上,他说他要去外地出差,可能要出去一两个月。当时我觉得他表情很古怪,似乎对我有些冷淡,我不知道怎么回事,问他,他什么都不说。我挺舍不得跟他分离,然而我知道男人的事业有多重要,于是,只能含泪跟他告别。

那一两个月,他很少主动给我打电话。我打给他,他一直说他在浙江。可是，我有一天突然在我们星城的街上看到了他，正挽着一个女孩子的手。我气得浑身发抖，马上打他的电话，问他在哪里，我在他身后十几米远的地方看着他接电话，他却说他在温州。

　　这简直像一场噩梦。我愤怒地冲到他们面前。他看着我，不说话，只是挥挥手让那个女孩子先走。我看到那个女孩子手里有一大堆购物袋，就知道，他是用同样的方法，也俘获了那个女孩子的芳心。

　　我伤心极了，哭着问他为什么要欺骗我。他说，因为是我先欺骗他。他这才说出那天半夜里一个男人打我手机叫我宝贝的事。我解释说那是我以前的男朋友，我们早就断绝来往了。但是他根本不相信，还骂我跟他以前那个上海女友一样没有良心。但骂归骂，他还是回到了我身边。

　　然而从此以后，我们两个人进入互相折磨模式。他故意在我面前给别的女孩子打电话，叫她们"宝贝"；我也不甘示弱，有意跟以前的男朋友再度联系。这样做，我们都很生气，互相辱骂对方。然后，有一天，我突然受不了了。我终于明白什么叫相爱相杀，于是哭着告诉他，我其实是爱他的，我只爱他。可是，他一把推开我，然后，一个星期都不见我。

　　那一个星期，我绝望极了。我打他的电话，他要么就不接，要么就不耐烦地说，他和漂亮的女孩子在一起。我简直想到了自杀，可是我没有勇气真的自杀。

　　好不容易，一星期之后，他回来了，他说，他想清楚了，觉得我们不合适，还是分手吧。他说他再也不能忍受他爱的女孩子背叛他了，只要背叛过一次，他绝对不会原谅。我哭着求他不要离开我，我发誓我永远不会背叛他。可是，他根本不相信，还是收拾好自己的东西，直接往外走。我上前去拉住他，他居然把我推倒在地上,头也不回地走了。

他居然是那么铁石心肠的男人。

那时候天气很冷,地板是冰凉的。我倒在地板上,一整天都没动。不吃不喝,不停地想着我们相爱时的情景。后来,我大病一场,住了一个星期医院。住院的时候,我打电话给他,他接了,但是冷冷地告诉我他真的去了外地,他说一辈子都不要再看到我。

从医院出来,我告诉自己,别再相信什么狗屁爱情。别再相信什么狗屁男人。初恋男友伤我如此,这次又被伤害。这世界像座疯人院,疯子太多了。大家互相玩一玩吧!

叶梦远再一次落泪了。她久久陷入在自己的叙述里,满脸痛苦的表情。

安如雪望着叶梦远,深深同情这个年轻女孩子的遭遇。情窦初开的时候遭遇花花公子型的小男生;认真恋爱却又被一个过于没有安全感的男人伤害,也难怪她对爱情、对男人没有信心。

三 可靠与不可靠

"这个故事,确实让人挺伤感的。"安如雪轻轻说道。

叶梦远摇摇头:"都过去了。只是有时候,我真的不明白,阳光为什么要这样对我。"

"也许是因为他受过伤害,对你没有信心。"

"他自己也是这样说的。唉,不就是一个前男友的深夜电话吗?他的承受能力也太差了。"

"所谓一朝被蛇咬,十年怕井绳。"

叶梦远摇头,叹息。

安如雪试探着问:"小时候,你觉得你爸爸妈妈关心你吗?"

叶梦远摇头说:"我小时候大部分时间在我姑姑家里住。我爸爸妈妈工作太忙了。"

"你对你姑姑的照顾满意吗?"

"我姑姑也很忙,而且,她自己也有两个孩子。我从小就一直希望有人特别宠我。我想这就是我那么爱阳光的原因,因为他让我觉得自己像个受宠的公主。那种感觉,真的太美好了。"

一个特别渴望得到宠爱的女孩子,却在几个关键的成长过程中遭受重大打击,感受被背叛之伤、遭遇流产之痛,也难怪她会玩世不恭。安如雪判断,叶梦远对男人、对爱情的看法是矛盾的,既憧憬,又心怀恐惧。

对于有过如此复杂经历的人,硬生生的说教毫无意义,只能陪伴她慢慢探索。

安如雪问她:"你自己打算怎么办呢?比如说,是想一直这么跟男人周旋下去,还是想认认真真找个可靠的人过日子?"

"我也想找个可靠的男人。可是,男人哪里有可靠的?连我爸爸都说,相信男人那张嘴,不如相信这世界上有鬼。"

"你想让别人可靠,你自己先要变得可靠起来。如果你自己一直不可靠,你就只能遇到不可靠的男人。"

"可我以前是很可靠的,一样老是遇到不可靠的男人。"

"如果你变得不可靠,也许就更难遇到可靠的人。"

叶梦远开始发呆。

安如雪拿出一盒水彩笔和一张白纸,让叶梦远把自己认为可靠的男人的形象画下来。她告诉她随便怎么画,可以画具体的人,也可以画风景、画物体、画抽象的东西,甚至只用颜色表示都可以。

叶梦远先是画下一片蓝色,说是大海;然后画了一座山,一个大大的男人的形象挺立在山和海之间。但是那个男人画得非常粗糙，很马虎。

安如雪研究了一阵子，看出来一些眉目。她顺口问叶梦远自己怎么解释她的画。叶梦远说："我觉得可靠的男人要有大海般广阔的胸怀，要像山一样坚定不移，要强大有力。"

安如雪指着那个男人说："看来你心目中，这个男人的形象并不清晰。你只是希望他胸怀广阔、坚定不移，然后，你可能喜欢个子比较高、比较强健的男人。"

叶梦远点头："是的，其实我的要求并不高，只要符合这样的条件，又肯真心对我，我就觉得他是可靠的了。可惜，一直没有这样的人。"

安如雪点头："还是刚才那句话，你自己要先变得可靠，才有可能遇到可靠的人；如果你自己不可靠，就算遇到了可靠的人，对方要么变得跟你一样，要么会离开你。总之，你要先改变自己。"

叶梦远不语。过了好一阵子，她看着墙上的钟说："安老师，我的生命中，困惑太多了。下次，我肯定还会来找你。今天我要先走了，我约了人，要去处理一些事情。"

走到门口，叶梦远突然回头说："对了，昨天，我嘴里又吹出好多泡泡。"说完嫣然一笑，转身就走。

叶梦远为什么要说这么奇怪的话？安如雪听了目瞪口呆。她本来想叫住叶梦远问个明白，然而理性很快战胜了好奇心。要知道，具体情况完全可以放在以后的咨询里慢慢探讨。

第十章 从沸点到常温

安如雪决定要调控好自己和杜宇宁交往的步伐。她一定会好好珍惜他。和他相识,她觉得自己变得特别安心,仿佛灵魂真的有了依靠。当然,她明白,这种感觉仍然有些危险。因为如果老要靠外界的人和事来让自己安心,这样的安心很可能只是暂时的。毕竟外界的人和事不是自己能够掌控的,太容易变化了。

一 关于"99"

  对于安如雪而言,爱情是一门不曾修通的功课,一个没解开的精神结节,稍不注意,出现特定的人和事,就是一场兵灾。对她而言,杜宇宁也许不仅仅是一个具体的人,更是一个隐喻,比喻那些她曾经无比渴望却又并不拥有的美好事物。他的出现,唤醒她内心没有妥善处理好的心灵结节,需要她设法慢慢修通。

  想清楚这一点,安如雪的生活很快恢复了平静,不再像刚接触杜宇宁那些日子一样坐立不安、心神不宁。

  她开始接受彼此的交流模式:杜宇宁一般不回她短信,只是在他方便的时候才回电话。

  没有人知道他们会有一个什么样的结局,但她决定慢慢走好整个过程。她要慎重地、认真地、负责任地走好每一步。

  似乎有一个全新的世界在向安如雪招手,但她心里偶尔会惴惴不安,虚幻的情感难道真的那么重要吗?真的值得她抛开现有的一切去追寻吗?不过,她很快开解了自己。毕竟这是一个高度文明、高度民主、高度开放的时代,只要自己愿意,每个人都有权利去创造一种不妨碍他人的相对满意的生活。

  安如雪的生活现状是,她和丈夫没有建立起亲密关系,已经分居几年,但,他们毕竟有孩子,而且彼此能够相安无事,最好不要轻率地离婚,在这样的前提下,丈夫同意甚至偶尔也鼓励她留意身边是否有合她理想的人,如果有,他就给她自由,他们可以离婚;如果没有,她就要收心,好好过日子。情况似乎是这样,他们夫妻都没有足够坚定的决心去离婚,所以有意无意想借用外力来为他们的婚姻做出最后的选择和决定。

而杜宇宁的生活现状是，夫妻矛盾重重，他们很少交流，杜宇宁不排除自己重新找一个爱人的可能性；而安如雪和杜宇宁彼此对对方都有好感，只是程度不同，他们都诚心地愿意彼此先接近一段时间，看看有没有走到一起的可能和必要。但是这个过程，也许充满困难和危险，所以要格外小心。

安如雪其实还是有些不太明白刚接近杜宇宁那几天为什么会处在一种情感和情绪极度失控的状态里。她决定好好反思一下。

把自己当成是另外一个人，运用心理咨询师的头脑分析了一阵，她突然明白了这其中的缘由。

造成她表现得走火入魔的原因有三个，首先是杜宇宁符合她的爱情理想，他的出现扰动了她；然后是杜宇宁不喜欢回短信但又跟她保持联系的做法让安如雪产生了杜宇宁过于神秘的错觉，杜宇宁对她来说成了一个巨大的谜，安如雪急着想要解开这个谜，她的神经一天到晚受到牵扯，非常紧张；第三，安如雪和杜宇宁的状态是非常不确定的，他们仅仅是凭直觉渐渐靠近，彼此并没有充分了解，而心灵却在瞬间发生碰撞。这种情形产生的结果是，他们极可能成为心灵相知的亲密恋人，也可能转眼就成路人，彼此没有任何承诺和约束。这种不确定的情形很容易带来焦虑。所以，连安如雪这样一个有一定自控能力的人，在这三重因素的共同作用下，也出现了短暂的失控局面。

终于让安如雪平静下来的原因，除了她终于看清了自己，还有一个原因是她和杜宇宁后来进行了一次面对面的充分沟通。

那天上午，安如雪给杜宇宁发短信，见他一直没回，一时兴起，就给他打电话，奇怪的是，他居然也没接电话。到了中午十二点，杜宇宁回电话了，知道安如雪在家，他说他就在附近，可以过来跟她一起找个地方午餐。

安如雪站在路边,看到杜宇宁的黑色越野车开过来,停在她身边。她拉开车门上车,开玩笑说:"你像一个独行侠。"杜宇宁笑一笑,没有直接回应,然后说:"你看看这附近,你有什么比较喜欢的地方?"

安如雪想了想,说出来一个地址。

就在这一瞬间,安如雪的脑海里突然闪现出她生命中出现过的另一个男人,一个这些年她基本上已经淡忘的人,严世平。那是一位刑警。经长辈介绍认识,他闯进她的生命,他们之间曾经有过一段若有还无却又让安如雪感觉刻骨铭心的朦胧恋情。安如雪终于明白为什么她会对杜宇宁一见钟情了。杜宇宁和严世平,他们的形象、气质,非常接近。是的,没错,确实是这样,两个人很像,都是又帅又酷的男子。

杜宇宁已经把车停下来。安如雪微笑着下了车。

他们走进一家中西餐厅,安如雪选择这样的环境,是因为这里比较安静,方便说话。坐在杜宇宁对面,安如雪觉得他应该是一个能够带给她安全感的男人。但这种感觉目前还不够踏实。

安如雪决定要讨论一下杜宇宁为什么不喜欢回短信的问题。

她斟酌着说:"我很想弄清楚你为什么会不喜欢回短信。这里面一定是有原因的。先让我猜一猜。"

杜宇宁也产生了兴趣,说:"你猜。我要看看你是不是真能猜出来。"

安如雪说:"好。如果我猜对了,你必须要承认,不能说假话。"

"你放心,我不会说假话。"

"第一种可能性,可能你的手机上收到过别的女人的暧昧短信,被你的妻子发现,她跟你大吵过一架。"

"没有没有,绝对没有这种情况。"

"第二种可能性，你以前发给某个人的短信，后来成了那个人攻击你的把柄。比如说，你可能以前喜欢过某个女人，后来，种种原因，你们两个人分手了，那个女人就用你给她发过的短信来还击你。"

"没有没有。你说的这两种情况，都绝对没有。"

"我还是不猜了，你自己说说，你为什么那么不喜欢回短信呢？"

杜宇宁伸出自己的双手，说："你看，我的手指头又短又粗，好笨的，而且发短信太慢，我又忙，真不喜欢这种交流方式。"

安如雪认真看了他的指头一眼，他的指头确实不属于那种纤长形的，但也没到他自己自我贬低的那种地步，便摇头道："这不是理由。现在许多手机都有手写功能甚至语音功能，发短信很快。"她突然想到，其实他们之间的第一条短信，恰恰是他发给她的，而且还迟到了两天。但她并没有说出口。

杜宇宁接着解释："不太熟悉的人之间，我可能还发发短信，但是如果成为朋友了，我就喜欢打电话。有什么事一二三就说清楚了，短信发来发去的，多麻烦。我喜欢简单。"

对于杜宇宁的解释，安如雪仍然有些困惑，甚至有些半信半疑。但是，她最终还是愿意相信他。他似乎是值得她相信的。安如雪一直无比信任自己的直觉。

刚坐下，杜宇宁就声明他请客，安如雪没有表示反对。到了买单的时候，杜宇宁拿出银行卡，服务员却说他们这里设备坏了，暂时不能刷卡，安如雪于是抢着用现金买单。她觉得谁买单一点都不重要，她非常愿意买单。而且那张单子很有意思，数额里连续有两个"9"，金额一共是299元，2通常被认为和"爱"谐音，安如雪马上认为，这个数字非常吉利，预示她和杜宇宁的"爱"会长长久久，天长地久。（后来有好几次，安如雪苦涩地翻出那张单子，觉得这根本不是预言他们之间可能"久久"，似乎成了一种讽刺。）

二　桃花源，桃花缘或者桃花劫

安如雪决定要调控好自己和杜宇宁交往的步伐。她一定会好好珍惜他。和他相识，她觉得自己变得特别安心，仿佛灵魂真的有了依靠。当然，她明白，这种感觉仍然有些危险。因为如果老要靠外界的人和事来让自己安心，这样的安心很可能只是暂时的。毕竟外界的人和事不是自己能够掌控的，太容易变化了。

有一点是确定的，她不会轻易和杜宇宁有什么过于越界的交往，比如上床级别的肌肤相亲。如果有一天他们之间真的发生点什么，那就说明，他们都做好了要一起生活的准备。否则的话，她宁愿他们只是无话不谈的知心朋友。至少在精神层面上，迄今为止，他们双方相处时都觉得非常开心。

离他们不远的地方，一对恋人紧紧抱在一起，不时热吻着，这使得两人不知不觉谈到了对于性的认识，对此，安如雪和杜宇宁竟然有相似的经历和共识。他们的性意识拥有一个很接近的发展历程：最初，孩提时代，在大人的错误思想教导下，认为性是一件让人着耻的事情，直到他们进入青春期，还一直觉得性是不够光明的；结婚之后，安如雪和杜宇宁都是因为成了大龄青年之后，在别人的撮合下找了一个结婚的对象，相识三四个月就快速结婚，他们各自的婚姻都不是以爱情为基础，夫妻关系都不太理想，对他们来说，性仅仅是对自己配偶的一种义务；再后来，由于接触了种种事实和思想，他们都认为，如果能够和自己相爱的人发生性的联结，才是美好的。性其实也是一种交流方式，应该是在相爱的两个人之间产生的深层次的身心交流。

他们交流对性的看法的时候，彼此都很坦诚，也很自然。其实谈论这个内容需要勇气,毕竟他们都是知识分子,不愿意被认为属于轻浮之辈。安如雪想起杜宇宁说他经常失眠,她于是根据自己对众多案例的概括,真诚地指出,一个身体健康正常的成年人,生活很有规律,夫妻同床共枕,如果不明原因的睡眠不好,很可能跟这个人的性生活质量不高有关。

杜宇宁点点头,保持沉默。他没有告诉安如雪,自己和妻子目前也是分房而居,很少有性生活。

毕竟下午还要上班,杜宇宁适时结束了话题。

分手的时候,两人都有些依依惜别的样子。

安如雪独自一人的时候,想起和杜宇宁的交往,偶尔感觉有些惶惑,她拿不准她和杜宇宁会怎么走下去。

什么是可以让他们持续保持这种甜蜜感觉的动力呢?

他们当然可以谈论彼此的经历,一桩桩、一件件,慢慢讨论。但总有一天会谈完。

他们当然可以就发生在自己身上的、身边的事情进行分析和交流。但慢慢也会没有新鲜感。

他们还可以培养共同的兴趣爱好。事实上,他们已经有一部分爱好是相同的,比如,都喜欢爬山,都喜欢看书,都喜欢看电影,都喜欢旅游。

可是,这些事情,都会到头,他们怎么才能长期保持彼此的吸引力呢?

作为心理咨询师,安如雪决定结合自己的理论和实践,来一一解决这些问题,并让自己快速成长。这应该是一个不小的挑战:她希望他们用一生的时间,来保持对彼此感觉的美好和新鲜。这世上拥有长久而美好爱情的人,真是凤毛麟角啊!

只是,她完全没有料到,竟然会有一天,而且这一天很快就要到来，那时候她会发现，她似乎已经没有机会也没有必要去面对如何保持吸引力的问题。

她将发现整个过程来得太奇怪了，甚至让人莫名其妙，完全像是一场梦。

期望中的美丽桃花源，也许没有桃花缘，而是桃花劫。

第十一章
截然相反的另一个

「按年龄划分是否成年只是一个刻板的标准,有的人终其一生内心都只是一个幼儿。既然你认为自己是成年人,那么,我告诉你,你离我远一点。你是我的学生,我不想对你有一丝一毫的伤害。你根本不了解我。喜欢一个自己完全不了解的人,那是一件非常危险的事情。你知道『他人即地狱』的说法吗?可以告诉你一个秘密,你记得替我保密,不要告诉任何人。我是一个没有心的人,我不会爱上任何人。」顿了顿,她强调道:「这既是一个秘密,也是一个警告。」

一　师生恋

叶思遥安静地站在讲台上。她穿着一套白色的春秋裙装，素颜，完全没有化妆，却一样显得眼神黑亮、肤白胜雪。

她偏爱白色，课堂上一直穿白衣服，春夏秋冬，四季如此。一头直直的长发，用一个发夹把两鬓的发丝稍稍束起，免得被风吹乱，其余的大部分头发披在肩上，这是她喜欢保留的经典发式。

清水出芙蓉式的简单，是她的最爱。平日里叶思遥不施粉黛，见到她，就像见到一片干净平整的雪地，连雪泥鸿爪都不曾留下，让人神往，不忍破坏，甚至产生保护的欲望。

这一刻，叶思遥根本不用看台下，就知道有一双眼睛在痴痴地凝望她。

那是一个俊秀得出奇的男孩子，名叫秦川，神情有些忧郁。同学们给他取了个绰号叫"忧郁王子"。

从半年前第一次给这个班上课起，秦川就一直这样凝望她。

叶思遥负责教理工科的专业英语，课讲得非常生动。她的课堂气氛也是轻松愉快的。刚刚开始给这个班的学生上课的时候，叶思遥遇到有人上课吃东西，也不恼。一次，一个女学生在课堂上嗑瓜子，一小袋放在桌上，叶思遥边讲课边走近她，随手抓起几粒嗑起来，并笑着认真地对那个女同学说："味道不错呀，在哪里买的？"全班同学哄堂大笑。

那个女同学却有些不好意思起来，此后上课再也不吃东西了。

叶思遥非常喜欢这份工作，一周十节课，不用坐班，上完课就可以自由支配自己的时间。而且任务也不重，仅仅是对着一群充满渴望和仰慕之情的年轻人侃侃而谈，而且这群年轻人都很喜欢她，觉得从她这里能学到很多东西,这样的职业非常符合叶思遥的梦想,她享受着工作带来的物质上的富足感和精神上的成就感,因而格外用心。

叶思遥从来不让学生死记硬背单词,总是给他们一些非常有创意的启发。比如,提到 mushroom 这个单词,这个词的中文意思是蘑菇。叶思遥就启发大家:"同学们,mushroom 的发音跟 much room 是不是很接近呢?much room 的意思大家都知道,是说很多房子,大家有没有看到过蘑菇形状的房子?就算现实生活中没有蘑菇形状的房子,你们小时候读过的童话故事里总有吧?把 mush - room 和 much room 联系在一起,这样一联想,就很容易记住 mushroom 蘑菇这个单词了。我举这个例子,是为了让大家创造性地记单词,尽可能把陌生的单词跟你们熟悉的事物联系起来,就会记得又快又能够形成长期记忆。"

用叶思遥教的方法记下来的一些单词,基本上一辈子都不会忘记,所以同学们都喜欢上她的课。

秦川就更不用说了,在叶思遥的课上,他简直像被魔法定住了,一动不动地凝视叶思遥,生怕漏了一个字,生怕错过她的每一个表情。

而叶思遥总是假装什么也不知道。直到有一天,她在自己宿舍的阳台上看书,休息的时候,无意之中抬眼望望远处,就发现了他。

温暖的阳光下,秦川坐在草地上,正透过一排枝叶,忧伤地望着她。

她再也无法假装自己不知情。她不能如此不作为,一任自己的学生陷入一个也许毫无结果的美丽困境。是的,虽然美丽,却可能只是困境。

想了想,她决定下去跟他谈谈。也许有些话应该尽量说得明白一些。

叶思遥踏着青草走向秦川。她平常从来不在草地上走，怕把绿草踩坏了。但是这一次，秦川坐在草地中央，不踩草地就到不了他身边。

他清澈的目光迎视着她，又惊喜，又努力保持着平静。

"秦川，你在这里干什么？"她不愠不火地问。

"在看你。"秦川居然一点都不回避，黑黑的眼珠亮晶晶的。

"看我？"叶思遥愣了一下，她没想到他会这么直率地回答。她眨了一下眼睛，假装很严肃地问："为什么要看我？"

秦川似乎并没有被她的表情吓住，反倒露出微笑说："就是想看到你。我经常到这里来，就只是为了看看你。"

"可你是学生，学生的首要任务是什么？"叶思遥索性板起脸。

"不错，我是学生。可是我同时也是一个成年人。我二十二岁了，只比你小三岁。我很清楚我在做什么。"

叶思遥的神色稍稍柔和了些，她认真地看着秦川说："按年龄划分是否成年只是一个刻板的标准，有的人终其一生内心都只是一个幼儿。既然你认为自己是成年人，那么，我告诉你，请你离我远一点。你是我的学生，我不想对你有一丝一毫的伤害。你根本不了解我。喜欢一个自己完全不了解的人，那是一件非常危险的事情。你知道'他人即地狱'的说法吗？可以告诉你一个秘密，你记得替我保密，不要告诉任何人。我是一个没有心的人，我不会爱上任何人。"顿了顿，她强调道："这既是一个秘密，也是一个警告。"

叶思遥说完，转身走了。衣袂飘飘、长发飘飘。

秦川愣了半晌，跑到她面前，伸手拦住她："我不管你有心没心，反正我有心；我不管你会不会爱上任何人，反正我爱你。既然你不想伤害我，就不要推开我。我是有诚意的，而且，我相信我能够带给你幸福。"

叶思遥望着他，冷冷地问："你凭什么认为你能带给我幸福？"

秦川说："因为我是真心的，因为我会努力，还因为，我想做的事情，从来没有做不到过。"

"你还太年轻，这世界上的事情，你可能什么都还不懂。"

"暂时不懂没关系。能懂，就去想办法弄懂；不懂，就学会宽容。"

"为什么要强调宽容？"

"我不避讳承认自己比你年轻几岁，你刚才说你是个没有心的人，这句话可以有很多种理解，比如说可以理解成什么人让你伤透了心，你干脆变得没有心了；比如说还可以理解为你的心在别的什么人身上，你自己已经没有心了。但是，不管在你身上发生过什么事，我都会接受，都会宽容。因为……因为我是真心爱你。"

叶思遥叹口气，她望着他，不出声。然后，她轻轻笑一笑说："你还是学生呢！等你毕业了，生活安定下来了，再来跟我谈和爱有关的事情。"

秦川的脸上露出笑容，叶思遥的表情也变得温和起来。

二　玩火

一张和叶思遥看起来一样的脸，只不过这张脸浓妆艳抹，连眼睛都用假睫毛武装起来。

叶梦远在KTV包房里，懒洋洋地看着她的手机屏幕闪烁不停。她有时唱唱歌，有时跟人碰杯喝酒，身边不时有男人围过来。有的男人初次见面，就搂着她，叫她宝贝。而她则根据自己的心情和对这个男人的印象决定是否理会，又如何理会。

她把手机调成了静音，一个叫罗慕文的男人已经给她打了四次电话。她看见了，偏偏有意不接。

罗慕文其貌不扬，除了眉毛长得稍稍浓一点，个子偏高、体型偏瘦，整个人基本上没什么特别之处。叶梦远做梦也想不到，就是这样普通的一个男人，最终会给她制造一场噩梦。

叶梦远都记不清究竟怎么认识他的了。应该就是在这样的普通交际场所，唱歌或者吃饭的时候认识的。

她记得罗慕文是上海一家电器公司星城分公司经理。两人认识之后，罗慕文帮她做了好几笔业务，拿走几箱高档的法国进口红葡萄酒，明显地表示了对她的好感。但她对他一直淡淡的。

叶梦远觉得，有些男人，就是容易犯贱，你越对他们不上心、不在意，他们越是心急火燎地想要征服你；越是对他们认真，他们反倒会轻易来伤害你。

罗慕文的第六通电话过来的时候，叶梦远终于接听了。

他张口就气急败坏地骂："你接电话会死啊？接个电话有什么关系？你接了以后，告诉我你不方便通话，不就行了吗？"

这个男人，有性格。叶梦远突然对他产生了兴趣，随口报了KTV的名字，要他过来接她。

本来她身边有个男人已经说好要送她回家。此刻，她趁着去卫生间的机会，悄悄溜出去了。

罗慕文接了叶梦远，自顾开车，气鼓鼓地不说话。

叶梦远一直稀奇地看着他，也不出声。

罗慕文终于开口了："你这个女人，真是好奇怪。"

叶梦远娇笑："我有什么好奇怪的？"

罗慕文不答。

"你要把我拉到哪里去？"叶梦远笑着问他。

"不是你要我来接你吗？你自己说吧，你要去哪里？"

叶梦远突然顽皮地笑起来:"你决定吧!你把我拉到海角天涯我都没意见。"

罗慕文一言不发,只顾开车。

十几分钟后,车子停了下来,叶梦远一看,他居然把她拉到一家宾馆门前。

叶梦远愣了愣。她本来以为,他也就是带她去什么地方喝喝茶聊聊天而已,没想到他居然这么直接。但她有言在先,不便反悔,此刻再反悔也来不及了,于是磨磨蹭蹭跟着他进了宾馆。她打定主意自己死活不跟他上床就是。

想不到,一进房间,罗慕文二话不说,抱着叶梦远就在她脖子上狠狠咬一口,不是开玩笑咬,而是真咬。不过,他仍然小心地把握着力度,咬痛她但不会真的咬破她的皮肤。

叶梦远痛得大叫,痛得泪水都涌了出来。

她这才明白,罗慕文是真的被她激怒了,他存心要教训她。

这是个暴力型男人。

叶梦远突然有些害怕起来,突然感觉自己是在玩火。

或者,不仅仅是害怕,而是她愿意在这个男人的暴力下臣服。也许她内心有着某种她自己都没有意识到的受虐倾向。

然而她似乎突然清醒过来,拼命反抗,无论如何也不愿意让他突破最后一道防线。

她以前曾经无意中听人说起有的女人被人强奸,却一样在强奸中获得快感,那时她是不信的。此刻她不由得有些相信。人有时候会成为自己身体的奴隶。

但罗慕文既不是流氓,也不是叶梦远心仪的人。所以这种行为既非强奸,也非正常的男欢女爱,叶梦远拼命反抗。

最终罗慕文只好放弃,悻悻地说道:"你让我对女人有一种新认识。"

三 世界真的很小

心理咨询师安如雪正在接待一对母女来访者，那是一个三十几岁的年轻女人和一个三岁半的小女孩。

这间心理咨询室里摆放着不少水彩笔和白纸。

安如雪看看预约登记表，核实道："您叫唐思晴，小女孩儿叫小棉花，您是小棉花的母亲，发现这两天小棉花突然变得说话结巴，而且结巴得很严重，因此前来求助，对吗？"

唐思晴点头道："对，是这样，我们家小棉花一直口齿伶俐，就这两天突然成了结巴，我急死了，幼儿园里的老师也发现了这个问题，建议我来找心理咨询师。"

"您自己知道小棉花发生这种变化的原因吗？"

"不知道啊！我一点都不知道，幼儿园的老师也说不知道。就这两天的事。我们都急坏了，想了好多办法，又是讲道理又是讲故事，希望让小棉花纠正过来，可一点用都没有。"

"确实急也没用，越急越坏事。孩子爸爸呢？他知道吗？"

"爸爸没什么时间管小棉花。"

"哦，这样啊！这么漂亮的孩子，看起来也聪明伶俐。"安如雪说着，蹲身跟小棉花说话，"小棉花，阿姨可以这样叫你吗？"

小棉花抬头望安如雪一眼，不出声。

安如雪起身拿出一盒水彩笔，又说："阿姨最喜欢回答问题的宝宝了。如果谁回答阿姨的问题，阿姨就把这个礼物送给她。"再蹲下来问："你是小棉花吗？阿姨可以叫你小棉花吗？要说话，说出声音。"

小棉花犹豫一阵，结巴着说："可……可……可以。"

安如雪把水彩笔递给小姑娘,等小姑娘接过笔,继续问:"小棉花爱不爱妈妈呢?"

小棉花不作声,只是点点头。

"哦,那我们一起来唱一首妈妈的歌好不好?我们一起唱啊,小棉花,预备起,我的好妈妈,下班回到家,劳动了一天多么辛苦呀,妈妈妈妈快坐下,妈妈妈妈快坐下,请喝一杯茶。让我亲亲你吧,让我亲亲你吧,我的好妈妈。"

小棉花跟着唱了起来。

安如雪伸出大拇指表扬道:"哦,小棉花唱得太好了!一点都不结巴。告诉阿姨,你是不是觉得结巴好玩,故意结巴的呀?"

小棉花乌溜溜的眼睛盯着安如雪说:"妈妈结巴,所……所以小棉花也结巴。"

唐思晴赶紧打断道:"胡说,小棉花,妈妈不结巴。"

安如雪微笑道:"结巴不是好习惯噢!你看我们小棉花又美又可爱,才不要结巴呢!"小棉花争辩道:"爸爸妈妈吵架,妈妈结巴。"这时候小棉花已经不再结巴了。

安如雪和唐思晴对视一眼,唐思晴喃喃道:"几天前我确实跟小棉花爸爸吵了一大架,不过,我没注意我自己结巴。"

安如雪明白了,应该是父母吵架,孩子受到惊吓,特别留意到自己妈妈吵架偶尔出现的口吃状态,将之强化起来。于是她对小棉花说:"偶尔,有时候,结巴一下下没关系,如果老是假装结巴呢,不好听对不对?你看那些小公主啊、漂亮的小姑娘啊,从来不会故意结巴。我们小棉花也是公主一样的小姑娘,以后不会再结巴了,对吧?"

小棉花点点头。

安如雪拿出一张纸给小棉花,嘴里说:"小棉花很喜欢画画对不对?来,想画什么就画什么。"再转头对唐思晴说:"小棉花应该已经没问题了。以后在孩子面前,大人尽量避免激烈争吵。"

唐思晴叹口气道:"唉,我跟先生关系确实有问题,要么冷战,要么争吵,看来以后要好好调整。当然,可能我自己有时候也太任性了,其实我先生人挺好的。"说着,她从手机里调出一张全家福,递给安如雪。安如雪接过来一看,呆住了,唐思晴的丈夫,竟然就是杜宇宁!这世界怎么会这么小!她不由得问道:"唐小姐,您是怎么找到我的?是什么人介绍的吗?"唐思晴道:"我就是在网上找的呀,上网一查,就查到好些个心理咨询师,我选了你。"

安如雪努力控制自己的惊讶,勉强笑道:"谢谢你认同我。关于家庭,你有这样的认识挺好的。好好照顾小棉花。记住千万不要给她太大压力,如果不好好对待这件事,真把孩子弄成口吃,就可惜了。以前有这样的家长,其实孩子只是模仿、好玩,家长又打又骂,也不懂得向专业人士求助,害得孩子真口吃了。万一小棉花有什么情况,随时再来找我。"

唐思晴不住道谢,交了咨询费,牵着小棉花准备走,小棉花紧紧抓住水彩笔。唐思晴道:"安老师,这个水彩笔还是要还给你吧?"

安如雪道:"不用啊!那是小棉花得到的奖品呢!小棉花,喜欢你的奖品吗?"

小棉花道:"喜欢,谢谢阿姨。"

"小棉花真懂礼貌。这个奖品是奖励好好说话的孩子,奖励美丽的小公主。"安如雪尽力微笑着,心底却极不平静。她还以为唐思晴找到这里跟杜宇宁有关,竟然只是巧合。

实在是太巧了,安如雪一时拿不准要不要跟杜宇宁提起这件事。

第十二章 金色名单之三

这封信的开头就让罗慕雄犯迷糊:"慕雄吾儿,当你打开这封信的时候,我已不在人世。"这是怎么回事?他的妈妈不是正在厨房做饭吗?一口气把信读完,罗慕雄才搞清楚事情的来龙去脉。

一　赴约

罗慕雄上了驾驶座，神情凝重发了一阵呆，然后从包里拿出一张黄名单，久久盯着"杨芳喜"这三个字，目光有些迷茫。其实名字早已烂熟于心，他只是不由自主在揣想这是一个什么样的人。

两人已经约好见面的时间地点，他马上要开车一百多公里去见这个杨芳喜，尽管他还不认识她。

一大早，罗慕雄跟徐琼说了句要出差，就独自一个人出门了。此时尚早，小智和小美还在熟睡。徐琼的眼神显得忧心忡忡，张张嘴，欲言又止，终于没有多问。

不问是最好的选择。因为即使她开口问，他多半只是火冒三丈地扔下一句："不该问的就别问！"这只能让两人更加不快。

她的神情罗慕雄已然看在眼里，但是视而不见。

罗慕雄近来有太多不好的感觉，最严重的时候，似乎觉得自己快要死了，他怀疑濒死感的状态，他已经体验过了，就是在某个瞬间变得呼吸困难，大脑空白，连眼睛都看不清东西。思量再三，他决定去做一些必须做的事，见一些必须见的人，主要是他无法放下的人，他把这些人的名字写在一张考究的金黄色纸片上。这样一来，即便哪天真的猝死，人生也不会有太多遗憾。

长叹一口气，罗慕雄发动了汽车。他当然明白无视徐琼的感受是自己的不对，可是不知道为什么，他的情绪越来越无法自控，一点就炸，一开口说话就要发怒。有时候身边人随意的一句话，莫名其妙就成为点燃的引线。前一天夜里他又大叫着从噩梦中醒来，然后再也无法入睡。如此糟糕的睡眠状态使得罗慕雄脸色发暗。

又是噩梦！最近隔三岔五做噩梦，使得罗慕雄非常恼火又无可奈何，甚至心生惧意。

据说如果一个人很频繁地做噩梦，那么这个人一定是陷入了某种可怕的困境，要么是身处环境暗含危险，要么是自己身体出了大问题，总之，这个困境的严重程度，甚至可能摧毁一个人的一生，不能不防。

本该是不惑之年，罗慕雄却觉得自己近来越活越迷惑，他的人生毫无征兆地突然乱了套。他寻思，这一切似乎是从一封信开始的。

对，就是从那封信开始的。

那是两年前，罗慕雄带着妻儿回自己老家过年。当时小智三岁，小美才一岁。小智拿着一只电子小狗玩。那只小狗肚子上有开关，打开开关，它会汪汪叫着到处跑，眼睛里同时还发出光来，很讨人喜欢。

小智跟着小狗，一会儿在这个房间，一会儿进另一个房间，房间里大凡有危险的隐患都已排除，大家也就随便小男孩到处玩，都把注意力主要集中在小美身上，只是不时招呼一下小智。

突然小智在书房叫："爸爸，我的小狗出不来了。"

罗慕雄走过去，跟小智一起趴在地上往床底下望，发现小狗眼睛里的电光一闪一闪，身体不再移动，只是汪汪叫，原来它被一只小木箱挡住了。

罗慕雄起初想用棍子把小狗扒拉出来，结果不奏效，于是他索性把箱子拖出来。

箱子拿出来后，电子小狗又开始到处跑，小智赶紧屁颠屁颠地跟上去，离开了书房。

罗慕雄想把箱子放回原处，却突然发现箱子很眼熟，又想不起来这箱子干什么用的，禁不住疑惑地把箱子打开，原来是他小时候常用的一些东西，既有玩具，又有学习用品。他随意翻看了一下，大部分东西都还有印象。

突然一个粉色的信封出现在眼前，里面鼓囊囊的，显然有东西，这使得罗慕雄愣了神，他对这个信封实在没什么印象。踌躇了一下，罗慕雄决定打开信封。

信封一打开，就掉出一张照片，居然是他和已经病故的姑姑的合影。再看称呼，竟然是写给他的一封信！是什么人写给他的信而他自己却毫不知情？罗慕雄更好奇了。

这封信的开头就让罗慕雄犯迷糊，"慕雄吾儿，当你打开这封信的时候，我已不在人世。"这是怎么回事？他的妈妈不是正在厨房做饭吗？

一口气把信读完，罗慕雄才搞清楚事情的来龙去脉。原来罗慕雄的生母竟然是他早已离世的姑姑。他对这位姑姑印象深刻，她一生未婚，不到三十岁就被重病夺走生命，他记得姑姑去世那年，他才七八岁。而这封信告诉他的真相是，姑姑罗梅十六岁时未婚先孕，把孩子生下来之后，取名"罗慕雄"，交给她的哥嫂带，这个秘密只有几个近亲知道。也就是说，罗慕雄以为的父母，其实是他的舅舅和舅妈。信里对生父只字未提。

他的生母罗梅还在信里委托一件事情给他，说是请他一定要找到当年一起当知青的杨芳喜，带礼物去看望她，并亲自跟她说声抱歉，请求她原谅。究竟发生了什么事？为什么要请求这个杨芳喜原谅？信里却没有说。

罗慕雄悄悄带走了这封信，不过他对谁都没再提起这封信的事。

一些过去的事，也许让它成为过去才是最好的选择。

可是，过了一段时间，罗慕雄发现自己没有办法放下这封信。他好多次悄悄把信拿出来看，信里的内容全都刻在脑子里。他很奇怪他以为的父母为什么不把这封信交给他，也许他们不想节外生枝吧。

罗梅，他一直以为的姑姑，竟然是生母，这件事也许可以不必再对谁提起。可是，罗梅对那个杨芳喜为什么会有那么强烈的负罪感？她们之间究竟有什么恩怨？这件事情罗慕雄无法放下。不仅仅因为好奇，而是，这是他的生母，那个带给他生命的女人对他的唯一嘱托，是她的遗愿。何况就是去探望、去道个歉，也不是什么上刀山下火海的难事，他也许不该辜负生母的嘱托。

此事拖了一两年，在罗慕雄噩梦缠身之后，他终于开始行动，辗转找到罗梅当年的知青点，问到杨芳喜的联系方式，她已经随儿女在上海定居。

接到罗慕雄电话的时候，年逾六十的杨芳喜充满了警惕。

罗慕雄一再说明自己没有恶意，只是受人之托想拜访她，但究竟受谁之托，罗慕雄谨慎地说见了面就会知道。前面几次电话，杨芳喜都一口回绝，然而架不住罗慕雄一再请求，何况他态度诚恳，又承诺可以由她定地方，杨芳喜也有好奇心，于是答应了。

两人约好一个月后在当年的知青点见面，因为一个月后杨芳喜恰好要去那里探亲，那里亲人朋友很多，安全绝对有保障。何况，她觉得这个罗慕雄确实没有恶意。

知青点在洞庭湖边的一个小村庄里，一个可以轻易找到诗情画意的地方。

二 "毒草"

洞庭湖平原的春天真是令人精神振奋。那一望无际的田野上，一大片一大片金黄色的油菜花恣意燃烧，一树一树粉红色的桃花在清风里展露笑颜。风里全是植物的芬芳。

2019年，罗慕雄从汽车后视镜里看到的这个春天跟四十几年前的春天似乎没有太多不一样，却又有太多太多不一样。

　　一面小圆镜上，出现一张画了眉毛、抹了脂粉的俊俏少女的脸——十五岁的杨芳喜正学着给自己化妆。她已经画好淡妆，也扎好了两支小麻花辫，正对着镜子用两支烤热了的竹木筷子卷刘海。

　　"哎呀，芳喜，你快点快点，别人都走了，是去挑沙子又不是去演戏，搞那么漂亮干什么？到头来还不是一身泥！"同住一室的英子大叫着催促，而后两人拉着手往外跑。知青组组长，十八岁的罗梅冷冷地瞥了一眼匆匆忙忙赶到河滩上的杨芳喜和英子，对她们的迟到表示不满。

　　大家挖沙的挖沙，挑担子的挑担子，热火朝天干了起来，毕竟人年轻，又是挑沙给自己建知青点的房子，十来个姑娘小伙子们还是干得热火朝天的。

　　忙活了一阵，大家想要休息一下，爱玩爱闹的年轻人开始打闹起来，嘻嘻哈哈笑成一团。

　　只有罗梅一个人默默坐在一旁。她不理会大家，大家也没那么买她这个组长的账。

　　突然罗梅一眼看到村支部张书记朝他们这边走过来，于是罗梅赶紧不动声色地站起来，一个人开始卖力地挖沙。

　　张书记走近了，笑眯眯大声喊道："你们这群小孩子，光会贪玩，要抓紧做事啊！看看你们组长表现最好！大家要向罗梅同志学习！"

　　杨芳喜吐吐舌头，英子不屑地给了罗梅一个白眼，撇撇嘴。大家又开始干起活来。

　　这天是个大晴天，吃完早餐，杨芳喜和英子就搬出各自的箱子，开始晒自己的衣物。两个姑娘同住一间房子，关系比旁人都要亲密。

衣服一件件挂在竹竿上，鞋子、袜子拿出来晒，箱子也敞开见见太阳。

杨芳喜的木箱子彻底清空，英子的箱子底还垫着一张报纸。

两个人晒完，就锁好门，嘻嘻哈哈出去干活了。

罗梅最后一个离开，她关好自己的门，转身要走的时候，一阵大风刮过来，把英子箱子底的报纸都刮出来了，掉在地上。

罗梅愣了愣，走过去把报纸捡起来，想重新放回英子的箱子。然而，在箱子底，竟然有一个本子。

罗梅一时好奇，拿出本子一翻，赫然是手抄本《少女之心》！

这不是被点了名的黄色书籍、出了名的"毒草"吗？

罗梅把报纸铺回箱底，拿着那个手抄本匆匆跑出去找张书记。

过了一阵，张书记带着几个人，撬开英子和杨芳喜的房间开始搜查，又搜到了杨芳喜的日记和手抄的歌本。

杨芳喜和英子此时正躺在河边厚得像地毯一样的草坡上休息。

一只蓝色的蝴蝶飞过来，杨芳喜跳起来去抓，竟然被她抓到了。她轻轻捏着蝴蝶的翅膀在英子身边坐下，说道："英子，你说这只蝴蝶是单身呢还是有伴的啊？如果人家是结了婚的，我岂不是拆散了人家两口子啊？"

英子被她逗笑了，说道："你呀，人小鬼大，多愁善感。"

杨芳喜道："哎呀，我还是放了你吧！小蝴蝶，快去找你的爱人吧！"

蓝色的美丽蝴蝶拍拍翅膀飞走了。

"你们两个，跟我走！"突然张书记过来，严肃地对两个女孩子说。

杨芳喜吓得赶紧躲到英子身后，大气都不敢出。

英子困惑地问:"张书记,什么事啊?"

"走吧!"张书记威严地说出这两个字,掉头就走。

两个女孩子被吓住了,互相看看,乖乖地跟在张书记身后。英子虽然一脸疑惑,倒也还镇定,向来胆小的杨芳喜却吓得脸色发白,走路都有点摇摇晃晃。

两个人被分别引到不同的房间。

面对英子的是张书记。

张书记起初看起来还很平静,问:"你最近都读些什么书啊?"

英子答:"没读什么书啊!最近每天都好忙的,就是偶尔空闲了练练毛笔字。"

张书记把一本书丢在桌子上,用力一拍桌子道:"没读什么书啊!这本《少女之心》不是你的吗?"

英子这下才惊呆了。书确实是她的,不,更准确地说,是以前读书的时候一个男同学主动借给她的。她读了一小部分,发现里面有许多色情描写,就没再读,但也不好意思去还给那位男同学。那位同学也奇怪,也再没找她要过,她一时不知道该怎么办,丢掉吧,怕那位男同学来要,不丢吧,又怕被别人看见,思来想去,只好把这本书藏在箱底,用报纸盖住,时间一长,她自己都差不多把这事给忘了——否则也不会直接把书留在晒着的箱子底下。

英子只好垂头丧气地说明了实情。

另一间房子里,平常是赤脚医生的房间,此刻民兵营长坐在诊疗椅上,翻开一个本子,一字一字念道:"我痛苦极了,感觉暗无天日,看不到未来的方向"。他把本子往桌上一掷,厉声喝问:"杨芳喜,这是你写的吗?"

杨芳喜脸色煞白,泪水流了一脸,哆嗦着点头。

晚上，张书记宣布："我们这支知青队伍，大部分是好同志，但是也有个别人，写反动日记，窝藏'毒草'，从明天起，我们白天好好干活，晚上对这两个同志进行批评教育，大家都积极准备自己的发言材料，明天正式开始。"

散会之后，杨芳喜和英子走到半路，停了下来。

杨芳喜哭着说："英子姐，我们去找张书记求情吧！哪怕在他面前下跪，被他打被他骂都可以，我们去要回那些东西。不然以后招工、读大学、入党，通通没我们的份儿，一辈子全完了！"

英子叹着气道："走吧，我们去找张书记。张书记平常是个好人，也许会帮我们的。"

两个女孩子到了张书记家门口，站在黑夜里，却是动都不敢动。

她们呆呆地站了两三个小时，谁也没有勇气去敲门，只好回宿舍去了。到了宿舍，把门一关，两人抱头痛哭。

第二天的批评教育会上，杨芳喜声泪俱下念道："我深刻地认识到了自己的罪行，一定痛改前非，以后积极投入革命工作。"

英子没精打采地表态："我的行为是有罪的，窝藏'毒草'，后患无穷。我以后一定严格要求自己，重新做人。"

连续一周，每天夜里的主题都是对这两个人进行批评教育，大家都开始不耐烦起来。英子干活时有点打不起精神，杨芳喜更是整天呆呆愣愣的。

一天凌晨，天还没亮，杨芳喜尖叫一声，从自己的床上跳起来，躲到英子床上去，英子被吓呆了，问："干什么？你干什么？"

杨芳喜躲在英子背后，哆嗦着说："你看，你看我床边上有个人，来抓我了！"

英子魂都要吓没了，壮着胆子说："哪有什么人？根本没有啊！"

杨芳喜紧紧抱着英子不放，喃喃道："我怕！我怕！"

黄昏时分,大家吃完晚饭,各自休整一下,晚上又要继续开批评教育会。

杨芳喜和英子在河堤上散步。这些日子,两个人心里都充满了负罪感,也开始对自己的未来悲观失望,动不动就抱头哭。

突然杨芳喜说:"英子姐,我们去死吧!我已经看不到希望了!"说完,杨芳喜拉着英子就往河里跑。

河水淹到两人腰部的时候,英子突然醒悟过来,大叫:"不行,我们不能死!"而杨芳喜却眼神发直,继续往水深处走。英子拼命拉住她,渐渐就没有力气了,于是大喊:"快来人啊!救命啊!"

恰好有人路过,跳进水里把两个人拉了上来。

此后,杨芳喜变得极度神经质,更加胆小,晚上睡觉一定要跟英子挤在一张床上,而且要睡在里面,不然就睡不着,或者偶尔睡着了,也是尖叫着从噩梦中醒过来。英子只好每天陪着杨芳喜睡。

一天,干活的时候,杨芳喜的担子突然翻倒了,她自己两眼翻白,也晕倒在地。罗梅和大家一起,七手八脚把她送到医院,医生说:"这个姑娘,可能没什么救了,我们试试吧!尽量努力。"

罗梅表情悔恨,低下了头,她明白杨芳喜发病跟她的告发行为脱不了干系。她只是想积极求上进,并没有想到会把杨芳喜害成这样。当然,杨芳喜的体质可能本来就不好,毕竟英子和她的遭遇一模一样,而英子却仍旧正常。

杨芳喜仍然眼睛翻白,身子像一张弓一样紧张地躺着。罗梅偷偷把自己的一点私房钱塞在杨芳喜枕头下。

三　逝者如斯

"幸亏我还算是命大,英子姐他们,我自己家里人,想了一切办法，我爸爸想办法搞最好的药，我奶奶还信迷信烧纸钱，总算还是活过来了。"六十多岁的杨芳喜拢了拢烫得卷卷而且染成了酒红的头发，喃喃地对罗慕雄说道。整个事件的来龙去脉，杨芳喜断断续续讲了两个小时。

罗慕雄叹息着说："原来是这样。怪不得我姑姑罗梅在信里嘱咐我一定要找到您，向您道歉。"罗慕雄已经决定把秘密藏进罗梅的坟墓，在外人眼里，就让罗梅永远只是他的姑姑。

杨芳喜叹着气道："唉，那个时代，确实也不一样。都过去这么久的事情了，我也不怪她了。罗梅现在过得好吗？我一直没有她的消息。"

罗慕雄苦笑道："我姑姑去世三十多年了，她二十几岁就去世了。"

"啊？！"杨芳喜怔住，半晌才道，"那她比我更可怜，她的命更苦。"

罗慕雄拿出一个信封，里面装着一万块钱现金，塞给杨芳喜，嘴里道："我替我姑姑正式向你道个歉，也表达一点小小的心意。"

杨芳喜连忙推辞，嘴里道："我不要我不要。我原谅她了。其实她并不算坏人，主要当时是那样的大环境。"

罗慕雄道："请您一定收下，我本来还想给您买鲜花水果之类的礼物，但是怕你不好带，所以，这钱，随便你自己怎么用。我姑姑九泉之下，应该也就安心了。"说完直接塞给了她，杨芳喜见他如此恳切，也就收下了，执意要请他吃饭。

他永远不会跟任何人提起，罗梅其实不是他的姑姑，而是生母。

罗慕雄当天晚上开车回家，下车之前，他再次拿出黄色名单，在杨芳喜的名字上画了一个圈。想着一桩心愿了却，不由得松口气。

床上，徐琼发现自己的老公虽然有些疲惫，心情却似乎不错。

她于是温柔地拥抱他，用很轻很轻的声音说："慕雄，我想带你去见一个朋友，嗯，准确地说，这个朋友是一名心理咨询师，一个知性美女。"

罗慕雄的身体极其轻微地僵了一下，似乎想要发作，又极力克制自己，最终放松下来，似乎打算索性对徐琼妥协。

都是冰雪聪明的人，他明白她的意思，她也知道他懂得了她的意思。

两人一直静默着，谁也没有说话。

徐琼把头枕在罗慕雄手臂上，心头荡漾起久违的温暖的感觉。她认为自己已经通过罗慕雄的身体语言得到了答案。何况，夫妻之间一直以来的规则是，她的男人没有直接反对，就极可能会默许。

默许就行。

目前默许已经是最好的结果，她会按部就班推动这件事。

第十三章
男人180°。

在人们心目中，最美好的爱情似乎应该是无条件的，我就是爱你这个人，不管你贫穷还是富有、健康还是疾病、美丽还是其貌不扬，就是爱你。然而安如雪知道，这只是一个美丽的谎言。事实上，确实有极少数看似无条件的爱，比如说，王子爱上灰姑娘，或者公主爱上流浪汉。可事实上，王子爱的不是灰姑娘，灰姑娘也是乔装成公主之后，才让王子一见钟情的；公主爱的也并不是流浪汉本身，她爱的是流浪汉身上自由的元素，而那正是她作为公主极度缺乏的。凡此种种，背后都有缘由。事实上，世俗的爱都是有条件的，正所谓没有无缘无故的爱，也没有无缘无故的恨。茨威格《断头王后》中也有这么一句：「她那时还年轻，不知道所有命运赠送的礼物，早已在暗中标好了价格。」

一　对男人很有研究

江若水请安如雪吃饭，仍然约在一家中西餐厅。

她们隔三岔五就要聚在一起，吃饭倒在其次，谈论彼此的感情经历才是最重要的环节，两人乐此不疲。如果有一段时间没见面，双方都会有失落感。

正边吃边聊，江若水的手机响了。

她娇滴滴地对着电话里的什么人说："我正在跟我的朋友一起吃饭。你过来吗？"

那边说了句什么，江若水立刻不满地叫："你不见我的朋友，我就不见你！"她马上把电话挂了。

安如雪看看她的脸色，逗她道："脾气这么大，小心一直当剩女！"

江若水说："哼！这个神经，他以为自己是谁！一天到晚只会做三件事，看书、吃饭、开房上床！"

安如雪哈哈笑起来。她揶揄道："你的桃花运是不是太旺了？看来桃花又开一朵？以前没听你说起过有这号人物。"

江若水道："这是几年前交往过的男朋友，现在在读博士。本来我们已经分手了，不知道怎么回事，最近他又找到我，死缠烂打。这个人，我都被他气死了。"

"怎么呢？"

"告诉你吧，他整个就是一个爱因斯坦。一天到晚只知道学习，其他方面，刻板得要死。比如，就拿吃饭来说，如果他说了请你吃饭，那没问题，会是他请客；但是如果他没说请你，连喝一杯茶，他都坚持AA制，真的逼着你要你出一半的钱，而且理直气壮地一定要把钱收到手才算数。他是我男朋友哎！"

安如雪正喝了一口水，听了这话，那一口水在嘴里含了好一阵子，才想起来吞下去。

这种性格的人，安如雪听说过，但是在她的现实生活中从来没有遇到过。AA制没什么不好，可是，正常交往的情况下，如果一方尤其是女方不是很情愿，另一方是男方却一定要逼着这一方出钱，这种情形还是有些滑稽。

江若水微偏着脑袋边想边说："其实跟这种男人打交道也挺好。至少他很安全，他的心思全都用在学习上，饿了，就吃饭，想做爱了，就找你开房。你不用担心他会闹什么绯闻，省心。"

安如雪笑着摇头。

江若水圆睁着眼睛，问："你不信？告诉你吧，虽然你是心理咨询师，可是，我想，对于男人的了解，我比你多得多。我曾经跟许多男人打过交道，有直接经验。"

她从包里拿出一支笔，在本子上扯下一张纸，画起图来。边画边讲解：

"如果把男人的一些特点分成180°，度数越高，表示品质越好，那么，是这样的，我刚刚跟你说的博士男朋友是90°，他是一个黑白、爱憎过于分明的人，一是一，二是二，丝毫也不含糊；有一种男人是0°，这种男人很假，他一天到晚想向身边的人索取，但索取之前，他会故意做出给予的姿态，他惯于用一些小恩小惠换取巨大的利益；有一种男人是180°，这种人获得滴水之恩，就会涌泉相报，他忠诚、孝顺、愿意奉献。告诉你，这三种很极端的男人，我都遇到过。也就是说，我被人骗过，也被深刻地感动过。"

安如雪含笑看着她，不说话，一副洗耳恭听的表情。

江若水看看安如雪，继续说："就拿我们都认识的男人来说，我看看，比如杜宇宁，我觉得他大概是120°以内的男人。也就是说，他也是懂得奉献的，他愿意适当为人付出，但是他也有点假。我有一个朋友，你见过一次，他为了照顾卧病在床的妈妈，离了婚，房子、车子都卖了，倾其所有为他妈妈治病，我把他评定为180°。哈哈，我有一个创意，以后，我们认识的男人，都给他们评出度数，然后，直接用度数代替他们的名字。"

安如雪笑笑，心思却飞到她刚刚说起的杜宇宁身上。

二 空号

见江若水之前，安如雪和杜宇宁已经通过电话。杜宇宁说他晚上也有个应酬，如果他的应酬结束早，就打她的电话。

安如雪见已快十点，而他还没动静，于是跟江若水告辞，准备回家。在出租车上，安如雪忍不住给杜宇宁发短信道："我在回家路上啦。"她非常希望他也能够及时结束应酬，两人一起散散步。过了一阵，杜宇宁没回电话。

安如雪失落极了。她想，他终究并不在意她。她还想，也许，他是在跟别的女人约会，也未可知。

她突然想知道他究竟在干什么，于是，她鼓起勇气，打他的电话。却没有人接听，录音提示最后居然显示："您拨的号码是空号。"

为什么会这样？是他把电话挂了吗？

安如雪觉得自己的心在朝向一个深渊坠落。

她难过极了，再发一条短信："原谅我打扰你。本来想打你电话，跟你开玩笑说要把你从其他女人身边抢过来。现在看来，没必要啦！我的梦，估计已经碎了。应该是我在你生命里出现得太迟了。仍然愿意深深祝福你。"

短信发出去，安如雪的泪水落了下来。她觉得杜宇宁太不可捉摸了。这样下去,她会很受伤,不如趁现在她对他感情还不深,及早离开他为妙。路旁的霓虹灯透过车窗,在她的脸上闪烁不定。她觉得自己的心像一只受伤的小兽,奄奄一息。

认识杜宇宁短短一段时间,已经两次产生这种绝望的感觉了。上一次是误会,她误以为杜宇宁同时跟江若水也有什么暧昧关系;这一次,她猜想他可能在跟别人约会,所以不方便接她的电话。这次,应该不再是误会吧?她不喜欢这种感觉,不喜欢她想找到他的时候,却找不到。相爱的人之间,就该心有灵犀。

失望和疑惑的情绪控制了安如雪。看来在情感领域,自己的内心仍旧需要重建。

十几分钟后,安如雪到了自己家的楼下,正要开门,手机响了,是杜宇宁。

她立刻接听。

他问:"你在哪里?"

安如雪忍不住又落泪了,千万种委屈顷刻间涌上心头,她自己都不明白在和杜宇宁的关系里,自己怎么那么脆弱,怎么那么容易觉得自己受了委屈。怪不得大多数心理咨询师都倾向于这么认为,一个人在爱情当中会出现"退行"现象,会变得像儿童一样幼稚、脆弱。她说:"我就要到家了。你刚才为什么挂我的电话?"

杜宇宁说:"我没有挂你的电话。我们好多人在一起唱歌,很吵,我没听到。刚刚才看到,所以,我赶紧出来给你回电话了。"

"真的没挂吗?"

"真的没有。"

"真希望你永远不挂我的电话。电话被挂断的感觉,就像自己被拒绝、被抛弃,让人觉得好绝望的。"

"好,以后我绝不挂你的电话。"

"你在哪里？我要见到你。"

"好，我马上过来。这样，你们家附近的公园这时候应该还没关门，我们在公园里散散步，好吗？"

"好。我刚才也想到要跟你一起散步，我们想到一块儿去了！"

三　心灵漫步

两人一见面，安如雪就拽住杜宇宁的胳膊不放。他穿着一件黑色的皮质夹克，那种皮料手感非常好，柔软光滑。

杜宇宁笑着问："你不怕你的熟人看见？"

安如雪说："也许你怕，可是我不怕。我做事，要不就不做，做了就不怕。"

初春的夜晚，天气微凉，公园里没有太多游人。空气非常新鲜，杜宇宁不时做个深呼吸。

安如雪穿着高跟鞋，踩在地上"嗒嗒"直响。杜宇宁似乎非常不适应这种声音，他甚至试图带安如雪走上一条小路，可以让这声响不那么刺耳。安如雪于是干脆试着踮起脚尖，小心地走路——在写字楼安静的过道里，她经常如此，因为不喜欢高跟鞋踩踏光滑地面发出的刺耳声音干扰到别人。

杜宇宁马上说："你别踮着脚尖走路，那样会很难受。我很快就会适应的。我只是很少跟穿高跟鞋的人走得这么近。"

安如雪觉得杜宇宁对高跟鞋叩击地面的声音反应得有些过敏。这声音刺耳倒确实有些刺耳，但不至于造成太大的感官不适。联想到杜宇宁有战斗经历，安如雪突然懂了。试想一下，在战士们全都屏息埋伏的时候，在一丝丝人类的痕迹都被刻意隐藏的时候，突然，哒，嗒，嗒，嗒嗒，女人穿着高跟鞋走过来了，那是怎样的即视感？

安如雪因为自己的想象大笑出声,还笑着说给杜宇宁听。

杜宇宁笑道:"你的联想能力太强悍了。"

安如雪止住笑,淡淡说:"其实平常我也不太喜欢穿高跟鞋,走路很费劲,恰好今天穿了。我不知道今天有机会跟你一起散步。如果下次我们散步,我一定穿平底鞋。"

杜宇宁说:"没关系,你穿什么鞋都没关系。"

安如雪笑着看他一眼,然后兴高采烈地挥着手说:"我平常没事,会一个人到这里面来走一走,想一些事。"

正好他们侧前方是一个古典建筑风格的厕所,杜宇宁故意指着那厕所问:"在这里面想事?"

安如雪再度哈哈大笑起来。她觉得他很有幽默感。

她喜欢幽默而充满活力的男人。

不记得是谁说过,智慧有余,即成幽默。

两人在公园里随意走着,一直有说不完的话。

杜宇宁叹息:"唉,我们怎么这么晚才认识,我们怎么不早一点遇到呢?"

安如雪问:"现在才认识,来不及了,对吗?"

"不是来不及,而是,我们浪费了好多时间。要是早点认识就好了。"

"其实我们现在才认识也许是最好的。你不知道,以前,我是一个好任性的人呢!任性得要命,必定会让你大伤脑筋,那么,即使我们遇到了,说不定我也不懂得珍惜你,让你一天到晚头痛,你就会没办法来喜欢我。"

杜宇宁转头看看她,他的眼神温柔而又宁静。安如雪怦然心动。这样一个人,她愿意在任何时候、任何地方,一直陪伴他。他们在一起,整个世界都是美好的。

可以说,在爱情的漫漫长路中,合适的两个人彼此遇见,是最艰难的一个环节。想想看,你每天要遇见多少熟悉或者陌生的人?可是,形象、气质、职业、思想、年龄、性格、喜好,方方面面合你意的、彼此又都还有心的人,多么难得啊!他们现在,总算遇到了,是不是应该好好珍惜对方呢?

　　默然走了几步,安如雪问起杜宇宁的童年故事。作为心理咨询师,她知道童年在人生当中的分量。之所以问起他的童年,她只不过是想更快地、更好地了解他。然而让安如雪疑惑不安的是,杜宇宁竟然轻描淡写地说:"我的童年没什么故事,都忘了。"

　　典型的回避。

　　对此,安如雪不只是疑惑,简直有些担忧。杜宇宁为什么会不愿意提及自己的童年?他的童年太穷困?受了太多欺负?完全没有人关心他?总之,看来他有一个不合他自己心意的童年。否则,不应该是这样的反应。一个不愿意正视自己童年的人,一定是不够成熟的,而且生命里肯定会有太多的欠缺。安如雪简直不能相信,这样一个曾经出生入死、已经成为博士生导师的中年男人,会如此逃避自己生命早期的日子。

　　当然,也可能他只是在这个时刻不愿提及。

　　既然他不愿提及,安如雪于是小心地转移了话题。反正,他们在一起,有许多聊不完的东西。

　　安如雪说:"我还有一个担心,我担心也许我们之间的感情会太短,轰轰烈烈的,一下子就用光了,就没有了。"

　　杜宇宁说:"所以我们要好好培养这份感情,要多浇水、勤施肥。"

　　"我真高兴听到你这么说。因为我们想到一块儿去了。有时候我还想,我是否真的有能力让你觉得幸福呢?既然我口口声声说爱你,我就要有爱你的能力才行。我是否能够从物质上、从精神上给你更多的关怀呢?如果不能,我凭什么跟你在一起?所以我总觉得我要更努力,让自己变得更优秀。"安如雪语气真挚,她说的确实是心里话。

在人们心目中,最美好的爱情似乎应该是无条件的,我就是爱你这个人,不管你贫穷还是富有、健康还是疾病、美丽还是其貌不扬,就是爱你。然而安如雪知道,这只是一个美丽的谎言。事实上,确实有极少数看似无条件的爱,而那只是表面现象,比如说,王子爱上灰姑娘,或者公主爱上流浪汉。可事实上,王子爱的不是灰姑娘,灰姑娘也是乔装成公主之后,才让王子一见钟情的;公主爱的也并不是流浪汉本身,她爱的是流浪汉身上自由的元素,而那正是她作为公主极度缺乏的。凡此种种,背后都有缘由。事实上,世俗的爱都是有条件的,正所谓没有无缘无故的爱,也没有无缘无故的恨。茨威格《断头王后》中也有这么一句:"她那时还年轻,不知道所有命运赠送的礼物,早已在暗中标好了价格。"

在安如雪心目中,她觉得杜宇宁相当优秀,他符合她对恋人的所有梦想,所以她认为自己也要更为优秀,才有资格和他比肩,才配得上他。

杜宇宁笑:"你已经够优秀了。太优秀的话,我都不敢跟你在一起了。"

安如雪只是笑一笑。

确实有许多事,他们总是想到一块儿。安如雪一边走,一边不时恋恋地凝望杜宇宁。她喜欢待在他身边。有他在身边,她就觉得,自己的心里充满了喜悦、充满了柔情。这样的人生,才是美满的。他才是她想要的那一个人,至少是那一类人。

杜宇宁说:"你这个人,要信任我才行。我是一个很慎重的人,就因为太慎重了,所以结婚才很晚。你看,这次是我有条件马上给你回电话,如果我一直在唱歌,十二点才发现你的未接电话和短信,又担心你睡觉了，怕再回电话会吵醒你，如果我明天再联系你，那你是不是就真不理我了？"

安如雪说："可能我对你还有一个了解过程。信心是慢慢建立起来的。我们现在的关系，就像一个初生婴儿，还很脆弱。"她伸出手轻轻卡他的脖子，笑着说："一掐就窒息了。"

杜宇宁边躲边笑："已经被你掐了两次了啊，还没掐死。"

安如雪调皮地说："说明这个婴儿生命力旺盛，以后会成为了不起的人。"

在公园门口，灯光很亮，安如雪不自觉地把一直挽着杜宇宁的手抽了回来，杜宇宁却伸手挽住了她。这个小小的举动，让安如雪心中涌起一阵暖流。

人与人之间，有的人在一起，彼此都是导体，他们的心灵是相通的；而有的人在一起，彼此却是绝缘体，相互之间没什么感觉。安如雪觉得和杜宇宁在一起，简直一触就通；而和王子健在一起，却非常麻木。

对安如雪而言，杜宇宁仿佛是一个强大的磁场，在他身边，安如雪觉得自己的心仿佛真就找到了归宿，满心的宁静与欢喜。她想："是的，这就是爱情。为一份这样的爱情，即使承受一些压力，付出一些努力，也是值得的。"

他们是在马路边告别的。杜宇宁把她送到离她家很近的地方，才跟她挥手道别。她一再回过头去，恋恋不舍地看着他的背影。

这是一段拌了蜜糖的时光，这是一段镶嵌了钻石的记忆。

整个过程，安如雪没有提唐思晴带小棉花来咨询的事情。有的事，也许不提更好。她已经明白杜宇宁的家庭确实称不上幸福，她只知道她和杜宇宁在一起的时候，有谜一样的美好感觉。

安如雪以为这仅仅是一个开端，以后，他们可能会这样相依相伴，一路慢慢走下去，可以看到人生中最美好的风景。

然而她怎么也没想到，这根本不是开端，而是莫名其妙成了一场结束。

他们之间，才刚刚开始，或者说，还没有开始，就结束了。而她完全不知道究竟怎么回事。

这差点是她这辈子最后一次见到杜宇宁。差一点是。

如果她当时有这样的预感，她宁愿紧紧抓住他不放，跟他在公园里通宵漫步，好让彼此深深地记住对方。

第十四章 苦苦纠缠

这一次,叶梦远不像上次那样拼命反抗,而是表现得半推半就的。也许她是被罗慕文的诚意打动了,也许,她再一次被内心的阴暗力量裹挟,任由自己沉沦。

一　钢管舞

按照约定，罗慕文在酒吧里等叶梦远。

他挑了个可以观察到门口的位置坐着。

半个小时后，远远地，他看到叶梦远从一辆保时捷车上下来；下车之后，穿着闪亮银色超短裙的叶梦远对着开车的人抛了个飞吻。

罗慕文起身想去看清楚车里的人是什么样子，不过，他没来得及，车子很快就开走了。

叶梦远满面春风地走进来，一抬眼，见到罗慕文站在门边满脸怒容。

叶梦远娇笑道："是谁惹我们的帅哥生气啦？"

罗慕文依然板着脸问："刚才送你的那个人是谁？"

叶梦远轻描淡写地说："哦，那是一个知名白酒品牌的区域经理。他很牛的，平常都是别人拍他的马屁。"

"你的意思是说，现在是他在拍你的马屁？"

"吃醋了？哈哈，你好可爱，大男人也会吃醋吗？"

罗慕文不语，但脸上仍然有不满。他重新找了个位置坐下来。

叶梦远坐到他大腿上去："帅哥，我知道你对我一见钟情，不过，我对你也挺不错呢！你不觉得我们在一起感觉很好吗？"

罗慕文假装不屑地白叶梦远一眼，脸上却渐渐有了笑容。

这个酒吧设置了一个大舞台，每晚都热闹非凡，音乐声震耳欲聋。叶梦远经常陪朋友来，而罗慕文却是第一次来到这里。他平常多数时间是在家里看看电视，偶尔陪朋友或者陪客户喝喝酒，很少进这样的场所。

越来越多的人进入酒吧，舞台上一个女郎利用钢管做支撑，正在用各种热辣的姿势艳舞，一会儿用白晃晃的大腿勾住钢管再舒展身姿，一会儿手脚并用攀上钢管再来一个倒立。台下观众口哨声、尖叫声响成一片。

然后，一个似乎是偶然到来的老外被热辣的钢管舞女郎忽悠到了台上。

但见那老外的衣服一件一件被女郎脱掉，最后只剩三角裤。最猛辣的一幕出现了，钢管舞女郎居然把一盘冰块倒进老外的三角裤里。老外咧着嘴大叫，在台上又蹦又跳，像个小丑。而台下"轰"地炸开了锅，人们大笑大叫，猛力甩手里的鼓掌拍，甚至有人兴奋地把酒瓶敲到地板上，酒瓶碎裂的声音和所有的声音混在一起，加上空气里酒精和各种香水的气味、彩色的疯狂变幻的灯光，各种元素全方位刺激着人们的感官，里面的人简直都要疯狂了。

罗慕文怀疑那老外是个托，应该是酒吧早就跟他达成协议请他上台，说不定报酬还不错。不然的话，正常人，谁愿意自己被如此戏弄？他自己就最恨别人戏弄他。

不过，看到别人被捉弄，倒是一件大快人心的事。他看得开心大笑，紧紧抱着叶梦远不放。因为来这里是叶梦远的提议。否则，他还不知道星城有如此丰富多彩的夜生活。

那天夜里，罗慕文又带叶梦远去宾馆开了房。他迷恋这个女人带给他的感觉。

这一次，叶梦远不像上次那样拼命反抗，而是表现得半推半就的。也许她是被罗慕文的诚意打动了，也许，她再一次被内心的阴暗力量裹挟，任由自己沉沦。

二 查岗

几天之后的早晨，不到七点，有人敲叶梦远的家门。

叶梦远打着哈欠去开门，在猫眼里看见门外是罗慕文，她拉开门，有些不高兴地质问："怎么，你来查岗？"

罗慕文笑笑："查什么岗？我哪敢啊，这是来给你送礼物。"

他变戏法般把一直背在身后的手拿到前面，那是一份肯德基早餐和一大捧香水百合。

叶梦远淡淡看了一眼，然后笑笑，认真地说："谢谢你的礼物，不过，下次，没有经过我允许，请不要再直接到我家里来，不然，我会翻脸不认人。"

罗慕文连声说："好好好，下次再来的话，我一定先请示汇报，得到批准才来。"

叶梦远对着镜子梳妆，她有些心烦。

其实她自己也不是每天都回到这个家里来，她有时候住在别的地方。这其中有一些秘密，属于她自己的秘密，她不会对任何人说起。

罗慕文笑嘻嘻地问："小叶子，我算不算你的男朋友？"

叶梦远爱答不理地答："不算男朋友，难道算是女朋友？"

"你明明知道我的意思。如果我算是你的男朋友，那么，请你尊重我，请对我专一，别到处跟别的男人约会。"

"那我还不能答应你。我还没决定只跟你一个人交往呢！你还不算我真正意义上的男朋友，我肯定还要和不同的人约会，直到我可以确定自己适合跟谁结婚为止。当然，我尽量只接受普通的约会，吃饭、喝茶、聊天之类的。"她知道自己并不爱他。他在她面前越是卑微、越是小心翼翼想讨她欢心，她越没办法爱上他。一个男人，总要设法征服一个女人的心，他们之间才有爱的可能。这征服的办法，其实有很多。财富、权势之类是最为常见的武器，但还有其他，比如说智慧，比如说真诚，总之，有不少办法。

她不太清楚自己为什么不爱罗慕文。她从头到尾跟他只是玩玩，从来就没有真正爱过他。

爱是一件可遇不可求的事。

爱是一件不可以勉强的事。

"你敢！反正，我要是再看到你单独跟其他男人来往，我就打断你的腿！"罗慕文假装用开玩笑的口吻说出这番话。他自己很清楚，这不完全是玩笑，他只是不想让叶梦远生气、不想让彼此太难堪，因此有意用开玩笑的口气说出来。在他的经验里，像叶梦远这样对私生活如此随意的女人，实在比较少见。更奇怪的是，他不但没有鄙视她，竟然真的喜欢上了她。

"你这个人，怎么回事啊？我又没答应嫁给你！"叶梦远却丝毫也不买账。

"可是，可是，我们不是上床了吗？"罗慕文话音一落，似乎自己也有些理亏，便不再作声。都什么年代了，上床哪里是结婚的理由呢？不过，真正聪明的人，是不会随便跟人上床的，万一不小心染上病，代价太大了。

叶梦远边刷睫毛膏，边从镜子里斜睨着他。心里暗下决心，一定要甩掉这个男人。而罗慕文却从她身后，紧紧抱住了她。

叶梦远起初挣扎着想甩开罗慕文。但罗慕文紧紧抱住她不放。很快，欲望的火焰熊熊燃烧，吞噬了两个年轻的躯体。

平息下来，叶梦远半天没作声。她在心里做出了一个决定，她必须尽快尽早离开他，越快越好。

从那以后，罗慕文发现，叶梦远似乎故伎重演。她又不接他的电话、不回他的短信了。

"这个妖女！"罗慕文无计可施，心里充满了怨恨。

他决定要采取更有效的行动。

三　惊险的火疗

　　安如雪一连做了三场心理咨询，感觉很疲惫，送走最后那个来访者，她自己半躺在心理咨询专用的弗洛伊德榻上，懒洋洋的，半天不想说话。

　　小袁走过来，手里拿着记事本，道："安老师，明后两天，您可以好好休息一下。明天那场咨询，刚刚来访者打了电话，说是要出差，希望安排到下周；后天本来我们工作室有个集体学习，结果一半的人请假，干脆就取消了。"

　　安如雪淡淡道："好，我知道了。"

　　小袁迟疑一阵，道："安老师，我们楼下新开了家火疗馆，我几天前去过，很舒服，就办了卡，要不我现在带您去体验一次？火疗能够激活人体健康系统，也能让人快速消除疲劳。"

　　安如雪早听人说起过火疗，只不过自己并没有做过，听说就在楼下，一时来了兴致，站起来道："好啊，我们这就去看看。"

　　在火疗馆，安如雪望着那躺在床上被火焰包围的人，吓得花容失色，连声道："算了，算了，我不做，这看着太危险了！稍微不注意，被这样的火烧到身体，后果不堪设想！"

　　负责接待的客户经理道："美女姐姐你放心，我们的技术很成熟，客户的安全是有保障的。"

　　小袁也道："安老师，没事的。等您躺上去，很容易就会睡着，这样的火是隔着几层保护膜的，只会让你感到很舒服。我上次亲自体验过，感觉好极了。"

　　安如雪道："我听说火疗主要是用来治病，像我又没病，犯不着冒这么大的风险。你们这里有人按摩吗？我做个按摩就好，不要火疗。"

小袁还想继续劝说，然而看看安如雪的神色，改口道："要不这样吧，今天安排一个双人间给我们，我做火疗，安老师您做按摩保健，下次您有兴趣，再尝试火疗。"

安如雪表示同意，很快有人把她们带到一个双人间，安如雪说要找一个小妹子给她按摩，因为她知道，如果不说清楚，很可能会给她安排一个异性技师来，到时候再换来换去很麻烦。倒不是安如雪封建，而是，她确实不喜欢接受异性服务，至少现阶段还不习惯。

很快来了一个年轻姑娘给安如雪按摩，另有一位中年男子给小袁做火疗。安如雪要了一床薄被子，很快就迷迷糊糊睡着了。

突然，一阵惊叫声响起，安如雪马上醒了过来，定睛一看，小袁在一堆火焰中扭动着大叫，显然是被火烫到了，而那个男技师竟然手足无措的样子。安如雪立刻爬起来，拿起自己身上的薄被子盖住那堆火，年轻姑娘也一起帮忙，很快把火扑灭了。

小袁的肩膀被烫伤，起了几个大血泡，她脸色苍白，惊魂未定。火疗馆老板也闻讯赶来，拼命道歉，说那个中年技师是个临时工，他自己吹嘘技术很好，于是派他做，没想到却出事了。安如雪道："要不是我临时要了床被子，这样的火我们都不知道该怎么灭，后果根本就不敢想。"

老板连声说对不起，小袁突然呜呜哭了起来。安如雪道："老板，这可不是几句对不起就能够解决问题的，你先把人送医院吧！"

那个中年技师见状，慌忙道："老板，我有个亲戚是专门治烫伤的医生，就在这附近，要不我请他来治吧！"

安如雪对小袁道："小袁，你感觉怎么样？是要去医院还是就在这里治？"

小袁只管哭，不说话。

那老板道:"幸亏这伤不算太重,这个我也有经验,抹点膏药过几天就好了,主要是这妹子受到了惊吓。我看这样吧,喊人来这里治,然后,我赔两千块钱精神损失费,这事就算了,好吧?"

安如雪不语,看了看小袁。那老板对着小袁打躬作揖道:"小妹子,求你了,是我们的错,没把你照顾好,你大人大量,这事就按我说的处理,好吗?"

小袁停止哭泣,叹了口气,算是默许。

安如雪心里一直后怕,倒也不再说什么。

第十五章 情势突变

这时空生生灭灭，瞬息万变；这人心微妙难测，爱恨无常。所以，那些我们真心喜欢而且可以恒常的事物，弥足珍贵。这也是我们想要拥有爱情并渴望它永恒的原因。毕竟，恒定才使人安心、安慰。

一 风暴前夕

安如雪并不知道,一场心灵的风暴就要来临——不过仅仅对她自己而言,算得上是风暴——是她自己的内心戏,是无人分担也无法避免的自我煎熬。

这时空生生灭灭、瞬息万变,这人心微妙难测、爱恨无常,所以,那些我们真心喜欢而且可以恒常的事物,弥足珍贵。这也是我们想要拥有爱情并渴望它永恒的原因。毕竟,恒定才使人安心、安慰。

杜宇宁连续两天没有联系她,而安如雪起初完全没有意识到这其中有什么不妥,毕竟这位杜博士本来就让人捉摸不透,向来并不主动。何况,他很认真地说过,要信任他。

这是一个周末,安如雪要在家里照顾王子奇,没空出门;加上,安如雪是在有意克制自己不去主动联系杜宇宁,她想看看如果她按兵不动,杜宇宁会不会主动联系她。结果,他们之间就出现了两天没有交流的真空状态。

目前的情形,一般是安如雪先给杜宇宁发短信,杜宇宁会在方便的时候给她回电话;而如果安如雪不联系杜宇宁,他们之间就可能没有任何沟通。之所以安如雪总是很主动联系他,是因为她似乎每天都要听听他的声音才会安心。其实这已经预示了一场败局,只不过这时候她自己还不肯承认。

只有一次例外。那天安如雪强忍着自己一整个上午都没给杜宇宁发短信,下午三点多,他终于给她来了电话,他说没有她的消息,很是想念,不过,这样想念一个人的感觉,挺好。

那一次,安如雪觉得特别安慰。她本来担心他们之间的感情只是自己过于一厢情愿，那就没意思了。爱情这回事，在这世间常常以单相思的形式出现，见惯了 A 爱 B 而 B 却爱 C 的局面，如果 A 和 B 能够彼此相爱，才是最美好的。

安如雪当然知道，通常情况下，一方过于主动的爱情可能先天不足，一份真正美妙的感情，应该是双向奔赴的，确实会有一方稍微主动，但，不能太过；如果一方过于主动，那就说明另一方不够珍惜这一方，感情的质量就要打上折扣。当然只是说通常。如果关系里的双方能够找到属于自己的平衡，哪怕永远只是一方在主动，也可能制造出长存的美好，仅仅是可能，这种只是一方主动而能感觉很好的概率就更低了。毕竟，主动意味着承担，是一种精神付出，永远是一方在承担、在付出，那样的关系太累了。

她知道自己如果对杜宇宁倾注过多的注意力，这样极易形成她对杜宇宁的上瘾关系，到时候欲罢不能，毕竟有的女人在生命的某个阶段真会视爱如命，嗜爱如毒；何况，安如雪觉得自己这样表现得太不矜持了。

可她无法控制自己。为什么会这样？她为什么会在杜宇宁面前彻底失控？作为一名心理咨询师，安如雪很清楚，一个人如果过分地喜欢或者过分地讨厌另一个人，这其中必定是有心理动因的。如果能够找到并克服其中的原因，这个人就能得到成长，如同打开一个结。因此，安如雪以促进自我成长为借口，放任自己主动接近杜宇宁。

一般的人，即使很喜欢一样东西，也常常会碍于情面，掩饰自己喜欢的程度。可是安如雪从不如此。

喜欢一样东西，她就会一把抓在手里紧紧不放；喜欢一个人，她就满心满眼痴痴思量的，全是这个人。杜宇宁因此说过她太傻，还说女人要傻一点才可爱。安如雪叹息着抗议："我只是在你面前傻而已。"

这样一种性格，很容易被利用或者被控制。如果是去买东西，卖主知道买主真心喜欢，往往不肯让价；如果是谈恋爱，如此不懂得含蓄，很容易让另一个人心里暗自得意从而产生居高临下的优势，或者因此受到另一个人的疏忽怠慢。

道理安如雪是知道的，但她不想过于控制自己。

她觉得，真实，也是一种美，也需要勇气。

周末之后上班第一天，出现了让安如雪无比困惑的情况。

二　无声的风暴

早晨，她发短信："总觉得我们之间的交往不真实，像一场梦。"

等了好一阵，没有回应，安如雪有些惆怅，追了一条："应该是我自己错了吧！也许要那种年轻漂亮的女孩子，才能得到你的珍惜和喜欢。我，也许只能在你命运的某个路口，惊喜地与你相逢，而后惆怅地擦肩而过。"

到了中午，杜宇宁依然没有回应，而这一天，安如雪恰好和几个朋友在杜宇宁单位附近的海鲜酒楼吃饭，她始终放不下他，又发短信："从第一眼看到你，我就在探测我们之间的距离可以靠多近，就在感受我们之间的缘分可以有多深。既已相遇，我不会轻易放开你。也许，成为彼此的知心朋友是我们最好的选择。"

杜宇宁依然没有任何消息。安如雪的每一条短信都像被虚空吸走了，完全不留痕迹。她觉得自己都要疯了。其实，如果杜宇宁反应正常一些，当安如雪给他发短信的时候，他加以回复，也许，她就不会抓狂，不会由着自己的性子发后面那两条短信。那两条短信并不是安如雪的本意，她是在用这样的方式试探杜宇宁，看他是不是真的在意她、喜欢她。

一直没等到他的回应，安如雪硬着头皮，鼓起勇气，拨打杜宇宁的手机。第一次，电话似乎是被挂了，安如雪定定神，再打一次，杜宇宁接了电话，他不耐烦地说："你怎么像一天到晚没事干一样？我今天忙得够呛！"他的话显然是脱口而出的，出口之后，他自己似乎也有小小的不忍心。

这几句话像鞭子一样抽打在安如雪的心上，她猝不及防，整个人都呆住了。完全没有料到杜宇宁突然会用这么不耐烦的口气跟她说话。

为什么会这样？上一次在公园散步，她担心他们的感情一下子消失的时候，他还在说要"多浇水、勤施肥"，为什么现在，情势就突然彻底改变了？

一定是发生了什么事情。

只是安如雪完全不知道，究竟是什么事情让杜宇宁的态度发生了截然不同的变化，更不知道在他的心里，究竟经历了一场什么样的心路历程。

她惊慌失措地说："对不起！那就不打扰你了！"

被如此结实地打脸！过往岁月里从来没有人这样对待过她。她一直骄傲、清高、受异性欢迎。然而这一次却如此狼狈。

据说人性的弱点之一是：越在意什么，就越被什么折磨。

确实是被折磨。

黄昏时分，安如雪一个人待在家里，越想越觉得不可思议。为什么杜宇宁会是这般表现呢？他的态度跟前一次相比怎么会突然之间判若两人呢？

难道是因为她自己变来变去的，一下子又觉得两个人可以一直走下去，然后一下子又说"擦肩而过"、只做知心朋友，如此反复无常让他生气了吗?

或者,是因为起初,双方互相不了解的时候,杜宇宁觉得他也是喜欢她的,可是,稍稍一接触,他发现她根本不是他喜欢的类型?也不像是这个原因啊!毕竟,就在几天前,他们在公园里漫步的时候,彼此之间,如此充满柔情。

或者,是因为安如雪的哪条短信让他对她彻底起了反感之心?

再或者,杜宇宁心底其实已经有心仪的女子,起初他只是对安如雪好奇,所以跟她靠近一下,等他觉得他了解她了,所以他就马上放下她?

又或者,杜宇宁通过某种途径知道了她什么隐私,认为她是一个道德有瑕疵的人?安如雪当然不是什么圣人,加上,她和自己的丈夫长期不和,早已分居,在认识杜宇宁之前,她确实有属于自己的隐私,她的生命中,肯定有人试图靠近她,她也在想要寻找什么可靠的人,肯定有一些暧昧的情形存在,也仅仅只是暧昧而已。

还或者,是因为她自己不够有实力,既不年轻,也不富有,所以,冷静下来之后,他对她不再有兴趣?这也是可能的,毕竟大家面对的是一个现实世界。

安如雪通胡思乱想,完全没有头绪。

然而,所有的分析,都只是她的猜测。真实的原因,只有杜宇宁一个人心知肚明。

她完全无法理解。也许,他和她之间,在貌似有许多共同语言的背后,存在着不可逾越的鸿沟。

安如雪实在不能释怀。如果是她的心理咨询来访者面临这样的情形,也许她可以说:有时候,管好自己、保持沉默,也许是一种不错的姿态。

然而她做不到。心里仿佛有千万头野兽在撕咬她、追逐她,撕咬她的自尊,追赶她去探究真相——她真的想知道这是为什么。

于是她咬咬牙,再发了两条短信,请他方便的时候回电话;或者两人见一面,哪怕只见几分钟,把话说清楚一下,都可以。她说自己敢于面对任何真相,话说清楚之后,她绝不纠缠他。她只不过是一个喜欢把一切事情弄清楚的人,她不至于会缠住他不放。

可是杜宇宁一直没有回音。一直没有!

安如雪再一次鼓起勇气打杜宇宁的电话,他却根本不接。

为什么会这样?这是个什么人?人与人之间的行为方式,太不一样了。

安如雪是个只要能够,凡事都会打破砂锅问到底的人。在她的世界里,她的心灵法则是这样的,好朋友之间,有什么事情,就要推心置腹地交流,知无不言、言无不尽,彼此才能有更多的了解。而杜宇宁如此突然大转弯,让她完全找不着北,他却对她保持沉默,这太不符合她的法则了。她疯了般想弄清真正的原因。

是真的要疯了!

三 痛苦煎熬

安如雪想了一个办法,找一个她的朋友,并不认识杜宇宁的,打杜宇宁的电话。她对朋友做了交代,如果对方接了电话,就假装打错了;如果没接,也要告诉她一声。结果,杜宇宁也没接朋友的电话——这让安如雪稍微得到了安慰,可见他确实经常不方便接电话。然而,她仍然觉得自己像一个困兽,用尽了所有的办法,想要突出重围,却还是被困住。

后来,过了半个多小时,安如雪的朋友打来电话说,杜宇宁回了电话,他已经按照安如雪的交代,回答说自己打错了。

安如雪精神振作起来,也许杜宇宁也会回电话给她。然而等了一阵，并没有动静。

为什么会这样？他究竟怎么回事？不管是面临哪种情况，不方便再跟她交往了、不想再理她了、不再喜欢她了，不管是什么情况，他告诉她就可以了，何必要不接电话、不回短信、也不肯再见一面，把她一个人困在迷宫里呢？她最恨自己被蒙在鼓里。

安如雪伤心透了。她发出了这样一条短信，她希望这是这辈子最后给他发短信："好吧，我什么都不问了。一切都过去了。这一天，在你面前，我挥霍了我所有的尊严。就当我们从来不曾相识吧。我自寻烦恼、自取其辱，但我对你没有怨言。在你面前，我表现出来的，是一个连我自己都不认识的自己。谢谢你带给我的美好回忆。"

发出这条短信，安如雪虚弱得简直要从椅子上跌到地上去。

已经是晚上九点多，她还没吃晚饭——午餐时面对满桌美味佳肴也只是浅尝几口，此时突然觉得有点饿，于是起身去厨房做西红柿鸡蛋面。

没想到在切西红柿的时候，由于心神不宁，刀子一滑，居然把左手食指切了一刀，马上有血汩汩往外冒。

安如雪不由自主地惊叫一声，她以前从来没有被菜刀切到过。一阵钻心的痛。老半天她才想起来必须先把血止住。于是慌慌张张地捂住伤口，去药箱里翻找创可贴，这才发现，家里连创可贴也没有了。她只好用棉签蘸点络合碘，然后再用棉签压住伤口不放。过了十几分钟，才把血彻底止住。

手指痛，心也痛。她的泪水成串成串落下来。

老天爷，我做了什么坏事，你要这样惩罚我？

从安如雪约杜宇宁喝茶那天到这一天，正好十三天。

短短十三天，一场原本以为会是传奇的相遇，却如此不堪一击地落下帷幕。一场假想中的爱情夭折了。男女主角不过是在一起愉快地喝了一次茶、吃过一次饭、散了一次步、说了一些莫名其妙的梦话，最终女主角还莫名其妙伤痛不已。

她必须去求救。

四　心理治疗

安如雪坐在李云桑面前，脸色苍白。

她喃喃自语："这十几天，太戏剧化了。"

毕竟是对一名心理咨询师做督导，李云桑一针见血地直接说："这是你自己造成的。你最大的错误在于，你把你自己潜意识里的东西意识化了，而且把它们明明白白地表达了出来。也就是说，你想到的东西，可能许多人都会产生过类似想法，但人家想了也不一定会说出来，而你呢，一想到什么，不但说出来，还照做。换一个说法，你简直是把你的梦带到生活里来了，你整个人就生活在梦里面，你根本没有分清梦想和现实的界限，你活得很不现实、很不真实。"

"云桑老师，就算你说的是对的，我活得不现实，可是，杜宇宁，他应该是现实的呀！"

"没错，他比你现实，所以，你们的结局会是这样。根据你的叙述来判断，杜宇宁，在跟你的互动过程中，他也是有问题的。他确实可以给你一个交代，但是他没有。当然，他也有不给你任何交代的自由。他的问题究竟在哪里，只有他自己才清楚。我肯定说不清楚，因为我不了解他，也无法获知他的真实动机。每个人都可能有完全不同于别人的特点。"

安如雪长时间无语。

李云桑说："你觉得你自己获得了什么经验？"

"谈不上什么经验。应该说，从这次起，我再也不会把虚幻的爱情当成我的人生追求。爱情这东西，太让人琢磨不透了。"

"不是爱情让人琢磨不透，而是，你在错误的时间，用错误的方式，在寻找错误的东西。所以，只能一错再错。"

"这件事，暴露了我许多弱点。我发现自己自我控制的能力还是不强，还有，我好奇心过于严重。当然，这跟杜宇宁这个人也有关，他太让我好奇了。我对他的许多行为迷惑不解。越是不了解，越觉得好奇，就越想弄清楚谜底。唉，这种人，是我的死穴。一见到他，我就失去了控制力和判断力。"

"这确实是你的弱点。不过，这件事，跟你互动的那个人身上也有一定原因。按你上次的说法，他是那种曾经从死尸堆里爬出来的人，他待人处世的方式，可能也与常人不同。比如说，他无论如何不回你的短信，这种表现就不能算太正常。这就更加加深了你们之间矛盾的不可调和性。我记得你上次说过，他和他的妻子之间，也是不和的。事实上，夫妻不和，双方都有需要反省的地方。恐怕他自己也要为这种不和负责。也就是，他的性格当中、他待人处世的方式当中，也有需要调整的一面。"

"我曾经对他进行过分析，可能他是喜欢一切都简单化的人，他喜欢一切都在自己的控制之下。而我如此善变，也许是这个原因让他受不了，让他觉得我这人有些讨厌。"

"这只是你自己的推测。究竟怎么回事，谜底在他心里。"

"你是对的。算了，我不可能知道这谜底了，也不想再知道了。总之，让一切从谜开始，最终以谜结束吧！幸亏只有十来天。幸亏我只单独见过他三次面。我想，我不会太难走出来。只是觉得遗憾。我本来以为我遇到了梦寐以求的东西。"

"人很容易受制于自己的欲望，或者说渴望。当你渴望的东西比较虚幻，就更难办。据说越是对爱情充满渴望的人，越难遇到真爱。

人生总是充满遗憾。学着接受吧！"

然而安如雪却无法轻易接受。

五　痛哭一场

她实在是想不通，这个杜宇宁，两个人似乎交往得好好的，彼此感觉非常好，他怎么突然就弃她而去呢？传说中的断崖式分手，就是这样的吧。她这一生，从来没有遇到过这样的事情。

她的心乱成一团麻，任何事都做不了。于是，她只能找朋友一起喝酒，当然，只是浅尝辄止，她并没有放纵自己让自己喝醉。跟朋友在一起，她却什么也不能说，几度欲言又止。她能怎么说呢？说出来，也许只是人家嘴里的笑料。有的事，再知心的朋友，也是不能说的。不能说，不能说。

她能出口的只有几个字："我的心碎了，碎了，碎了。"她连续用了三个"碎了。"朋友问她究竟什么事，她摇着头说："如果能够说，我就不会如此心碎。就是不能说，只好让自己心碎。发明'心碎'这个词的人，好聪明啊！"她拼命控制住已经涌到眼眶的泪水。

喝了酒回到家，酒精上脑，安如雪又失控了，她忍不住打杜宇宁的电话，结果仍是通了却不接。再给他发短信："我不知道究竟发生了什么事，更不明白为什么你要这样回避我。我们见个面把话说明白好吗？我有勇气面对任何事。如果你是真的讨厌我，我不可能继续纠缠你。但我希望了解真相。这辈子，我从来没有遇到过这样的事情。"

结果，她的短信仍然是石沉大海，仍然是被虚空吞噬。酒精作用下，安如雪鼓起勇气继续打电话，他就是不接，也不挂断。听着电话空空地响，安如雪的玻璃心"噼里啪啦"碎成一地。她不知道为什么自己要那么执着地想要跟他沟通或者想再见见他，为什么一定想要跟他把话说清楚——哪怕自取其辱。或许潜意识里，她希望把一切都解释清楚，他们之间可以没有障碍地继续走下去。

安如雪觉得自己要崩溃了。有句话这样说："他人即地狱"，这句话竟然在杜宇宁身上应验了。这世上，有些人，是不能碰的。随便碰一碰，你就可能把自己的魂都弄丢一部分；这世上，有些人简直是暗礁，他自己曾经伤痕累累，但你看不到他的伤，可是如果你不小心碰上他，轻则受伤，重则触礁而亡。

为什么他突然就翻脸不理她了？本来两个人还说好过几天再约的。他不是说时间会证明他是一个什么样的人吗？难道，他就是这么一个铁石心肠的、随意伤害别人的人？他为什么要这么做？为什么突然不理她？安如雪想了无数理由，比如说，他后悔了，他根本不打算将来有跟她走到一起的可能性；比如说，他听到了一些关于她的非常不利的传言，或者，有意无意地探知了她的什么隐私（确实每个人都会有隐私。事实上，如果杜宇宁真的想知道，她愿意也敢于把自己的隐私透露给他）；比如说，他不喜欢她太依赖他；再比如说，他想故意考验她。真相究竟是什么？她百思不得其解。

其实，不管是什么原因，他完全可以明确告诉她，而没必要这样突然不理她。她宁愿听到他亲口告诉她："我觉得我们不合适，没必要继续交往了。""我觉得你的想法太疯狂了，不可能实现，我们还是就此为止吧！"如果他肯这样坦白地把话说清楚，她一定会接受的，一定会尊重他的决定，两人从此不再联系，这一点她完全能够做到。可是他竟然选择这种让她如此抓狂的方式。当然，也许他认为，他用行动这样做就行了，完全不需要再用语言表达。

其实，如果杜宇宁肯好好把话说清楚，安如雪一定会放开他的。他们交往的时间不长，感情并不深，分手对安如雪来说，也许仅仅是一件充满遗憾的事，不见得会伤害她。可是，杜宇宁突然不理她，让她不知所以，因而免不了总会胡思乱想，固执地想要知道真相，想要知道他是不是真的要放弃她、为什么放弃她。更何况，他的这个行动对她构成某种沉重的打击，打击了她的自尊和自信。

有时候，越想找回自尊越会饱受屈辱。

无人的夜里，无助的境地，安如雪突然忍不住放声痛哭。

很多年不曾这样痛哭过。

六　自我疗愈

这是一件让安如雪的内心崩溃成碎片的事情，她必须心灵重建。

杜宇宁，为什么会是这样的一个人？当然，安如雪也清楚，之所以有这样一个结果，一定是有原因的。尽管她不够清楚究竟是什么原因，但，既然有了这样一个结果，她需要做的事情就是，好好面对这个结果。

她觉得他们两个人也真是绝，都喜欢死磕，一个非要说清楚，一个非要死活不理会。

杜宇宁固然冷酷绝情，但安如雪知道，这件事，归根结底是她自己的事。她为什么会对杜宇宁这样的男人一见倾心？她为什么会跟杜宇宁有这么奇怪的互动方式？就是因为她的内心缺乏爱自己的能力，总渴望从外界去寻求。而事实上，对于一个缺乏爱的人来说，这世界上没有任何人可以用他需要的方式来满足他对爱的渴求。安如雪内心感叹：人性如此复杂和危险，却有让人不舍的美丽。

心痛得那么厉害，她反倒定下心来，决定用专业手段来自我救赎——给自己写信。这是她经常让来访者做的事，好处是可以转移注意力，可以让自己冷静地整理情绪和思绪。于是安如雪拿出纸和笔，着手给自己写一封信：

心爱的雪儿：

你好！

我是另一个你，是你心中的守护天使。

我知道你受伤了，伤得很严重，简直是奄奄一息。所以特意前来安慰你。

那个叫杜宇宁的男人，他的表现确实非常奇怪，让人无法理解。但是，事情的真相是，并不是他伤害了你。你要弄清楚，是你自己心甘情愿沉溺其中，是你自己让自己受伤了。无论他如何让你觉得受到伤害，你都要感谢他，因为，是他让你再次触摸自己的软肋和痛点，让你知道该如何来突破自己的薄弱环节，内心变得更强大、更完整。

他突然不理你，不理就不理吧。他不理你，很可能是他自己的问题，也许是你的某些言行唤醒了他以前的痛苦记忆，所以他决定不再理你，也许是他单方面对你产生了误会，其实，你并没有做错什么。反正，不要再去追究原因，这世界上的事情，不是每件事情都弄得清原因。

我知道你的心都要碎了，我知道。让我拥抱你。让我爱你。这世上，我是永远爱你的那个人，永远不会离你而去。

雪儿，我很心疼你。你知道自己为什么会受伤吗？因为你太在意他了。你为什么要那么在意他呢？对于一个人、一件事过于沉迷，是非常危险的，何况这是一个你根本不了解的人，那风险就更大了。

他再优秀，可是，他居然忍心如此来伤害你，完全不考虑你的感受，那就说明，他并不珍惜你，或者，是因为他的内心也有不能碰触的痛苦，所以不得不这么做。总之，雪儿，学会谅解别人。放过别人，也就放过了自己。你是个善良的女人，你平常从来不会轻易伤害任何人,你现在怎么这么忍心伤害自己呢?

他为你做过什么让你很感动的事情吗?没有,至少目前还没有。你留恋的是你自己创造出来的影子,不是真实的他。或者,就算你留恋真实的他,他如此不顾你的痛苦,你又何必对他如此用心呢?

他只不过曾经表现得比较通情达理。比如,有一次,他看到你又发短信、又打电话,他没来得及回复你,就开车过来请你一起吃饭;还有一次,有一天晚上他送你的女朋友回家,后来送完那个人,他怕你误会,于是就马上给你打电话,你认为他这样做照顾了你的情绪,表现得很懂事。但这样的细节,很多细心的男人都能做到,值得你对他那么沉迷吗?

还有什么事情让你那么难以忘记他吗?他曾经半开玩笑说,也许有一天,你会爱死他。这么一句话,难道你真有那么动心吗?你真的相信吗?

他究竟有些什么优点?他很聪明;(你不是也很聪明吗?为什么却被他控制、被他牵住鼻子?你要反控制,你要好好爱自己。)他有传奇经历,打过仗,九死一生。(是的,这一点,你很敬佩他。敬佩就敬佩呀,值得敬佩的人不是只有他一个。而且,以他如此不圆通的处世方式,他不可能有太大的作为。就算他有大作为,跟你也没关系。)

说实话吧,你之所以放不下他,那是因为你对他寄托了太多的野心。你甚至想跟他结婚,(可是,他这种性格,他这种对待你的方式,跟他结婚,你的生活必定暗无天日。)你要明白一点,你根本不是在爱他,你不过是在爱你自己心里的爱情幻影。

不过,说良心话,你放不下他,是因为,他确实符合你心目中爱人的标准。可是,如果他不爱你,还如此狠心地来伤害你，符合标准又有什么意义？他不珍惜你，就足以使他本来符合的所有标准失去意义。爱你，才是最重要的标准。否则你就不过是找虐，甚至不客气地说：犯贱！

让一切成为过眼云烟吧！你再也、再也不要给他打电话、发短信了。我要故意刺激你一下，你这样做，简直很丢人哦。他不能夺去你的自信和自尊，但是，如果你还坚持去找他，你就是在自己让自己失去自信和自尊。当然，有些事，不一定能够按照常规来推理。你之所以执着地去接近他，是因为你自己内心有放不下的东西。你不过是想用这样的方式来让自己放下一些东西。但是，雪儿，请你控制好自己的行为。比如说，你明明知道某样东西是一把刀，如果你不想死，为什么要用它来抹你的脖子呢？

希望这件事情的发生，它不是为了让你受伤，而是提供机会让你成长，让你变得更理性、更智慧、更坚强。因此，不管杜宇宁对待你的方式如何伤害了你，你也要对他心怀感恩，他同时是在提供机会让你改善自己，你以后就不会再毫无缘故地陷入情感困境。

心爱的雪儿，好好爱自己，你是一个优秀的好女人，你是值得爱的。你有那么多真心待你的朋友、有可爱的孩子、有温暖的家，最最重要的，你拥有你自己。你一定要好好保护自己，别再让自己受伤了。你有时候表现得还像一个孩子，多变、敏感、脆弱，这样，就很容易让自己受伤。你呀，快快成长起来吧！快快把心思放到事业中去吧！一个能够善待自己、事业成功的女人，才是美丽的，才是有魅力的，才会拥有快乐的源泉。

心爱的雪儿，紧紧拥抱你！永远和你在一起！永远支持你！

你忠诚的守护天使

安如雪顾不上什么逻辑和条理，一口气写完这封信，再反复看几遍，她的内心终于慢慢平静了下来。她下决心要好好守着这份宁静，再也不要轻易让自己内心失去平衡。

安如雪想了想，拿出手机，想把杜宇宁的电话号码和那条"让子弹飞一会儿！"的短信彻底删除。本来，她是打算不管他们之间发生什么情况，她都要把这条短信一直保存作为纪念的。可是，现在不行了，如果不删掉他的号码，她可能无法控制自己，可能会继续给他发短信、打电话骚扰他。她绝望地发现很多时候她的自我控制能力根本不够管用。

她认为自己是在发最后一条短信："我决定马上把你的号码删除，不然，我还是会忍不住要继续骚扰你。我知道我心里的痛苦还会继续。你这样对我，是不公平的。但是，我相信你有你的理由或者借口，我不怪你。含泪祝愿你幸福。"

短信一发出，她飞快地删除杜宇宁的名字，飞快地删除那条起到了导火索作用的短信："让子弹飞一会儿！"这颗会飞的子弹，是真的太厉害了，它果真在飞一阵之后，击中了安如雪的要害。

在做这两个删除动作的时候，安如雪觉得自己似乎在接受一个切除手术，似乎与她心灵相连的某个部分，被无奈地切除。她感觉到一阵痛。

"谢天谢地！"安如雪暗想，"幸亏自己还没来得及记住杜宇宁的电话号码"。当然，是因为她没觉得有必要用脑记，只是记在手机里；而两人交往的时间又还没有长到让她无意中记住那串数字。应该是这样。可是，安如雪自己都不知道，事实上，她已经把杜宇宁的号码记住了。但是，她宁愿相信自己没记真切。

这个杜宇宁，不管这辈子还能不能见到他，至少，她要感谢他。因为他的出现，在她心里塑造出这样一个美好的男人形象：他曾经

201

出生入死，有着钢铁般坚强的意志，却对他珍爱的人满腹柔情；他人格完整、胸怀坦荡、热爱生活，懂得珍惜他生命中遇到的一切；他心忧天下，虽然不是什么大人物，却深切关怀着人类的命运。是的，这几乎是一个完美的男人形象。杜宇宁显然不可能是这样完美的一个男人，但是，没关系，他毕竟给她带来过如此美好的感觉。假如他们之间真是一个无言的结局，她会小心地把他封存在心里。

这世上，有的人对另一个人来说，他像一个宇宙黑洞，你哪怕只是经过他身旁，都有被吸进去的危险。如果真被吸进去，那就有可能彻底被毁掉。

安如雪长长吁口气，终于安下心来。

然而内心深处，她希望，杜宇宁这样做，只是为了考验她的承受能力。也许在将来的某个时刻，像他们曾经约定的那样，他会再次打她的电话，问她在哪里，有没有时间一起去爬山。尽管这只是一个痴心妄想，她愿意保留一分希望。

某些看起来聪明的女人骨子里一样有蠢到无法救药的部分。难怪有个成功男人经常说：人有一种绝症，就是，笨！

第十六章
我们常常爱上某一类人

这种类型的男人,是安如雪的死穴。一辈子遇到一个就够了,她却遇到两个。

一　苟延残喘

抚平内心的空虚感似乎是人生的必修课。

在感觉无比空虚的时刻，你觉得自己的生命活力仿佛被什么东西抽走了，你不知道可以做什么，应该做什么，反而是什么也不想做，也没什么事情值得你关注。

这一天安如雪就很空虚，很难得地没有心理咨询预约，她完全没心思做什么具体的事情，于是就在网上乱逛一气。

江若水在QQ里问：姐姐，问你一个字怎么读，一个单人旁，加一个提手旁，再加一个寸字。

安如雪愣了半天神，哪有这个字啊？

江若水再打字过来：错了，是一个提手旁，加一个单人旁，再加一个寸字。

安如雪在纸上写了一下，拊，这个字，倒是知道，应该就读"抚"。

她查查手边的字典，果然，"拊"和"抚"是通用的，最常用的说法是：拊掌大笑。

安如雪把答案发过去，忍不住真的拊掌大笑。

江若水发来一个"用鸡汤感谢"的表情，再留一行字：我在抄袭论文，不跟你多说啦！

安如雪听她说起过想评职称，需要交一篇论文。

笑过之后，安如雪内心却涌上更加浓重的一阵迷茫。她继续在网上四处看。

屏幕上，一句话突然闯进她眼里：第一流的人物看白云虽是至美,却不想拥有,只想心领神会。今生今世,情如白驹过隙,物则是梦幻泡影。

安如雪被这句话击中了。

若早有这样的胸襟和态度,杜宇宁,应该不至于那么快就从她的生命里消失吧?

就是因为她一厢情愿地觉得他是最好的,才太想拥有他。其实,她对他根本还不了解,彼此之间还不够心领神会,她就那么急急地想去抓住他。何必呢?更何况,她根本还不具备可以抓住他的条件,再何况,生物的本能都是这样,觉得自己会被抓住的时候,本能的反应是慌忙逃跑、后退,很简单,你去抓一只蜻蜓试试。

若早一点看到这句话,早一点抱着这种去留无意的心态,他们之间,不该是这种结局。至少,彼此可以成为好朋友。

真让人叹惜。

想起杜宇宁,她就在脑子里回放和他有关的一切记忆。

让子弹再飞一会儿。

我们要好好培养这份感情,要多浇水、勤施肥。

这些回忆让她心痛。

安如雪索性搜索《让子弹飞》这部电影,让自己再重温一遍。

当她看到麻匪们骑着马驰骋,忍不住揣想杜宇宁看这部电影时的感觉。他有没有回忆起自己骑马在草原上奔驰的情景?有没有想起出生入死的战争岁月?看到那些激荡人心的片段,他有怎样的感觉?他一定也是热血沸腾吧?

总之,此时她心里纠缠的一切,都和杜宇宁有关。

安如雪无法在家里坐下去了。

她来到公园,和杜宇宁曾经一起散过步的那个公园。

她站在路口,惆怅地眺望那条他们在夜里曾经走过的路。春天已经到来，路旁到处是新鲜的绿芽。而她的心，却回到了寒冷的冬天。

她仿佛再一次看到了两个背影。她穿着高跟鞋、踮起脚尖——事实上那天晚上她只是踮着脚尖走了几步路——拽着他的胳膊慢慢走，两人都很开心，胸中激荡着无法言说的美好情怀。

那个时刻他们本来还相约着要一起去踏青，或者一起去旅游。现在，这样的约定，已经成了泡影。

这本来是安如雪极其渴望的美。和心仪的人，即使去很普通的一个地方，你看到的风景、你心中涌起的感觉，必定是不一样的。

这世界上已经有太多的东西会提醒她想起他。一个男人的咳嗽、某件皮制的衣服、一个似曾相识的微笑、一辆黑色越野车。太多了。

安如雪的脑海里突然闪现出一连串的数字。那应该是杜宇宁的手机号码。她确信是。前几天她把他的号码从手机里删除了，却无法删除她脑海里的记忆。

她又疯狂发作，在路边买了张IC卡，用路边的公用电话拨杜宇宁的手机。杜宇宁接听了，他喂了一声。

他的声音是熟悉的。全身的血液涌上她的头部。她无法开口。

他再喂了两声，果断地挂了电话。

安如雪的胸口痛起来。她再打过去，杜宇宁又接了电话，安如雪终于鼓起勇气喂了一声，却仍然说不出话。

杜宇宁显然已经猜测到可能是她。他冷硬地说道："说话！什么事？"

安如雪正要张嘴说话，他却再度把电话挂掉了。

为什么会这样？为什么会这样？

安如雪觉得自己要疯了。

这一刻，她猛然清晰地想起严世平。十三年前在她生命里出现过如今已经淡忘了的严世平。

杜宇宁简直是另一个严世平，不，他比严世平更过分。

二　又一次，美丽的忧伤

　　他们的形象非常相似，连表情都神似。这就是安如雪第一眼就觉得杜宇宁面熟的真正原因。只不过，安如雪那个时候完全没把这两个人联系起来。可以说，杜宇宁表现得比严世平更神秘、更冷酷。

　　这种类型的男人，是安如雪的死穴。一辈子遇到一个就够了，她却遇到两个。

　　人与人之间如果缺乏了解和信任，仅仅凭感觉建立起来的感情，那是极其脆弱的。安如雪突然记起几年前，她曾经遇到过一个会写诗的中年男人。那个男人一见到她就眼神一亮，而她对他也有一定程度的好感。然而，才见了两次面，那个男人就非常明显地企图对她有非分要求，她于是毫不留情地放弃了他。也许，杜宇宁也是因为感觉到了她身上有某种令他无法接受的东西，于是就断然决定舍弃她。很可能是这样。

　　安如雪开始拨打严世平的电话，她一直记得他的号码。十三年来，他们并没有完全断掉联系，偶尔会彼此打个电话，大多时候都是安如雪打给他，偶尔他也会联系她。不过，严世平从来没有像杜宇宁这样冷酷地不接电话。

　　拨号的时候，安如雪想起她曾经写过的一篇文章。这篇文章写得很真实，女主角是她自己，男主角就是严世平，只不过，她用了化名。

美丽的忧伤

雪晴

在我看来，启明过着的，是一个单身汉所能梦想的最好的生活。

他是公安局的刑侦大队长，单位给他分了两室一厅的房子，自己还有一辆墨绿色的本田小轿车。这么多年来，明里暗里追过他的优秀女孩子，是真的数都数不清。

我是半年前经人介绍认识他的。介绍人如是说：他是公安局刑侦队长，一表人才，36岁。

然后，有一天，我特意从三百多公里外的省城回到故乡，算是回来相亲。满脑子浪漫主义的我接受这种古老的牵线搭桥方式似乎有点勉为其难，可骨子里的英雄主义又使我对一个年轻的刑侦大队长充满好奇。

这个夏天家乡大旱，已经一个多月没有下过一滴雨。然而与启明见面的这天中午，却酣畅淋漓地下了一场大雷雨。

老妈把我叫到一边，悄悄说："你都二十好几了，也该成个家了。我瞧人家启明蛮不错的，今天好像做什么事都顺顺当当，兆头很好。你别再挑三拣四了，好好对人家。如果你们合适，你就回老家来，别一个人在外面漂了。"我笑而不语。

除去闹哄哄的应酬场面，我与启明在一起单独待了几个小时。他给我留下的印象是：成熟、坚定、见解不俗。他高大帅气而不失威严的外表更是让我一见倾心。虽然他说他自己脾气坏得出奇，可是我想：这么多年来漂泊无定、苦苦寻找的人，就是他了。

从家乡返回省城，我马上给他打电话。前两次，他的声音比较生硬，后来再找他，我一开口，他就高高兴兴地喊我："燕子！"

可是很奇怪，一涉及正题——我和他的将来，他就要拿话岔开，或者嘻嘻哈哈耍赖，或者如果我逼得太急，他还会真的发脾气。他说："我们先做普通朋友，其他的慢慢再说。"

我苦恼极了。来自家庭的压力让我沉不住气；再加上，生性是个干脆利落的女子，连买衣服的程序都是这样：看中了一件衣服，往身上一套，如果觉得好，价格也合理的话，便立马把衣服穿走。我说话做事都非常直接，甚至有些生硬。至今仍记得一位男同事曾拉长声音不无善意地对我说："小姐，你有女人味一点好不好？"那段时间我除了埋头工作，就是伏案准备参加律师资格考试，一切从简，只会用两个词："行"、"不行"，以至于招来如此严重的抗议。虽然我并非不解温柔，但太过干脆，也许容易令人望而却步。

那么，好吧，启明，不逼你了。

他来省城出差，会挤出时间陪我。然而这样的机会，真的不多。望着他那张会让我心里发疼的脸，我更多的是沉默。我们在一起，连手都没有碰过，但是我知道，我在爱着。

慢慢地，我弄清楚了一个事实。认识我以前，启明曾和一个女孩子热恋，他们的恋情因某种原因戛然而止，但两人仍保持着密切的联系。启明并没有跟我明说，这是我从他的片言只语、蛛丝马迹中推断出来的。我不知道是我天性过于敏感，还是苦学法律培养出来的精准判断力。更何况，一个三十多岁的精英男子，怎么可能没有谈过几场恋爱呢？

怪不得总是顾左右而言他，怪不得迟迟不给我承诺。我忍不住有些怅惘。

这一次，我有机会到老家出差，公事暂且丢在一边，我想让启明给我一个说法。

站在火车站广场的雕塑下等他来接我的时候，已是深夜。这个冬天不太冷，旷野里吹来微凉的风，我的长发、长裙在路灯昏黄的光里飞扬。

在启明的客厅里，向来以健谈出名的我傻傻地坐在沙发上，一句话都不会说。他开好空调，把矿泉水递给我，然后眼睛盯住电视机屏幕。亚运会在泰国曼谷召开，《亚运花絮》节目非常火爆，启明不时旁若无人地开怀大笑，像个孩子。

我低头翻着他随意堆在茶几上的几本杂志，心里想，我是该住到宾馆里去，还是就这样坐到天亮？

半个多小时以后，亚运节目播完，启明开口了，"热水器坏了，不能自动出水，你要打开盖子，把开水倒出来；床头的台灯是触摸式的，随便用手碰碰金属部分，灯就会亮。"他边说边一一给我做了示范。

然后，他说他到父母那边去睡，径自关上门走了。

这套六七十平方米的房子里，只留下我一个人。

我轻轻抚摸着电话座机，视它为相识日久的老朋友。半年来，电话几乎是我们交流的唯一工具。

启明的卧室铺着地毯，简洁、舒适。一个红木大衣柜，一张红木双人床，然后就是一个玻璃书橱。书橱的一个小格里，陈列着启明的大盖帽、军功章——这让我觉得安全、温暖。书橱里的书基本上都是精品，无声地展示着主人的文化品位。我看到他向我推荐过的《现代化的陷阱》和我寄给他的《守望家园》。《守望家园》全套共有六本，这里却只剩下三本。另外三本到哪里去了呢？是谁借走了吗？

犹豫一下，我翻看了启明的相册——大部分是他读警校时与同学的合影；无意中还看到了启明的工作笔记——上面密密麻麻地记满了破案线索。

我轻轻地叹息。启明，启明，真希望我们的命运连在一起。

这个夜里，我睡得很不踏实。轻轻的一点风吹草动，都会把我惊醒。

第二天，启明接近中午才回到他的房间里来，显得很疲惫。

他带我出去午餐。在车上，我问他父母身体好不好，他说还可以。然后叹息着说："我好久没有回去过了。"

我一震，原来前一天晚上他并没有回到父母身边，那么他到哪里去了呢？

吃饭的时候，我故作漫不经心地问："昨天晚上你改变主意没回你爸妈家去？"他愣了一下，点点头，然后很夸张地吞了一口食物。

没办法，我不是一个能够装糊涂的人。

"水至清则无鱼，人至察则无徒。"老祖宗说的。

用过午餐，我要回家的时候，启明说下午还有任务，只把我送到公共汽车站。我父母的家离启明所在的城市有一个小时的车程。

他把车窗玻璃摇下一半，望着我似笑非笑。我坐在公共汽车上，转脸对着他，却垂下眼睑，不去看他。泪水不听话地盈满了我的眼眶，我却始终不肯正眼看他。车开了，我没有回头。我的心在做出决定。

老妈见我还是一个人回家，半天没说一句话。

打起精神办完公事，我独自回到省城。

使我欣慰的是，痛过一阵之后，这颗心出奇的平静。

终于一切水落石出。有了结果总让人安心，不管这个结果是不是自己期望的。

一点都不恨启明。

冥冥中有些事真的有预兆。那两个书名仿佛是谶语。我寄给启明的是《守望家园》，而他向我推荐的却是《现代化的陷阱》。看看，一个想要家园，一个在防备陷阱。

我相信，经历过这件事，也许我不再追求传奇，不再热衷于幻想，不再渴望那个陪我走过一生的人一定要能带给我激情。

也许，从从容容、平平淡淡，才是心的家园。

这篇文章是安如雪用"雪晴"这个笔名发表在1999年1月8日的《作家与社会》报上的。文章中的启明，原型就是严世平。

安如雪清楚地记得第一次见到严世平时的情景。当时的介绍人是安如雪父亲的同事，父亲那位同事一直非常喜欢安如雪，一直夸她又聪明又懂事，长得也漂亮，简直把她当成女儿，又说可惜自己没有这么大的儿子。见安如雪迟迟没有结婚，就张罗着给她做媒人，把他认为非常优秀的严世平介绍过来。

那天，严世平和父亲的同事一起来到安如雪家的时候，正好是安如雪去开的门。安如雪的父母在县城里建了一幢两层楼高的房子。她从二楼下去开门，一眼看到严世平，发现他居然是一副愁眉苦脸的样子，但是见了她，他立刻收敛了自己的愁容，换成了平静的表情。这次表情的转换可以说是转瞬即逝，但却恰好被安如雪捕捉到了。她由此猜测，可能这次相亲并非严世平本人所愿，而是被他的父母逼过来的。安如雪心里不但没生气，也没觉得失落，反倒觉得这是个真性情的人，很可爱。

不管怎么样，安如雪一见到严世平，就打心眼里喜欢上了他，他的形象、气质完全符合她的理想。

后来安如雪问过严世平对她的第一印象，严世平说，他觉得安如雪很开朗。"开朗"这个词，在安如雪看来，只是一个中性词，没有太多的褒义，当然也不算贬义。估计是，那时候的安如雪不怎么打扮自己，绝对不会让人产生惊艳的感觉。而事实上，男人大多是视觉动物，在不了解一个人的时候，他们最为依赖的是自己的视觉。所以，一个聪明的女人，一定要把美丽当成是终生的事业来做。

他们交往的时间不到半年，而在这半年里，由于两人分居相距三百公里的两座城市，他们仅仅见过两三次面。后来安如雪选择了放弃，因为严世平一直没给她承诺，而她，又迫于家庭和社会的压力，急于想要找个人结婚。

两人决定放弃之后，仍然以朋友的身份保持极少的联系，严世平偶尔来省城时，会请安如雪吃个饭。

他们居然有五年没见过面了，平常电话联系也极少。

此刻，电话已经拨通。

电话一拨通，安如雪立刻感觉胸口紧绷绷地隐隐作痛。这一阵子杜宇宁不接她的电话，已经使她产生了轻微的心理障碍，她觉得自己这段时间简直患上了"电话拒接恐惧症"。严世平，会不会也不接她的电话呢？

这一刻，恍如隔世。

这一刻，安如雪终于明白，原来十三年前，她就在追求传奇；十三年后，她依然保留着一颗不安分的心，再一次想要缔造传奇。

严世平，快接电话！安如雪在心里狂乱地喊。

第十七章

艳遇

对于男女之间追逐与反追逐的游戏，叶梦远实在是太熟悉了，已经有些厌倦。此时的她，别说鼓励他进攻，连默许的兴趣都没有。

一　偶遇

不少人内心渴望艳遇。

不过叶梦远有些例外，她对此甚至有些逃避，因为她的艳遇实在是太泛滥成灾。没想到自己去成都参加一下全国春季糖酒交易会，她居然也会遭逢一场艳遇。

那次是临时决定去看看的，她并没有提前报名参会。一下飞机，叶梦远就开始找宾馆。不巧的是，由于参加糖酒会的人太多，几乎所有四星级宾馆都已客满，而条件太差的旅店，叶梦远又不愿意住。更糟糕的是，在东奔西跑找宾馆的过程中，她的手提包带子被弄坏了，只能安定下来之后有空的时候在成都换个手提包。

的士司机建议她去市区内一家园林式的五星级大酒店望江宾馆看看，叶梦远答应了。

结果，望江宾馆也只剩下豪华行政房了，住一个晚上要两千多。要知道叶梦远的经济条件只适合住四星级酒店。可是没有别的办法，无奈之下，她也就决定奢侈一回，反正在成都最多住三个晚上。

正办理手续的时候，一个操着星城当地方言的三十几岁的男人也在她旁边办入住。可能是因为人多事杂，服务员微微皱了下眉，流露出一点点不耐烦的情绪。她听到那男人跟服务员开玩笑，说："哎呀，你们这些川妹子，就是有点麻、有点辣。你们这里还开什么糖酒会，我看干脆开花椒会、辣椒会算了。"明明是一堆抱怨，可是这个男人说话的语调把握得很好，让人觉得他只是在开玩笑，只是在逗女孩子玩。

叶梦远觉得这话说得很有意思，转头看了他一眼，却发现他身子对着服务员，而脸却转过来朝向她，眼神直直地看着她。此番见她转头，他赶紧不失时机地问："你是星城过来的吧？刚才好像在飞机上看到了你，我也是星城过来的。"

叶梦远点点头。那人说："我姓夏，叫夏秋冬，就是春夏秋冬里面的三个字。是来参加糖酒会的。老乡见老乡，等下请你吃饭，可以赏光吗？"

这个名字真有意思。对一下眼神就请人吃饭也有意思。然而叶梦远没有马上答应，假装向服务员打听早餐的情况，问会不会有四川特色食品。她这样做是一种技巧，其实是争取一点时间在心里盘算要不要答应这位陌生男人的邀请。

这个男人个头不高，五官非常精致，看起来倒还不让人讨厌，而且，一个有能力住五星级宾馆的人，应该素质不会差到哪里去。这里人生地不熟，有个显然没有恶意的老乡一起吃饭，倒也没什么不可以，大不了她事先悄悄买单，不占人便宜、不给人可乘之机就是。

得到服务员的回答后，叶梦远再把头转向夏秋冬，说："我也是来参加糖酒会的。非常荣幸和老乡共进晚餐。"她把自己的房号告诉了他。夏秋冬于是笑吟吟地把自己的房卡拿给叶梦远看。原来，服务员恰好把他们安排成隔壁。真是太巧了。

从夏秋冬闪烁的眼神里，叶梦远准确地判断出来，这个男人，已经把她当成一个准备追逐的猎物，正伺机而动。

她先到卫生间洗了个脸，准备补点妆，正在涂口红的时候，门铃响了。

叶梦远知道应该是夏秋冬，特意拿了桌上的手提包去开门，准备打开门就一起出去吃饭，不给他进她房间的机会，更不打算假装客气地邀请他到房间里来坐。因为这一坐，简直是在默许他的进攻。叶梦远对他的兴趣目前相当有限，绝不鼓励他有什么非分行动。

对于男女之间追逐与反追逐的游戏，叶梦远实在是太熟悉了，已经有些厌倦。此时的她，别说鼓励他进攻，连默许的兴趣都没有。

五星级饭店里的餐厅通常非常昂贵,而且为了迎合来自全国各地的客人,口味通常不如本土的饭店地道。他们决定去外面找地方,两人一起上了的士车,叶梦远问司机哪家酒店的饭菜好吃,环境又好。那司机转了半天,把他们拉到了一个叫"巴国布衣"的酒楼。

叶梦远是个美食家,胃口也好。她一口气点了野山椒焖蟹、巴国跳水鸡、宜乡黄粑以及豌豆苗。

夏秋冬加了一个巴国羊排,要了一瓶法国进口红酒。

两人大快朵颐的同时,端着红酒杯不时碰碰杯,无比开心快乐,最原始、最简单的快乐。

叶梦远趁上卫生间的空档抢先把单买了,因为初次见面,她实在不想落得个吃人嘴软的境况。其实这个单子超过了叶梦远的预算,她本打算两人吃个饭两三百就差不多了,夏秋冬加的那瓶红酒竟然要八百多,还有羊排,弄得叶梦远要多花一千块。她犹豫一下,还是付了账。

夏秋冬招呼服务员买单的时候,服务员客气地说:"这位小姐已经买过单了。"他有些吃惊地望着她,然后坚决道:"这个单必须我买!男子汉,怎么可能要女孩子买单!"说完他像打架一样把一沓钞票塞给叶梦远。叶梦远也就收下了。

吃完饭,叶梦远要夏秋冬先回宾馆,她说她还有事。夏秋冬问她是什么事,她并不回答。事实上,她是想去商场逛逛,换个新的手提包。但是夏秋冬不愿意先走。他坚持要陪叶梦远。叶梦远只好道出实情,拿着手提包给夏秋冬看,说是不小心把带子弄坏了。夏秋冬立刻说:"陪美女逛街是我的荣幸。"

叶梦远看中了一款银色的手提包,价格是两千八百元。服务员刚把单开好,夏秋冬就飞快地把单子抢过去,到收银台去把钱交了。

叶梦远有些急:"你这样,我怎么好意思?"

夏秋冬笑："刚刚吃饭你不是也抢了单吗？虽然抢单未遂，至少诚意可嘉。有机会给美女买包，是我的荣幸。"然后他笑着看她一眼说："要是我有实力把这个美女包下来，那就是三生有幸了。"

叶梦远笑笑，一语双关地开玩笑道："那这个包也太小了吧？怎么可能包得下我呢？"她哈哈大笑着不再理他。夏秋冬壮着胆子拧了一把叶梦远的胳膊，骂她淘气。叶梦远大叫一声，"痛死了！"她不客气地狠狠白了他一眼，眼神里含着警告意味而绝非撒娇。他于是老老实实再不造次，两人一起进了宾馆大门。

夏秋冬邀请叶梦远去他房间里坐坐，叶梦远打着哈欠说，"今天就不了。我好困，要早点睡。明天再联系。"她回到房里就开始淋浴，然后，关上手机，倒在床上很快就睡着了，一觉睡到大天亮，梦都没有一个。

叶梦远本来有点担心夏秋冬会骚扰她，结果他并没有。她对他有了些微的好感。

二 艳遇

第二天，夏秋冬邀叶梦远一起去糖酒会主会场，叶梦远这才知道，夏秋冬居然是好几个知名白酒品牌的省级总代理，不少人尊他为大哥。叶梦远也不由得对他刮目相看。

晚上，夏秋冬邀请好几个人一起吃饭唱歌，都是行业内非常有影响的人，是来自不同省份的总代理。这些人见叶梦远年轻漂亮，也在这个行业里摸爬滚打，忍不住恭维她几句，同时暗自揣测她和夏秋冬是不是有什么关系。夏秋冬淡淡地把和叶梦远的相遇当成故事讲了一遍，并且说他们住在同一个宾馆，现在是邻居。叶梦远听不出来他是故意要撇清和她的关系，还是有意让别人把他和她联系在一起。那帮朋友则拼命说他们两个人有缘分,要他们喝交杯酒。

叶梦远只是笑,和每个人都碰了杯。最终她拗不过众人,在大家善意的哄笑声中,真和夏秋冬喝了一次大交杯,端着酒杯的手绕过对方脖子,再开始喝酒,这样两人就紧紧贴在一起,夏秋冬有意用力地把她抱在怀里,叶梦远则抗拒地把他往外推。

夏秋冬从头到尾喝得一直很爽快,还替叶梦远代喝了好几杯。快要散场的时候,他明显地醉了。那帮朋友心照不宣地说既然他们两个是邻居,就要叶梦远把夏秋冬送回房间。对于这个看似符合情理的提议,叶梦远为难道:"不行啊,你们口口声声叫他大哥,现在醉了就丢给我,我可没力气,管不了啊!是真的,我是真没办法,你们不能不管他,我先走了。"说完,叶梦远果真快步离开。那几个人面面相觑,只好送夏秋冬回房间。

叶梦远径直回到自己房间,简单收拾一下,便上了床,却睡得不踏实。

半夜里,叶梦远被一阵电话铃声惊醒了。她猜可能是夏秋冬。果然。

夏秋冬的酒已经醒了。他清晰地、温柔地问她:"宝贝,是你过来,还是我过去?"

叶梦远撒娇说:"你不过来,我也不过去。"

夏秋冬挂了电话。

不到一分钟,叶梦远的门铃响了。

她不动,一任门铃响。而门口的人却特别执着,一直不停地按。她叹口气,打开了门。夏秋冬一闪身进了她的房间。

随后两天,他们像一对新婚夫妇一样,到哪里都形影不离。

这个下午，两人在外面喝茶。夏秋冬问了一下叶梦远打理的酒业公司的经营状况，叶梦远告诉他，她的酒业公司注册资本是200万，业务一般，仅仅是略有盈利。她自己个人占了60%的股份。

夏秋冬问："你们注册的时候真的到位了两百万元资金吗？"

叶梦远诚实地回答："嗯，那倒没有。当时我们请人操作了一下。不过，通过这两年的经营，公司的无形资产价值以及我们的硬件设施，总价值不说超过两百万，但也八九不离十了。我们的小户型办公室是买的，而不是租的，这也算公司财产。"

夏秋冬很清楚像这类小的酒业公司说是说注册资本两百万，事实上，公司注册的时候，很可能一共也就一二十万，账面上的两百万，是通过负责工商注册的中介机构操作出来的。

他又问："业务一般是什么概念？你每个月的盈利可以达到多少？"

叶梦远想了想，说："盈利情况不稳定，最多的时候，偶尔，比如说过年过节或者接到大单，一个月能挣二三十万，一般也就一两万。"

夏秋冬说："最糟糕的时候可能会亏损吧？"

叶梦远摇头："那倒没有。开业以来，我的公司从来没亏过，只是赚多赚少的问题。其实，以后，我们还有一些长远一点的打算，比如，我们想在高校附近做一个艺术酒吧。我有一个双胞胎姐姐在大学里教英语，她经常建议我做这件事。你知道，现在的大学生消费水平都不低。"

夏秋冬有点动心，他说："哦，你还有个双胞胎姐姐。你们这个想法非常好。我有一个打算，我投入一部分资金，购买你手里部分股份，我们联合起来，到时候你从我手里拿酒成本比从别人那里拿货更低，这样就可以有更高的利润，你觉得怎么样？"

叶梦远略一犹豫，想想大树下面好乘凉，于是道："这是个不错的主意。你有什么更详细的想法？"

"有。我之所以产生这个念头，是非常看好你，也是想帮助你。

你知道，我很喜欢你。可是，爱情太短暂了，我又已经有家，没办法跟你结婚。我希望我们能够结成事业伙伴，这样可以一辈子一直走下去。"

叶梦远嫣然一笑，娇声说："谢谢你这么有心。看来我遇到了贵人。具体你是怎么想的？"

"你看，你的公司注册资本是200万，你个人占60%，这样吧，你看看你现有的股东有没有人愿意退出？你操作一下，我希望我可以占到公司51%的股份，能够控股你这家公司。我会按25000一个百分点来收购你们手里的股份。也就是，我将拿出128万收购你们公司51%股份。本来我只要出1275000，另外那5000当作我请你们公司股东一起聚餐。到时候你安排一下。"

叶梦远非常高兴，她真心觉得眼前这个男人有实力又慷慨大方，是命运给她派来的贵人。

回到公司，叶梦远跟另外两位股东商议了一下，一位占20%股份的股东愿意退出，拿50万走人。

叶梦远再把自己名下的31%卖给夏秋冬。这样一来，在蝴蝶梦酒业公司里，夏秋冬占51%的股份，叶梦远占29%的股份，还有一位股东的20%没有动。

夏秋冬说到做到，回去的第二天就请律师拟好协议，然后让会计把128万元人民币真金白银打到叶梦远账上，叶梦远很爽快地从公司账户里把50万转给那位离开的股东，此时她更加确信夏秋冬是一个比较有实力而且相对靠谱的人。有了这个人的帮助，叶梦远相信自己的事业可以更成功。

然而不知道为什么，她并没有太多喜悦，反倒心头萦绕着挥之不去的隐忧，心头有无法述说的焦灼感。

表面上看起来万事皆好，她究竟在焦虑些什么？

第十八章
迟来的醒悟

爱情之所以令人着迷甚至深陷,因为它如同生命的花期,在恰好的时机,遇到对的人,会绽放灼灼光华。即使对于脆弱者、贫乏者,这种炽热的情感也如同收容站、避难所。它是人类所能享有的美好事物之一。

一　往事如昔

安如雪的心狂跳不止。

严世平很快接了她的电话。

几年前两人通过电话，安如雪知道这位当年的刑侦大队长已经升职，成了公安局副局长。而且，那时候，他仍然独身。

前些年，安如雪偶尔联系他，他一直会亲切地喊她的小名："燕子。"

这一次，电话刚接通的时候，信号不太好，安如雪没听清他是不是像平常那样喊她，不过，跟他通话，她的心底有两种感觉在互相冲突，一种是怯意，一种是亲切。这是童年时父亲留给她的精神烙印，一份不能拒绝的生命礼物。如果她遇到一个自己很喜欢却又不了解而且有威严感的男人，这种互相冲突的感觉就会自动从心里跳出来，让她深感困惑。此前她一直没有办法扭转，然而这一次，她似乎很快就变得自如起来。

安如雪问："世平，你方便说话吗？有没有在开会或者跟同事在一起？"她一直是叫他的名字。偶尔戏谑地称呼他"大队长"或者"大局长"。

严世平犹豫了仅仅一秒钟，说："没关系，我可以……好，你说。"

安如雪判断他是走出了办公室。

安如雪说："我是要跟你说一件事情，嗯，怎么说呢？就是，就像十几年前我遇到你一样，这段时间我遇到了一个和你简直一样的人。这个人现在不理我了。我烦恼得不行。这里面有很严重的问题。可能是我自己心里有一个结，我要想办法打开。也许你能解开这个结，所以我给你打电话。"

严世平居然听懂了她这番前言不搭后语的调子，在电话那头笑了起来。他的笑声鼓励了她。她本来不知道到底要不要说下去，本来拿不准该怎么说下去。

安如雪说："我说的是认真的。简直是时光倒流，就像十几年前一样。那时候我很喜欢你，可是你不怎么搭理我。现在这个人也是这样。我被他迷住了，可是，他却不肯理我了。当然，我认识他的时间很短，没发生什么事情。反正，就像那个时候的我和你一样。什么事都没有发生，我却迷失了方向。"安如雪觉得自己的话听起来幼稚得近乎可笑，甚至可耻。可是，她想不出更冷静、更理性的表达内容，也不愿意费神去想。她听任自己偶尔表现出这种样子。

严世平叹口气："那时候，你不是喜欢我，你是逼我，一开始就逼我。"

安如雪惊道："我怎么逼你了？"

"你不记得了吗？别人刚刚介绍我们认识，你就问我能不能到省城去，能不能和你在一起。你说，这不是逼吗？你要我怎么回答你？那时候我根本不了解你。"

"我是那种很直率的性格啊！因为一见到你就喜欢，所以就想问清楚啊！你觉得我逼你，所以你一直不理我，不表态，甚至回避，对吗？"

"当然两个人要有一个了解过程才行。哪能那么轻易表态呢？"

"谁让你那个时候不多跟我沟通呢？对了，你现在情况怎么样？结婚了吗？"

"我结婚了，前年结婚的。现在有了一个五个月大的小仔。"

"你的爱人是什么人？"

"是一个认识了很多年的朋友。前两年我家里出了一些事，我的父亲去世了，这个朋友非常关心我，再加上，我的妈妈也很老了，我再不结婚,她就来不及抱孙子了。"

"哦,那要恭喜你。听到这些好消息,我为你感到高兴,真的。"

一阵短暂的沉默,安如雪继续问:"我想知道,你很爱她吗?你们在一起幸福吗?"

"这个问题,我怎么回答呢?关于爱情,我找了一辈子,到头来发现,没有完美的爱情。我和她,怎么说呢,她比我小十岁,我们是由朋友变为夫妻的。我的感情经历,她都知道。"

安如雪发觉自己居然有微微的妒意。她比严世平小九岁,也就是说,只比他的妻子大一岁。当年,如果她一直不放弃,也许,她完全有可能成为他的妻子。当然,只是有可能,也可能他们完全无法在一起。这其中充满风险。当年她自己意识到了这种风险,所以才不愿意无望地等待。

严世平继续说:"反正这世界上没有完美的事情。就拿我们打比喻,假如我们当年走到一起,说不定,也不一定会幸福。你肯定完全无法忍受我的坏脾气。你知道,那时候,我脾气坏得不得了。"

安如雪问:"那你现在脾气就不坏了吗?你现在发脾气,你的妻子就完全不作声,随便你怎么发脾气吗?"

"现在我都快老了,脾气当然没那么大了,再加上,现在已经不接触刑侦工作,人变得正常一些了。以前我们单位都没什么人跟我说话,我也懒得跟人家说什么。现在好多了。平时在家里,如果我偶尔要发脾气,她当然只能不理我。"

两人在电话里不知不觉一下子就聊了半个钟头。安如雪平常打电话不喜欢拖泥带水,普通的电话,都是一两分钟就会挂断。就算有什么事情要谈,只要不是什么大事,也只是三五分钟的事。

安如雪恋恋不舍地挂了电话。她知道她打这样的电话只会也只能偶尔为之。没有谁是她的救世主,严世平当然也不是。如果她经常打电话去骚扰他,也许他就会厌倦她了。

和严世平通完电话，她突然有些明白为什么杜宇宁会突然撤退。同样一个道理，因为她在逼他。尽管这不是她的本意。打个比方，就像是一粒苹果树的种子，明知道它发芽、长大之后会开花、会结果，可是，如果指望一棵刚刚发芽的苹果幼苗开花，那当然是不可能的。她和杜宇宁，就算将来有什么可能性，那绝对不是一开始就能承受这种预期的。一开始就给两个人的交往系上如此沉重的锁链，后果当然很危险。

她告诉自己：在你的一生当中，有的人，是用来记忆的。你不可能跟他生活在一起，但是却也不会忘记他。在生命的不同时期，记忆有不一样的深度，恰如树的年轮。

二 并非浪子

她觉得欣慰的是，到现在，她终于可以跟严世平在现实中平等对话了。当年在他面前，她根本就是个没长大的小女孩，对他有畏惧之心，敬畏有加，却没有分量可以平等地去爱他。

在后来的岁月里，她曾经做过一场噩梦，梦见有人追杀她，而严世平在梦里及时出现了，充当了她心灵的保护神。对此，她心怀感激。

尽管如今他们天各一方，但是至少，他们仍该是一辈子的好朋友。

回到家里，她翻出那一叠尘封已久的文章。

十几年前为严世平写下的系列小散文，全都发表在省级报纸文化副刊版面。除了《美丽的忧伤》，还有《浪子不回头》《暖暖的冬天》，都是千字左右的小文章，读了让人感觉到微微心动和淡淡忧伤。

浪子不回头

雪晴

……

他自言自语:"那会是谁呢?花店送玫瑰到办公室来,说送花人叮嘱不许透露姓名。我以为是你。"他的声音里有藏都藏不住的喜悦,就像意外地收到一大堆神秘礼物的孩子。

我叹道:"当然是你的旧情人送的。你,你这个浪子啊!"

然而我心里很清楚,他并不真的是浪子。

经人介绍认识后,第一次和他单独在一起时,在他的车里,我要给父亲打电话,(那时候我还没有用手机)他拿出他的手机拨好号码——这说明他把我家的电话记住了,电话接通,再递给我。他做得非常自然,不着痕迹。我想我是被这个小小的动作收买了——也许他是无意的,也许他对别人都这样。

……

自以为他是喜欢我的。记得他来出差,或结束手上的工作再来看我时的样子:疲惫、憔悴、满脸沧桑;记得他离开我走上电梯时,转过身来对着我,什么也不说,只深深地望我一眼,然后电梯门在我们之间徐徐地关闭。那一眼,也许今生,我永不能忘。

……

你,你这个浪子啊!会收到多少玫瑰?你可知道,送给你的每一朵玫瑰,都锁着一个女孩子美丽又忧伤的梦?

暖暖的冬天

雪晴

记忆里,还没有哪个冬天如此温暖。

我的影子投在色彩斑驳的草地上,长发在风里漫不经心地飞扬。

拿出几封写给启明却没有发出去的信,细细展读。我曾如此温柔热烈的心啊,现在却徒留伤痛和酸楚。

……

他如果心情不好,对我一样会没好气;如果心情平静,他会告诉我:"工作最美",会给我讲他侦破的成功案例。

……

我不是一个含蓄的人,常常把自己的想法非常明白地说给他听,而且总想让他也把自己的感觉告诉我。可他总是顾左右而言他。我常常会沉不住气,总要一问再问。有一次实在把他逼急了,他恼怒地大吼:"为什么你不能用心去感觉呢?给你一个不负责任的承诺是很简单的事,可是口头上的承诺是很容易变的!"我握住话筒,委屈得泪流满面。

……

这两篇文章发表在1999年1月、2月的湖南省长沙市《三湘都市报》上,距今已经十几年。

安如雪不禁落泪。原来这种感情,十几年前她就曾经有过,岁月里,居然如此轻易地淡忘了。这一次,不过是命运的一番轮回,简直是历史重演。

认识严世平整整十三年，接触杜宇宁恰好十三天。她和他们两个人，都只单独见过几次面，最多只是拉过手，而她自己却陷入了深深的情感的泥潭。谁能说这不是命运的巧合？谁能说她不是被同一块石头绊倒两次而碰得头破血流？

她像孩子对糖果着迷一样，容易对那种酷、帅、铁石心肠而且神秘的男人动心。而且一旦动了心，就要百折不挠地碰个头破血流方才罢休。她觉得自己简直有一种精神受虐倾向。

严格地说，她和这两个男人，根本没有发生任何实质上的恋情，而那种喜悦的、又充满伤痛的感情，却如此刻骨铭心。

安如雪真的看不懂自己。事实上，她那么文雅、秀外慧中、才华横溢，在她的生命中，一度出现过不少追逐她的男人；读大学的时候，甚至有人恶作剧地给她取了一个"每周一哥"的雅号，直到现在，她的身边一直不乏仰慕者。可是，多么奇怪，追她的男人当中，没有能够让她入迷的；而她遇到的极少数几个让她入迷的男人，别人对她的兴趣却相当有限。没有人知道这究竟是为什么。

她忍不住叹息。十三年前，她虽然已经成年，但她的内心却依然是个孩子，或者说，她成年人的躯体里有着一颗未成年的小女孩怯生生的灵魂，她根本不知道该如何表达自己的感情，也不知道该如何使用自己的女性特质，去征服一个心爱的男人。

迄今，安如雪犹记得她和严世平在一起时的一些特殊情形，按照常理，在这样的情形下，本来应该发生点什么事情，但在他们之间却什么也没有发生。

有一次，因为工作的缘故，她要在星城的一家宾馆里待半个多月进行创作，那时候严世平刚好来出差，就到她独自一人居住的宾馆房间里来看她。而她就只会给他泡一杯茶，然后两人一直聊天，聊得很开心，却手都没有拉过。假如她是一个成熟的女人，她完全可以用各种方式，比如语言、表情、动作，甚至只要一个眼神，表达自己的感情。可是，她没有，连她的表情都是严肃的。最低限度，或许，她可以非常女人味地倚在他的怀里。但是，他们之间什么都没有发生，连拥抱都没有。最后的结局，只能像她在文章里写的那样：记得他离开我走上电梯时，转过身来对着我，什么也不说，只深深地望我一眼，然后电梯门在我们之间徐徐地关闭。那一眼，也许今生，我永不能忘。

还有一次，她回老家，顺便去看看他。那天他和朋友在一起，喝多了酒，但依然清醒地给她打电话，告诉她宾馆的房间号。她赶到之后，见他睡着了。她不喜欢用宾馆里的东西，就出去特意给他买来一块新毛巾，用热水细心地给他擦脸，然后一直守着他，痴痴凝望他的面容。天还没亮，她就惊慌地逃走了。她那么爱他，而他也喜欢她，他们之间却始终没有发生过任何事。

只能说，严世平不够"坏"。

只能说，安如雪虽然渴望爱情，却像一个孩子那样，只会哭着喊着要糖吃，但不懂得使用更好的方法去获取那些糖果。当然，她没有能要到自己想要的，因为，她的外表已经不是孩子，人们不会再用对待孩子的方式去对待她。严世平、杜宇宁都不可能还把她当成孩子。

真想不到，十三年后，对待自己的感情，她再一次不得要领。

三　爱情如花

此番安如雪回忆起当年和严世平在一起的那些时刻，她本来可以表现得温柔一些、浪漫一些、成熟一些。虽然，她的内心是温柔的、也是浪漫的，但是，她不知道该如何在行动上表达。她太相信用语言承载的承诺,她太依赖语言,她也太拘谨。

而前一阵子跟杜宇宁交往,她应该含蓄一些、智慧一些。

可她仍然像一个孩子,任性地、生硬地指着一罐糖果说:"我喜欢糖果。我要这些糖果。"

假如时光倒流,十三年前她就有比较成熟的心态,她很有希望能够和严世平牵手一生。

又假如,即使错过了严世平,安如雪和杜宇宁如果能够彼此珍惜,慢慢靠近,那么,不管他们会有什么样的结局,他们彼此的心灵,都应该可以获得很好的成长和滋养。

事实上,在成人的世界里,两个人的心灵想要靠得很近,那是一件极其奢侈的、可遇不可求的事。这么多年来,好容易先后遇到这样两个人,却是一个被她逼走了,一个被她吓跑了。

其实严世平也好,杜宇宁也好,他们都是这个社会上非常优秀的精英人物,他们重情重义,讲究原则;他们对人负责任,绝不轻易许下承诺,而一旦有承诺,他们就会尽可能遵守诺言。要获得这类男人的垂青,是需要智慧和耐心的。

安如雪心里有说不出来的懊丧,也许这一辈子,她再也没有机会遇到这类人了。上帝给人的机遇,是极其有限的。

但是她转念又想,她自己没有机会,还可以去教导那些没有经验的年轻女孩子,教她们如何抓住这样的机会。她要告诉那些不谙世事的年轻人,如果遇到自己心仪的爱人,该要想办法好好去面对。是的,要想办法。

爱情之所以令人着迷甚至深陷,因为它如同生命的花期,在恰好的时机,遇到对的人,会绽放灼灼光华;即使对于脆弱者、贫乏者,这种炽热的情感也如同收容站、避难所。它是人类所能享有的美好事物之一。

她想,我们的教育一定是存在严重问题的,家庭教育以及学校教育，都有问题。恋爱婚姻本应该是人生最重要的功课，却没有一个地方教授这门课程。安如雪的父母之间可以说谈不上存在什么爱情，即使有那么一点影子，也是相当粗糙的，所以，他们无法给她一个榜样，无法教会她如何恋爱；而在学校，也从来没有人教过学生们如何去面对恋爱婚姻当中可能会遇到的诸多问题。青春年少的日子，当孩子们处在情爱敏感期，对异性充满渴望的时候，跟异性亲密接触会被大人们斥为"早恋"，被粗暴地加以阻止。人们只能如同瞎子摸象般渐渐了解爱情和婚姻的庐山真面目。可是，等到好不容易弄清楚真相，很可能一切都来不及了。由于对情感问题的无知与无助，人们很容易为情所困，陷在情感的沼泽里无法自拔。

安如雪认为，在所有的中学、大学，都应该像设置体育课、音乐课那样，来设置情感课程。

美好情感能够给人提供的成长动力，那是根本不用述说的事实。据说有人做实验研究过，情侣之间一个深情的拥抱所能提供的甜蜜感和安慰程度远远超过一个苹果。与此相反，一旦遇到情感问题，它带给人们的痛苦打击，其毁灭程度之严重，也是不言而喻的。

安如雪决心要把爱情和婚姻当作一门非常严肃也极其重要的学问，更加系统地加以研究。她要用自己掌握的心理学知识告诉年轻的男人、女人们，如何让自己的心灵和身体同步成长，如何判断自己究竟适合哪一类人群，如何让自己变得更加可爱，能够抓住自己爱人的心，好好经营两人的关系，从而拥有美好的爱情和婚姻。当然，她也明白，归根结底，如果你喜欢一样东西，最好的方法是让自己配得上这样东西，甚至绰绰有余。

四　寒意

心事重重的安如雪一大早就来到工作室，缩在咨询室的沙发里，静静想心事。

很快外面的办公室里有了动静，应该是小袁来了。安如雪觉得应该打声招呼，却又懒洋洋地一动也不想动。

一阵手机铃声响起，小袁的声音道："你好，婉秋姐。"

安如雪听了却是一惊。婉秋姐？婉秋？不会是那个曾经对王子健死缠烂打的婉秋吧？世界不会那么小吧？

小袁继续道："婉秋姐，跟你说清楚，我再也不会去做任何对她不利的事。上次火疗，她不愿意接受火疗，只得我自己亲自上场，差点挂了，怪不得说害人之心不可有。"

"火疗？""她没事？"小袁嘴里的"她"是谁？似乎就是她安如雪啊！

这一刻，安如雪马上警惕起来。

小袁还在说话，"婉秋姐，过去的事情你就放下吧！毕竟她从来没有直接害过你呀！你报什么仇！她真要有什么意外，像你说的，只要她破相，没有生命危险，可是，这个尺度很难把握呀。万一坏事了呢？真要出事了，你别以为我们国家的警察是摆设。我可不想受到牵连，何况，我一点都不恨她，她挺照顾我的，我觉得她确实还挺优秀的。那个什么王子健有那么好吗？值得你这么多年还念念不忘？"

安如雪瞬间有了清晰的推断，这个小袁和婉秋可能有亲戚关系，婉秋可能觉得是她抢走了王子健，一直耿耿于怀，于是要小袁设计害她，要她破相；而小袁尝试之后没有成功，现在不干了。细细寻思一阵，怪不得茶有异味！怪不得小袁急切地拉她去火疗——幸亏她拒绝了，不然被烧伤的就是她安如雪。

她身边的人竟然处心积虑想害她！一阵彻骨的寒意袭来，安如雪禁不住打了个寒战。怎么办？报警吧，显然证据不足，而且毕竟小袁并没有真的害到她；去警告她吧，她刚刚打电话的时候已经说了，不会再做对她安如雪不利的事，何况，真要撕破脸，似乎没有什么意义。究竟要怎么办？找个理由辞退她？安如雪心乱如麻。

突然咨询室的门一响，小袁推门进来。安如雪立刻闭上眼睛，假装睡着了。

小袁猛然见到看起来像是在睡觉的安如雪，吓得紧紧捂住自己的嘴巴，愣了好久，这才轻手轻脚出去了。

思虑了好一阵，安如雪决定，暂时按兵不动，过一阵再看情况。

第十九章
反目成仇

他对叶梦远曾经的爱慕全都化作了仇恨,那时爱有多深,此刻恨就有多切。他告诉自己,绝对不能轻易放过这个女人。

一　纠缠

　　叶梦远从一辆白色的宝马车上仪态优雅地走下来。

　　宝马是夏秋冬的，他拥有好几辆不同牌子的豪车，随心所欲地换着开。此番他刚和叶梦远以及另外几个朋友从酒吧里出来，送她一程。

　　从成都回来后，夏秋冬用最快的速度让公司会计把一百多万元现金打到叶梦远公司的账户里，并且去工商局办理了股权变更手续，成为蝴蝶梦酒业公司的股东。此后，他经常会和叶梦远在一起，有时候是两人约会，有时候是和朋友们一起玩乐。他把她当作事业合作伙伴介绍给他的朋友，让大家多多关照她。有了这些朋友的支持，蝴蝶梦酒业公司的业务更是蒸蒸日上。

　　叶梦远跟车上的几个人挥挥手，朝家里走去。

　　刚走到楼道口，她突然被人拦腰抱了起来，吓得她尖叫一声，魂都出窍了。她拼命挣扎，大叫："你是谁？放我下来！"正待大喊救命，她被轻轻放开了。

　　叶梦远抚着胸口定了半天神，才发现是罗慕文。她气坏了，大骂："你是个神经病吧？"

　　罗慕文笑一笑，说："是你把我逼成了神经病。你不接电话、不回短信，找你人又找不到。"

　　叶梦远犹豫一下，说："前一阵子我出差去了。我说过，你不能不经允许就到我家里来，现在，你走吧！"

　　罗慕文的笑容僵住了，他慢慢说："我只是进去喝杯茶，很快就走。"

　　"不行！"叶梦远板着脸，一副没有商量余地的样子。

罗慕文紧紧盯着叶梦远那张曾经笑靥如花而现在布满冷漠与不耐烦的脸，沉默不语。

叶梦远催他："你快走啊！"

他动都不动。

叶梦远说："你不走，我走。"她快步往外走去。

罗慕文一把抓住她，大声问："这么晚了，你不回自己的家，还想到哪里去疯？"

叶梦远望着他，嘲讽地说："你以为你是谁？你是我老爸，还是我老公？"

罗慕文痛苦地摇着头，松开了手。

叶梦远再问："你说吧，是你走，还是我走？"

罗慕文挣扎着说："我真的只是想进去喝杯茶。我在这里等了你三个多小时。从八点多等到十二点，你就心肠那么硬吗？都说一日夫妻百日恩，我们是多少日的夫妻了？"

叶梦远柳眉倒竖："你真的是神经病。我懒得理你！你别动不动夫妻夫妻的，你很清楚，我们之间，根本就不是认真的。"

"谁说不是认真的？我一开始就认真，一直很认真。"

"那是你自己的事。我从来没有对你有过什么承诺。"

"你还是不是个女人啊？叶梦远，你怎么这么轻浮？"

"你！"叶梦远气急败坏，却又无话可说。她突然笑起来："没错，我就是这样轻浮的一个女人。你把我看透了，就趁早离我远一点吧！"

罗慕文冷笑："你想甩我，没那么容易！我什么时候想离开，那是我自己的事。高兴走的时候，我自然会走。现在，我还不高兴走，你沾上我了，就甩不掉了！"

叶梦远骂："看来你真是个神经病！我走了，跟你说清楚，以后我不想再看到你。"

她几步走了出去。但刚走出几步，又回过头对罗慕文说："我们之间，已经结束了！下次别让我再看到你出现在这里！别逼得我报警或者搬家！"罗慕文马上奔上去，拉住她不放。叶梦远拼命挣扎，情急中，她用指甲抓伤了罗慕文的右手腕。罗慕文吃痛，松开了手。

叶梦远趁机几步跑远了，她拦了辆出租车，扬长而去，却有一阵担忧涌上她的心头。

罗慕文盯着叶梦远的背影，用左手摸着被叶梦远抓伤的右手腕。

那被抓伤的地方，渗出少许血来。罗慕文觉得受伤更严重的，是他的心。

我们之间，已经结束了！

这个臭女人！凭什么你说结束就结束？你把我当成什么？

他决定，他要报仇！罗慕文从地上捡起一块石头，朝出租车消失的方向狠狠地扔了出去。出租车早就开走了，他扔出去的那块石头当然砸不到出租车，但好歹，也算稍稍平息了一下他的心头之恨。

罗慕文再朝地上啐了一口，骂道："真倒霉，怎么遇上这么个渣女！"他对叶梦远曾经的爱慕全都化作了仇恨，那时爱有多深，此刻恨就有多切。他告诉自己，绝对不能轻易放过这个女人。

二　纯净

"到喜来登2808房间议事。我和几位老总一起等你。"

叶梦远在办公室时，手机收到夏秋冬的短信。

他们要商量关于举办一场大型慈善活动的事。这件事是叶梦远提议的，由几家公司共同出资500万元，捐助那些贫困的孤儿或者单亲家庭的孩子，给他们提供教育基金。

那次是几位公司的老总聚在一起喝酒，大家在商议怎么做一个活动，好推广他们的产品，树立各自的企业形象、叶梦远就建议做慈善，她说她有个同学在省电视台工作，正在筹备一场帮助单亲家庭儿童的大型公益活动，需要广告赞助商。大家想想，觉得打公益这张牌是个好主意，加上是电视台牵头，资金会实打实用于公益，于是一致通过。

叶梦远对于那些有太多欠缺的留守儿童以及孤儿有一种说不出来的怜悯。有时候走在路上，遇到乞儿，明知道他们可能是被什么人控制和利用而在街头乞讨，她还是会把身上所有的零钱都拿给他们。她不觉得这个举动如何高尚，就是想尽自己所能去帮助他们。

学校里，叶思遥刚走进教室，就觉得这节课气氛有些不对，但她说不清楚怎么个不对法。

再过一个月，这个班的学生就要毕业了。叶思遥想，也许同学们都有些依依惜别的情绪吧！她再狐疑地扫视了一下整间教室，但并没有发现什么明显的问题，于是开始讲课。

这节课的气氛非常热烈，同学们似乎比平日更充满热情。一个平常仿佛有多动症般不停地扭来扭去的学生，居然都变得格外安静起来。

课间休息的时候，叶思遥走出教室去走廊透透气。很奇怪，这一天居然没一个学生来打扰她。换作平常，她身边总是围满了人。

叶思遥实在觉得困惑，于是在走廊待了一会儿就回身向教室走去。

门虚掩着。她伸手一推门，突然，无数的玫瑰花瓣从天而降，纷纷扬扬飘落在她身上。

就在这一刻，教室里的多媒体设备响起了《祝你生日快乐》的主题歌，同学们嬉闹着跟着一起哼唱。

歌声中，两个男生变戏法般不知从哪里捧出一个大蛋糕走上讲台。秦川也朝她走过来，手里居然捧着一束鲜红的玫瑰。

叶思遥这才想起来这一天是她的生日。她呆立在讲台上，感动得泪水忍不住掉下来。

秦川走到她身边的时候，全班同学都安静下来。

叶思遥含泪微笑地望着秦川。秦川坚定地看看她，然后面对同学，大声问："同学们，我要借用你们的声音大声说出一句话，玫瑰花代表什么？"

全班同学一起大声欢呼："代表爱情！"然后是一阵热烈的掌声和欢呼声。

隔壁教室的同学听到动静，跑到窗户边来看热闹。

秦川转过头，对着叶思遥说："请原谅我如此鲁莽、如此幼稚。我借一个这样的机会来表白，是想让你记得更清楚，让你知道，我是真心的。当然，你仍然有权利拒绝我，可是，我永不放弃。"

班上的同学大声喊："秦川好运！秦川加油！"

叶思遥一直含泪微笑着，什么也没有说。她没想到秦川会用这样的方式来勇敢地表白自己。青春多么好，一切以青春的名义做出来的傻事情，都被理解为热情，而没有人觉得这有多白痴。

同学们已经拥了上来，一边切蛋糕共同分享，一边用蛋糕上的奶油朝叶思遥脸上抹过去。叶思遥大笑着躲藏，却没躲得过，变成一个大花脸。

秦川护着叶思遥，笑着大叫："住手！住手！"结果他也被大家涂了满脸奶油。笑闹了一阵，叶思遥拿出餐巾纸，朝自己脸上擦，顺手递给秦川一张。

同学们见状，又是一阵起哄："哦，哦，叶老师太偏心啦！"

"关爱贫困儿童慈善晚会"在星城电视台播出。

夏秋冬、叶梦远以及另外几家公司老总作为主要赞助商，在晚会现场前排就座。和他们坐在同一排的,还有民政部门、共青团、妇联等各单位的主要领导。

一个特别感人的节目让叶梦远热泪盈眶。

那是一个童声合唱,合唱团由五六十名从全省各地筛选来的孤儿或者贫困单亲家庭的少年儿童组成,他们合唱的歌曲是:《世上只有妈妈好》。

叶梦远曾经看过那部非常感人的电影《世上只有妈妈好》,她记得自己看这部电影的时候,从头到尾眼泪就没干过。

唱歌之前,一个小女孩用稚嫩的童音朗诵了一段话:世上只有妈妈好,当我才四五岁,倚在妈妈怀里撒娇的时候,我并不知道我的妈妈究竟好在哪里。她只是一个普通的妈妈呀,长得很平常,并不是特别漂亮,只是当她笑起来的时候,脸上有酒窝,非常可爱。我的妈妈经常亲吻我、拥抱我,总是用心照顾我。我想,不管妈妈是不是世界上最好的,我都很爱她。可是,在我七岁的某一天,当我的妈妈遭遇车祸离我而去,我终于明白了,真的是这样,世上只有妈妈好,没妈的孩子像根草。我想念世界上最好的妈妈,我亲爱的妈妈。

孩子的声音渐渐哽咽起来,熟悉的音乐渐渐响起来,童声合唱的声音有如天籁。

此刻,听了这段煽情的话,听到这么多失去母亲或者父亲的孩子演唱这首歌,叶梦远忍不住又一次掉下眼泪。

她觉得自己的心在这种仪式化的场景里变得特别纯净。

只是,纯净,这辈子,她还能找回真正的纯净吗?

第二十章 山胡椒测试题

有的女人天生就懂得如何搞定男人,当她面对的男人处于比较弱的一极的时候,她可以表现出很强的控制欲望——相当程度的大女子主义,把自己的意志强加于人——比如此时江若水对向明。而当她面对的男人比较强势的时候,她会示弱,甚至甘拜下风,事实上也可以说是以柔克刚——用女性特有的温柔,同样可以在某种程度上控制男人,简直是术业有专攻。安如雪自叹弗如。

一　考官

"安如雪老师，想请你当一次考官。"电话里，江若水的声音得意扬扬的。

"考官？江若水小姐，把话说明白一点，这个考官是什么意思？"

"就是想请你帮我参考一下，看看我在网上认识的一个男人适不适合当我的男朋友。等下我们三个一起吃饭。"

安如雪了解江若水恨嫁心切，爽快地答应了。

江若水再说："这个人特别会说话，他说我和他相识，是上帝使用电脑编程的结果。"

安如雪忍不住笑。她想，这情话是说得挺有水准。

安如雪赶到江若水所说的那家餐厅，却发现她到得太早了。

拿起一本时尚杂志，安如雪心不在焉地翻了翻。

她想，江若水是个不折不扣的剩女，一天到晚心急火燎地寻找终身伴侣很正常。可是她自己其实也好不到哪里去。形式上，她是结婚了，有家有孩子；可是实际上呢？她的灵魂是孤单的，像个没处附体的孤魂野鬼。她真的要想办法给自己的灵魂安个家。如果找不到一个可以让她的灵魂安顿下来的人，那就找件事吧！

她喝了一口柠檬水，把心思集中到手里的杂志上去，看看是否有什么好的投资项目。

过了好一阵，江若水满面春风地带进来两个三十出头的年轻男子，其中一人是陪着来相亲的，一起吃饭的成了四个人。

彼此问候之后，安如雪淡淡地看着他们，不时也扫一眼手里的杂志。

菜全是江若水点的，上得很快。

江若水叽叽喳喳地说着话，说对面的男子是个典型的宅男，不喜欢到外面玩，很好打交道，诸如此类，看起来好像他们是多年的老朋友了。而实际上，他们是不久前通过网络认识，江若水连对方姓什么都还不知道。

安如雪稍稍打量了一下坐在江若水对面的男子，他个子很高，一张脸方方正正的，看起来整个人显得比较单纯，估计没有太多人生经历。相比江若水来说，这名男子显得太嫩了。安如雪觉得这样的男子也许有可爱之处，但不对她的胃口，她一直喜欢成熟的、有阅历的男人。不过，不对她的胃口不要紧，又不是她相亲。只要江若水喜欢就行。后来那男子介绍自己姓向，叫向明，是一家职业学院的老师。

上来一道大片牛肉。这道菜里有一种看起来像胡椒的佐料。大家研究了一阵，说是山胡椒，味道又麻又辣，只是用来当调料，一般不吃的。

江若水说这种东西在她的故乡很多。

她指着山胡椒跟向明说："你想当我们那里的女婿，就要过第一道关，先要吃这种山胡椒。"

向明笑着推托："这次还是先不吃吧。"

结果江若水不理会他的话，哈哈笑着直接夹了一枝山胡椒就放到他碗里。那枝山胡椒上足有十几粒果实。

向明犹豫了一阵，从这枝山胡椒上取下一粒，放进嘴里，再把其余的挑出来扔进骨碟。

江若水得意地笑，向明苦着脸嚼。

这个江若水真是够绝的。安如雪冷眼旁观，心里忍不住觉得好笑。

应该说，从安如雪这位心理咨询师的视角来看，江若水递给向明的山胡椒，不仅仅是山胡椒，还是一道测试题。

二　控制与被控制

这道测试题的含义很丰富，面对初次见面、自己也还有点动心的女子递过来的山胡椒，男人们通常会有这样几种反应：

第一种，把山胡椒直接扔到骨碟里去，坚决不吃；

第二种，把山胡椒递还给发起人，并且宣称，如果你吃，我就吃；

第三种，装傻，或者随口开个玩笑，不扔出去，但也不吃；

第四种，只吃少量；

第五种，全部吃进去。

常见的就是这几种，当然，可能还有比较特别一点的其他种类的反应。

这几种反应，从上到下，依次说明了男人能够被控制的程度。第一种人很难被控制，比较自我；而最后一种最容易被控制。当然，这只是判断的普遍适用性依据，这世界上总有不少非常有个性的人；也总有人很会伪装自己，做出与内心想法不符甚至完全相反的举动。

安如雪不由得想：假如杜宇宁遇到这种情况，他大概会是第一种或者第三种反应吧？当然，这也不是绝对的，因为还要看杜宇宁面对的是什么人。而如果他面对的是安如雪，她根本不会这么做，不会如此突兀地让他为难。

可见，江若水对面这个叫向明的男子，大多数时候，是很容易被控制的，至少可以被江若水拿捏住——如果他的举动并没有伪装的话。

安如雪跟江若水打交道比较多，对她有足够的了解。她之所以这样做，其实就是在试探这个男子的性格特点。另外，还可以这么说，江若水自认为自己可以吃定向明，才会给他出一道这样的题目为难一下他。不然，她也不会贸然如此行事。

江若水是个适应能力极强、弹性相当大的人。

有的女人天生就懂得如何搞定男人，当她面对的男人处于比较弱的一极的时候，她可以表现出很强的控制欲望——相当程度的大女子主义，把自己的意志强加于人——比如此时江若水对向明。而当她面对的男人比较强势的时候，她会示弱，甚至甘拜下风，事实上也可以说是以柔克刚——用女性特有的温柔，同样可以在某种程度上控制男人，简直是术业有专攻。安如雪自叹弗如。她清楚地记得那次和杜宇宁在一起的夜晚，他们三个人一起吃消夜，当时杜宇宁要给她们倒茶，江若水就抢过去倒，而且居然对杜宇宁说，她一直认同男尊女卑。同一个江若水，在不同的男人面前，表现得如此截然不同。

像江若水这种性格的女子，找一个什么样的人其实不重要，比较关键的是，只要她喜欢这个人，两个人就会相处得不错。

而安如雪不得不在内心承认，她自己对男人，实在不够有经验，在这方面她比不过江若水。

后来江若水一直问安如雪，向明究竟怎么样。

安如雪只得说："你自己的感觉最重要。"

江若水说她真的想要一个家了。她觉得向明比较简单，两个人也还好相处，干脆就把他当男朋友算了。

安如雪说，如果要考虑成家，还是慎重一些比较好。以爱情为基础的婚姻，才会更美满。

江若水说，那就再相处一阵再看看。她其实心里也还没底，还无法确定向明是不是能够长久陪伴她的那个人。

　　这时候安如雪有些心不在焉，她时不时会想起第二天的心理咨询预约。徐琼在电话里告诉她，罗慕雄终于肯来做心理咨询了。安如雪马上想起徐琼说过的黄名单。他们是否已经开诚布公地谈过？这份名单究竟是怎么回事？算了，不要想多了，明天咨询的时候再说吧！

第二十一章 金色名单之四

罗慕雄的脸上有不少黑斑，脸色是一种发青、发暗的颜色，眼眶浮肿，整个人看起来精神委顿。气色如此，无论身心，都极可能面临崩溃。大众时常通过新闻知道什么人猝死，不少猝死者通常就有这些标志。其实这类人群的身体正通过各种表征无声地发出警告，甚至呼救，可惜没有几个人能够看明白。

一　咨询室里无声的发作

罗慕雄跟一位富态的中年女人一起喝咖啡。

他面色凝重地道:"黄萍,你一定很惊讶为什么我一定要见你。"

黄萍淡淡道:"是啊,这么多年不曾谋面,爱恨情仇,通通消散了,我也快老了,你看,这满脸褶子,见这一面确实意义不大。如果不是你那么坚持,我不会见你的。有句话说,相见不如怀念。"

罗慕雄欲开口,却突然落下泪来。

黄萍大吃一惊,问:"你怎么了?发生什么事情了?我从来没有见你掉过眼泪。真的,你还真是从来没有这样过。"说着递过一张面巾纸。

罗慕雄接了,捂住眼睛,好一阵,才叹息着说:"我这阵子总是做很恐怖的噩梦,然后情绪完全不受控制,而且,特别想跟几个人见见面。不只是你,还有别人,那些帮过我的人、那些让我放不下的人,总之,我认为很重要的人,都打算见一见。"

黄萍幽怨道:"我是不是应该受宠若惊?难得你认为我是很重要的人。可是,为什么当年你突然就不喜欢我了?"

罗慕雄道:"我也不知道。曾经愿意为你赴汤蹈火,却突然就觉得不想一辈子守着你,所以,我心里很是愧疚。"

黄萍道:"早知道这样,我才懒得来见你,就让你一直愧疚下去。"

罗慕雄道:"黄萍,请原谅我。我估计自己……可能时日无多。真的,说不定随时可能猝死。"

黄萍道:"别胡说!虽然我曾经恨过你,恨得咬牙切齿,但还是希望你好好活着。活久一点,被愧疚折磨得久一点。"说着,她的嘴角浮现一个善意的微笑。

罗慕雄伸出手，把黄萍的手紧紧握住，脸上的表情很复杂，说不清想哭还是想笑，悲喜交集。

一眼见到罗慕雄的脸，安如雪顿时大吃一惊，但她立刻收回视线，努力掩饰自己的面部表情，免得失礼。

她几乎是立刻明白了这名中年男子变得行为反常的原因，甚至认为他可能遭受了非常严重的身体病变，根据他的气色、皮肤等状况，她判断他的身体健康几乎面临崩溃，必须尽快采取对健康有益的各类措施，才能够转危为安。

然而一些话，哪怕很有把握，也不能轻易说出口，只可以放在心里。有的内容一说出来，弄不好就会招来麻烦、怨恨甚至灾祸。她恨不得直接这样说："这位先生，您的气色非常不好，有生命危险！"可是，不能这样。

安如雪垂下头，不由自主眉头微锁，心情变得有些沉重。

小袁端进来两杯茶，一杯玫瑰花茶，放在徐琼面前；一杯碧螺春绿茶，放在罗慕雄面前。趁着放茶的空隙，她偷偷看了一眼安如雪，却并没有发现什么端倪。对于安如雪，小袁问心有愧。安如雪此时的心思完全不在小袁身上。

徐琼喝口茶，首先打破沉默道："安老师，这是我先生，罗慕雄。"又转头道："老公，这就是我跟你提到过的安如雪老师。"徐琼呼出一口气，继续说："安老师，今天刚好我先生能够抽空，所以我们提前预约好一起过来，他有些事想跟您讨论，或者说请教。"

安如雪已经在短时间内调整好情绪，微笑着点点头道："欢迎来讨论交流。"

罗慕雄一声不吭，微皱眉头坐在椅子上，双手抱胸，两只手交叉着藏在腋窝下。然而他的一个微动作，安如雪和徐琼同时注意到了。

他似乎想把插入左腋窝的右手抽出来，然而右手还没出来又赶紧缩回去。过了一小会儿，又往外挪，又回去。动作极其轻微，而且他极力掩饰，假装打量咨询室，东张西望。

徐琼不动声色望了安如雪一眼，意思是：看，他的怪异行为发作了。

安如雪的眼神马上接住了这道目光，同样不动声色，她的微表情却是：我知道了。

罗慕雄索性站起来，在咨询室小小的空间里走着，手和胳膊不停地动。

两个女人都不知道这个男人站起来究竟要干什么，想要表达的是什么。

安如雪倒是对来访者的各类非正常举止习以为常，她安静地看着自己手上的预约单，以静制动。

徐琼却有些沉不住气，她也突然站起来道："我要去上个卫生间。"罗慕雄马上开口道："你出去了就在外面坐一下，等下我叫你你再进来。"

徐琼略略迟疑，还是点头答道："好的。"

出门前，她看了安如雪一眼，安如雪便说："也好，你在外面办公室，小袁会招呼你的。"

罗慕雄重新坐下，终于胳膊不再频繁晃动了，只是双手抱胸——这是一个标准的自我防护、自我安慰姿势。

刚才的微动作又小幅度地出现了两次。他把插入左腋窝的右手抽出来，然而还没出来又赶紧缩回去，又往外挪，又回去。

安如雪突然明白，他应该是想端茶杯喝水。

她正思考着要不要帮他破局，罗慕雄猛地把右手伸了出来，有点颤抖地端住了茶杯。

两个人都暗自松了口气。

二　讲述自己的身世

"我觉得我自己好像，好像快要不行了。"罗慕雄喝口茶，喃喃说道。

听了这话，安如雪心头反倒是一阵欣慰——起码他对自己的健康状况是自知的。

刚才第一眼看到罗慕雄，安如雪就知道他的健康状况非常成问题。罗慕雄的脸上有不少黑斑，脸色是一种发青、发暗的颜色，眼眶浮肿，整个人看起来精神委顿。气色如此，无论身心，都极可能面临崩溃。大众时常通过新闻知道什么人猝死，不少猝死者通常就有这些标志。其实这类人群的身体正通过各种表征无声地发出警告、甚至呼救，可惜没有几个人能够看明白。

所有这些判断，安如雪当然只能放在心里。如果真的大着嘴巴对眼前的人说，"哎呀，你情况很不好，有猝死的可能！"那会是什么后果？

此时罗慕雄能够自己说出这样一番话，可见他已经高度重视，并且深度思考过。安如雪的观点之一是：人能自知，方可治愈。

安如雪于是关切地问："您为什么会有这种感觉呢？为什么说自己快不行了？"

罗慕雄叹口气道："最近几个月，在我身上发生的一些奇怪现象，可能我太太已经跟您说过了。我会对一些微不足道的小事情无比纠结，可笑到了让我自己非常痛苦的地步。打个比方，如果我的两个孩子同时朝我跑过来,两个都一把抱起来不是问题,可是如果只抱其中一个,我会为到底先抱起哪一个纠结得手脚颤抖,甚至觉得自己要摔倒。唉,肯定没有人能够理解这种感觉。"

安如雪轻轻地点点头。

罗慕雄端起茶杯喝一口,拿在手里,继续道:"其实刚才又发作了一下子,我不知道您和我太太有没有看出来,我竟然为到底要不要喝这杯茶,又跟自己斗争了半天。这倒还不是我想跟您讨论的重点。您能否承诺,我等下要跟您说的一件事,您不能告诉任何人,包括我太太,能不能?也就是说,等下我要谈的这件事,只要我们讨论完了,您就不能跟任何人提起,能做到吗?"

这个要求使得安如雪踌躇起来,她想起了之前徐琼对她提到过的对黄名单的顾忌。假如罗慕雄真的是跟她讨论要杀掉黄名单上的人,涉及他人生命安全,安如雪不知道也就罢了,如果知而不报,虽然不触犯现有法律,但从职业道德以及个人修养角度,她必须采取相关措施,甚至不排除报警。而这些事,是给她带来无穷麻烦的事情。他要说的,会不会是黄名单的事?

安如雪沉吟了一阵,说道:"为每一个来访者保密是心理咨询的第一原则。不过有例外,如果来访者精神正常,咨询内容涉及危害公共安全或者他人生命,这种事,通常不会保密,也不能保密。"安如雪喝口茶,用开玩笑的口吻道:"像您这样一位精神正常、有自制能力的来访者,你如果有杀人放火抢银行之类的想法呢,就千万不要跟我讨论了。"

罗慕雄赶紧摇头道:"那不会,那不会,那不可能。我自己是安保公司的高管,怎么可能干那种违法犯罪的事。我要说的是我自己的事情,请一定替我保密。"

安如雪松了口气,这才点头。

罗慕雄于是把自己发现箱子里一封信以及信上的内容详细说了

一遍，而后道："您看，我的身世这么曲折，说白了，我是一名私生子，自己的生母十几岁的时候秘密生下我，然后她二十几岁就重病去世，父亲究竟是谁都搞不清。四十多年来，我一直以为她是我姑姑，而自己的舅舅舅妈是亲生父母。这种事情，真是很难面对。刚开始知道的时候特别难过。我竟然，是一个孤儿。"

说着，罗慕雄的眼眶红了起来。

安如雪早已习惯那些平日里看起来无比坚强的、无限风光的各种人物，在她的咨询室落泪，甚至号啕大哭，此时她只是眼神温和地看罗慕雄一眼，便自顾喝茶。世间一些事，外人无从安慰。或者说，能够安全地倾诉并且被理解，本身已经是一种难得的安慰。

罗慕雄努力控制住眼眶里的泪水，继续道："这件事倒已经是两年前的事了，现在我已经看淡了，您记得保密就好。目前最伤脑筋的，是我自己的状态。为小事纠结、容易发脾气、失眠、疲倦，我自己的生母是因重病而死，年纪轻轻就去世了，我真是担心我自己遗传了她的病态基因，也会前景不妙，如果，如果哪天不小心发生猝死之类的事情，就惨了。我的妻子和孩子，尤其是孩子，那真是太惨了！这段时间我不断地思前想后，甚至还把自己真正想要见的人都列了名单，用红笔写了下来，非常醒目，生怕漏掉了谁。"

原来如此！安如雪暗暗想，原来那张黄色名单只是他想见的人，看来徐琼想多了。安如雪道："既然您有这样的担忧，那就积极健身，采取措施，许多事是可以预防、可以改变的。当然，要找到正确的方法。"

罗慕雄问："正确方法？那您有什么好的推荐吗？"

安如雪道："这个我恰好可以推荐，我有朋友专门从事健康养生行业，等下给您一张名片，您可以去了解一下。不过，您自己的努力和判断力才是最重要的。"

罗慕雄点点头，起身把徐琼喊了进来。

三　不说再见

徐琼一进门就夸张地说道:"慕雄你今天怎么跟安老师聊这么久?是不是外面有小三了,来这里忏悔?"

罗慕雄脸上已经有了笑容,也开玩笑回答:"岂止是小三,小四、小五、小六都有了。"

徐琼作势拍了一下他的肩膀,道:"我也要跟安老师单独聊一聊,这才公平。"

罗慕雄道:"那好吧,我去车上等你。"说罢他意味深长地看了安如雪一眼。安如雪知道他的意思是再度提醒她保密,于是笑着点点头,道:"罗先生等下不上来了是吧?那就先道一声再见。"说着把一张养生机构的名片递给他。

"对,我不上来了。谢谢安老师,您多保重!"罗慕雄接过名片,话音一落匆匆走了。

安如雪微微一笑,明白罗慕雄是有意不对她说"再见"。毕竟再见除了道别,还有再次相见的意思。当来访者能够自己面对自己,能够自己处理自己的问题,确实不需要再见心理咨询师。

徐琼问:"安老师,罗慕雄都跟您说了些什么?方便告诉我吗?"

安如雪道:"嗯,你们是夫妻,回去直接交流更好,原谅我不能告诉你。不过,夫妻之间也可以有隐私,实在不想说的也就可以不说。"

看徐琼一眼,安如雪补充道:"这一次,你先生倒也没提太特别的事,主要是说他觉得自己健康状况不够好。"

徐琼于是也不好过多地追问,想了想,再又说:"他是否跟您提起过黄名单？这是我最关心的。要知道，我真是很担心他，可是又不敢直接问。"

安如雪道："黄名单的事，他提到担心自己身体不好，就把真正想要见的人都用红笔列了名单，说是怕漏了谁，应该这就是你说的黄名单。他的自知能力还是很强的，应该不会出现你担心的那种情况。毕竟黄名单这件事，我肯定是不方便去追问去确认的。你们俩现在的重点是把身体调整好，他的健康状况确实值得担忧。"

徐琼道："是的，不久前我拖着他去医院体检，突然发现他一身的毛病，什么高血压、高血脂、高血糖、膝盖积液、动脉硬化，挺吓人的，我们是打算好好一起健身。"

安如雪欣慰道："那就好。对了，要恭喜你，我今天觉得你似乎口气清新，已经恢复正常。"

徐琼笑道："是的，我采取了很多措施，确实有效果。安老师，真是谢谢你直言相告，不然我自己还蒙在鼓里，那真是太令人尴尬了。"

安如雪微笑着喝茶。

徐琼道："您看，一下子就过了两个小时，真是辛苦安老师了。我找小袁交费去。以后如果有什么特殊情况，我再约您。"

安如雪客气道："好的，也谢谢你们夫妻俩认同我、信任我。"

徐琼边出门，边回头道："安老师，幸亏有你，帮了我们好大的忙。"

这次安如雪只是点头微笑，嘴里说着"客气了"，也没跟徐琼说再见。

第二十二章 爱与归属感的性别差异

在人类漫长的进化过程中，相当长一个历史时期，男性的主要任务是为家庭或者族群提供生活资料，他们的精力主要用于发展生产，也就是现在所谓的事业。男人比女人更有事业心，而且男人偏重行为，对于性有更为直接的态度和兴趣。女性呢，她们的任务主要是生殖、抚育后代，她们必须设法让男人知道，她们和她们肚子里生出来的孩子属于某个特定的男人，才能确保男人乐意为她们提供生活所需。所以，归属感之类的情感对于女性来说，是一种极其重要的感觉。

一　时间之眼

"不要忽略微小而缓慢的力量。持之以恒，以时间之眼来看，它们同样是强大的。"

安如雪在笔记本上写下这段心理咨询过程中获得的感悟，喜悦感和成就感油然而生。其实这段感想并非原创和独创，中国成语里，"水滴石穿""绳锯木断"，说的都是同样的道理。然而，知道某些道理和自己领悟到，是有巨大差距的。她给来访者做咨询，不同的事件和思维碰撞，不时会爆裂出灿烂的思想火花——看不见的美丽火焰。

这段时间，安如雪有空就在网上看朋友推荐的一个电视连续剧《幸福还有多远》。她沉浸在剧情中，被一种浪漫又高尚的情怀打动了。

这是一部军旅题材的电视连续剧，讲述卷烟厂一个漂亮的年轻女工李萍为了实现自己的梦想，写了一张求爱的纸条，夹在慰问海军的一批香烟里。一位丧偶的副团级参谋长吴天亮恰好拿到了这张纸条。"当你抽到这盒烟，那就是我们缘分的开始。假如你是个军人，还没有结婚，我愿意嫁给你，愿意做你的妻子。"……由著名女演员梅婷扮演的李萍和由著名男演员王志文扮演的吴天亮历经悲欢离合，一直在思索幸福究竟是什么。

他们个性化而又不失高尚的道德情操和人生追求深深打动了安如雪。

就在某个瞬间，安如雪突然觉得自己理解了杜宇宁。

杜宇宁如此表现，并非他冷酷无情，恰恰相反，这正说明他有情有义。他接受的教育、他的人生经历、他所处的环境，决定了他的思想会遵循一定的模式。如果说，假如像他们两个人曾经说到过的那样，抱着将来要走到一起的目的来交往，就连和老公已经达成特许协议的安如雪都偶尔会感到惶恐和羞愧，更何况一个曾经坚持"一定要到祖国最艰苦的地方去锻炼自己"的人呢？如果两人发展成婚外情，杜宇宁也许会为此背负道德的沉重枷锁。

每个人都逃不开自己的经历和社会环境的影响。

是的，我们生活在一个民主、自由的时期，我们确实是可以最大限度释放自己的个性，呼唤并创造个性化的人生模式，可是，毕竟，人是社会性的，我们更加无法忽视我们的社会角色和社会责任。一个自我形象一直光明磊落的人，是很难坦然面对某种可能带来羞愧感的行为的。

杜宇宁的消失，对他而言也许是正确的选择。她仿佛再一次听到他的叹息："我们怎么不早一点遇到呢？"

也许，正因为他和安如雪在一起彼此感觉非常好，极可能突破某种界限，他才决定消失。毕竟，他们都有婚姻在身，他们的自由是有限的。毕竟，他们对各自的人生，怀着更为重要的使命。

爱情虽然美好，但它不是人生的全部。它只能在正确的时间和正确的情景下，才会有夺目的美，否则，它可能成为毒品，教人上瘾，欲罢不能；也可能成为多余的废品，无用且耗费精力、占据时空。

安如雪觉得自己终于理解了杜宇宁，也对他更为尊重和向往。

正因为有了杜宇宁和严世平这样的男人，他们很酷、很帅、内心骄傲、有强烈的道德感和责任感，才夯实了整个人类道德体系的根基，捍卫了公众的道德框架，才会有更多女孩子相信这世上确实存在着美好的爱情。当然，如果他们彼此有足够的了解，坚定信念，愿意承受各种压力，真的各自离婚，走到一起去，那是另外一回事，一样值得祝福。

安如雪叹惋，年轻的时候，应该好好谈恋爱的时候，自己干什么去了？

想起自己曾经那么懵懂无知地挥霍了青春年少的时光，她就悔恨不已。

大学期间，她根本不知道自己喜欢什么样的人，不过是一时受到表面现象迷惑或者被某个追逐得最热烈的男子追成了女朋友。

大学一毕业，她就发觉自己完全没有热情，和男朋友分了手，很长一段时间宁愿独身。

再后来好不容易经人介绍认识严世平，她却没有办法走进他的心底，只能怅怅地离去。再然后，她手忙脚乱地一把抓住王子健，草草结婚。

结婚之后，两人没有足够用心或者没有足够的人生智慧经营这场婚姻，任其自生自灭，杂草丛生，于是，就到了今天这般田地。

安如雪对于自己年轻时的愚蠢耿耿于怀。谈恋爱如此，竟然对待工作也是如此。大学毕业后，她先是随便找份很容易获得而自己却没多大兴趣的事情做，然后三天两头换单位，三年之内，换过十几家公司，她当过一家中美合资企业的技术人员，干过一个多月的销售，当过秘书、行政主管，还曾经是总经理助理，所有的工作她都是干一阵就没新鲜感不愿意再继续下去，然后炒了老板的鱿鱼。这样的跳槽频率是非常惊人的。因为她始终没用心弄清楚自己真正想做的是什么。后来她终于在媒体找到一份比较满意的工作，成了一名记者，就一门心思用在事业上，一不小心沦为大龄青年。结婚有了孩子之后，她觉得媒体压力太大，无法顾家，干脆辞职，通过培训获得心理咨询师资格，同时写作，成了典型的自由职业者。总之，走了太多弯路。

这前半辈子，她过得好糊涂啊！

这世上如果有"如果"多好啊!她愿意推倒很多东西,重新来过。

二 更重要的事

如果,她在年轻的时候就找到一个自己合意的爱人,两人能够互相引导、共同成长,那么,到现在,她一定会忠于爱情和家庭,任何人都没办法让她心思飘移。可以这么说,假如安如雪的心是有归属感的,即使见了杜宇宁,她也不一定有什么特别的感觉,因为安如雪是一个情感专一的人。只有当一个人心思不定的时候,才会一直寻寻觅觅。

她觉得再也不能辜负自己了,她要好好珍惜自己的后半生,经营好事业、家庭,她不想自己的人生又留下什么新的不必要的遗憾。

为什么自己会那么过度渴求爱情呢?安如雪突然领悟到,如果一个人对爱情过度渴求,恰恰说明这个人内心有太多欠缺,只好用爱情这种虚幻的东西来自我麻醉、逃避现实。如果一个人能够在现实当中过得充实,内心充满宁静和快乐,那么他的生命中有没有爱情,就不再是一件多么重要的事情。因为到了那样的境界,他自己就懂得爱自己,能够满足自己的情感需求,他不再需要刻意向外寻求爱。

事实上,过度地向外寻求爱,是一件非常容易受伤的事。因为外在的人很难像我们希望的那样来爱我们,难免会让我们失望。人生道路充满艰辛,照顾好自己已然任务很重,还要时刻去背负他人,确实太累了。

有了这样一种顿悟,安如雪觉得,自己应该可以把爱情这件事,轻轻放下了。哪怕做到真正放下还有一个过程,她也相信自己内心已经释然。这个过程很重要，哪怕很慢，每天都一点一点变得内心更加强大，就不再需要试图用外在的力量来支持自己的内在。

人的欲望有很多种，爱情也是一种欲望。既然我们不会为自己无法拥有豪车豪宅而痛苦，为什么要为无法获得某个人的情感而痛苦呢？毕竟，爱不爱别人是我们自己的事，而别人爱不爱我们，是别人的事，我们只能自己尽力，却无法勉强别人。

安下心来，安如雪觉得自己就可以开始做一些更重大的事情了。

前几天，偶然认识的一位老教授向安如雪透露信息，说她准备找几个人一起共同投资，大家做一个心理医院，李云桑也是投资人之一。这个项目让安如雪极为动心，她了解了一下，据说心理医院总预算是1000万元，其中500万元以设备的形式投入，另外500万元现金投资部分准备招募股份，以50万元为最小的认购单位，吸收专业人员为股东。安如雪盘算了一下她的资产，打算投入50万元，成为心理医院的股东之一。

安如雪想，看看自己身边，有多少人需要心理治疗啊。安如雪自己，已经接受过专业的心理咨询培训，还是会面临种种心理问题，尤其是情感困扰，幸亏她可以找李云桑咨询。她身边不少朋友也通常会有无穷烦恼，更不用说像叶梦远这样有心理问题而不自知的人，他们都是需要接受心理分析和治疗的。所以，办一个心理医院，确实有必要。问题是，心理医院可能也有一定的风险，有必要不等于有市场。市场经济时代，不是政府投资的项目，就得考虑自主生存，毕竟医院运营需要成本，租金、人员工资以及各种运营费用不会太低。也许在内地，人们还不习惯对心理困惑、心理疾病进行治疗，人们对心理咨询之类精神产品的购买愿望还不强烈，整个市场还需要培育。

但，这件事情，是值得为之努力的。

三　案例分析

叶梦远爽约了。

本来约好的咨询，她提前两个小时打来电话，说自己在外地，以后再约时间。

安如雪想，假如下次叶梦远再次到来，她会对她多用一些心思，让她好好珍惜自己的青春，别再像花蝴蝶一般飞来飞去，白白浪费了自己的好年华。

但是究竟什么样的观点和语言才是足够有力量的呢？怎样才能够让叶梦远达成觉醒呢？安如雪决定把叶梦远的案例系统地跟李云桑进行一次讨论。

李云桑这段时间有点忙，安如雪约了他好几次，他才总算在一次晚饭后挤出时间和她一起喝茶。

安如雪先到，给自己点了杯参须麦冬，和李云桑在一起，她觉得自己需要提提神，用最好的状态来面对他。

李云桑二十分钟以后才到，他说路上有点塞车。

安如雪请他点茶，他点了杯甘草莲芯。然后安如雪开始简单阐述叶梦远的情况，包括她童年受忽视、青春期遭受情感和身体的双重创伤、恋爱的时候再一次被伤害，自此变得玩世不恭。

李云桑说："对于这样一个个案，主要是增强她的心理弹性或者说提高她的心理康复能力。在人的一生中，谁都不可能免遭精神创伤。在遭遇精神创伤后，出现大的情绪波动、甚至行为暂时改变，这都很正常。但是，由于人们各自的认知能力和人生经验不同，从打击中重新恢复所需要的时间不同，恢复的程度也会有差别。你要让她正确面对这一点,让她知道,她确实是受伤了,但是,受伤是难免的,每个人都会受伤,只是受伤的种类不同、程度不同;要让她认识到,受伤并不可怕,最重要的是,受伤之后如何让自己复原,如何重新对自己、对人生树立信心。"

安如雪笑道:"不愧是老师,总能一针见血。"她觉得自己以前对叶梦远所做的主要工作是安抚她的情绪,对于提升她的认知、加强她的心理康复能力这一块,显然有些不足,她决定以后有机会的话,要适当进行弥补。

安如雪喝口茶,整理一下自己的思路,抛出另一个问题:"通过最近的心理咨询案例,以及我自己的亲身经验,我认识到一个问题,那就是男人和女人在对待爱和归属感这件事情上,差异是非常明显的。也就是说,女人更加渴望爱情、追求心灵的归属感;而男人对此的渴望程度小得多。"

李云桑笑一笑:"你说的是一种普遍现象,当然也有不少例外。事实上,这种现象可以用社会进化的观点加以解释。在人类漫长的进化过程中,相当长一个历史时期,男性的主要任务是为家庭或者族群提供生活资料,他们的精力主要用于发展生产,也就是现在所谓的事业。男人比女人更有事业心,而且男人偏重行为,对于性有更为直接的态度和兴趣。女性呢,她们的任务主要是生殖、抚育后代,她们必须设法让男人知道,她们和她们肚子里生出来的孩子属于某个特定的男人,才能确保男人乐意为她们提供生活所需。所以,归属感之类的情感对于女性来说,是一种极其重要的感觉。女性在漫长的进化过程中,她们要抚养孩子,也有许多闲暇用来思念男人,所以,她们更为感性,对爱情的需求也确实比男人要多。关于爱情,生物进化论当中有一个观点,事实上,爱情是被文化修饰的结果。两个人能持续相爱,是以性的匹配与和谐为前提的。如果两个人的性不和谐,爱就成了空中楼阁。"

当李云桑说这番话的时候，安如雪的心没来由地痛起来。

是的，她是有强烈的归属需求的。她总渴望这世上有一个爱人，他的心完整地属于她，她也完整地属于这个人。她总渴望和一个相爱的人，相依相伴，白头到老。

她一直没有找到这个人。她曾经希望这个人是严世平、是杜宇宁，可是，他们都不是。

像杜宇宁这样一个人，一遇到他，和他近距离交流之后，她就把他纳入自己生命的版图，认为他从此就是她生命的一部分，再也不是不相干的陌生人。事实上，在某个时间段，他确实成了她生命中的一个部分，可惜，那个部分很快就荒芜成一片无人区。

既然是版图的一部分，无人区也有无人区存在的理由，但却令人无比痛惜。

"你自己的事呢？最近有什么新的进展和感悟？"李云桑的声音打破了她的深思。他喝了一口甘草莲心，笑着问。这个问题，对他而言，其实有些越界。他没有必要主动过问她的私人事务。然而，偶尔越界，也是被允许的，恰恰是因为关心。

安如雪心知肚明他指的是她和杜宇宁之间的关系。她喝了一口参须麦冬，淡淡说道："没有任何进展，这件事，大概就这样不了了之。至于我自己的感悟，我想，可能我真的要放下对于爱情的执念吧。"

李云桑说："其实追求爱情本身并没有错，问题是，要正确对待追求的过程和结果，你不能无限延长你的等待过程，因为生命是有限的，要学会给自己设定一个界限；你也不能把结果设计得过于完美或者僵化，因为没有事情是按照你自己的意愿来给定结局的。我最近接待了一个案例，对方是个年近四十岁的大龄女子，她的条件可以说相当好，事业非常成功，人长得也很漂亮，却一直没有找到合适的人，一直没结过婚，总在诉说自己的寂寞孤独。想想看，假如你是她，你是愿意像她一样快四十岁了还寂寞孤独地一个人过日子呢；还是选择目前的情况，找一个人做伴，有一个也还不错的家庭，养育了自己的孩子，虽然心里仍然有遗憾，觉得自己没有爱情，但毕竟不是一无所有。这两种情况，你怎么选？"

安如雪飞快地做出选择："如果只有这两个选择，那我当然选择后者，有一个不错的家，有自己的孩子，这样强过寂寞孤独地一个人过。可是，如果还有一个选择，比如说，假如我知道，如果我等到四十岁甚至五十岁，能够等来一个称心如意的爱人，那我愿意一直等下去。"

"问题是，你所谓的称心如意，是没有客观标准的，究竟什么叫称心如意？还有，谁能给你一个你一定可以等得到的承诺呢？当然，也没有谁会非常明确地告诉你，你一定等不到。在人生当中，有时候我们必须在条件不明朗、不确定的情形下做出选择和决定。事实上，爱情，是一件非常主观的事情，你目前的情况，应该说，你对自己的人生经营得不算太坏，为什么你不更进一步，试着接受你的丈夫，让自己更有幸福感呢？"

安如雪挣扎着说："可他不是我想要的爱人，他也并不爱我。"

"那你当初为什么选择他？为什么你们会彼此选择？至少，当时在你们可以选择的范围内，你们认为对方是最好的，对不对？你们目前的情况，如果能离婚，可能就已经离了，对吗？如果不能离，或者不想离，就该尽可能好好过下去。要知道，理想和现实永远是有距离的，因为理想是无形的、无限的，你可以任意想象；而现实，却是有形的、有限的，要受到各种条件的制约，可以说现实永远跑不过理想。你呀，就是太理想主义了。我说句实在话，假如你和杜宇宁并非是这样的结局，假如他并没有突然离去，你们之间一直交往下去，说不定，你也可能会对他失望，或者他对你失望，因为，你们身上肯定也会有令彼此不满意的地方。当然，如果你们很有诚意，在交往的过程中彼此协调，也可能相当幸福，但这无法预测。何况一切都是动态的，今天满意，不代表一直满意；或者现在不满意，说不定哪天又觉得不错。理想可以完美，而现实永远有缺陷。你完全可以尝试着回归现实，但保留梦想。"

安如雪不语。

她知道李云桑是对的。

其实安如雪觉得自己并不是一个追求完美的人。她只是希望现实尽可能符合她的心愿。一个人活着，如果没有理想，主观上不肯好好努力，任凭际遇随意宰割，而自己的意志完全派不上用场，多么没意思。

当然，在现有的基础上，尽可能让自己过得更好，这肯定是对的。安如雪开始思考，她和她的丈夫之间，究竟有没有可能过得更好呢？她究竟要怎样去面对？

第二十三章
懂得安放

他看到过一句话：没有痛苦的爱情是不深刻的。假如时光倒流，他们在正确的时间相遇，他相信他和安如雪之间会有一场深刻的、美好的爱情。

一　惆怅

杜宇宁带着三个博士生在一起讨论一个主题为"定向爆破"的军事科研项目。

三个博士都是三十岁上下的帅哥。他们事先准备得非常充分，提前完成了讨论任务。

杜宇宁看看他们，清清嗓子问："你们三个，是不是都已经找到自己中意的姑娘了？"

博士生们笑着面面相觑，他们没想到平常挺严肃的杜博导今天会摆出这么轻松而且稍嫌敏感的私密话题。

三个年轻人笑笑，纷纷摇头，都说还没有定下合适的人选，其实其中的一个，已经到了谈婚论嫁的阶段，只不过身为军人，彼此聚少离多，他怕有变数，何况，他不愿意把自己的私事拿出来讨论，便也跟着笑笑，摇头。

杜宇宁带笑说："你们要抓紧时间，眼睛睁大一点，别错过了好机会哟！"

走出办公室，杜宇宁分明感觉到自己心中涌起一丝苦涩。

他的脑海里浮现出安如雪的笑容。她明亮的双眸凝望着他，也在埋怨他。

这个在他生命里出现得太迟的女人，真实地吸引了他。她那么优雅、率真、知性、敢爱敢恨，最重要的是，他知道，她愿意视他若珍宝。

可是，一切都太迟了。

初次见面，他对她也是有好感的。知道她是一名作家，更是对她产生了浓厚的兴趣。他欣赏努力奋斗有所成就的女人，希望他们能够成为朋友。所以，元宵节那天，他给她发了一条短信。他平常根本不喜欢发短信，即使在节日，也只有他认为很重要的人，他才会发个短信问候一声。

可是他没料到，命运伸出看不见的手指摁住了那条短信，它竟然阴差阳错地迟到了两天，这种情况是极其少见的，至少他还是第一次碰到。发出短信之后没有收到回复，他曾经有短暂的惆怅的感觉。完全没想到，命运对他们两人另有意味深长的安排。

他更想不到，他们之间，竟然会有如此令他自己都觉得惊异的进展。他根本不相信多年军旅生涯锻造的钢铁般的意志在她面前居然那么轻易地具有了被瓦解的可能性。"何意百炼钢，化为绕指柔！"他惊奇地发现，自己居然有如此感性的一面。

起初她约他喝茶，两人面临第一次单独会面，他并没有多做他想。虽然他平常很少和一位异性单独喝茶，但，偶尔为之，倒也不是一件需要忸怩的事。可是，他真的没想到他们可以交谈得那么投机。他居然把平常绝对不会向任何人透露的一些隐私都告诉了她。为什么他会那么信任她？这是在他个人的生命历程中从来不曾发生过的事情。他只能这样解释，她是一位绝妙的调音师，能够让一套喑哑多年的乐器重新奏出优美的乐曲。

喝茶之后的那个夜晚，他处于半失眠状态。他觉得她简直是一团火，热烈地燃烧着，几乎要把他也点燃。

两人第二次见面，是一起吃午餐。那天他在外面办事，收到她的短信，没及时回复；她打来电话，他也不方便接听。办完事恰好到了午餐时间，他干脆约她一起吃饭，当面做解释。他们面对面坐着，安如雪的喜悦和明朗，犹如春日东风，犹如鲜花怒放，让杜宇宁感觉到自己内心久违的情感开始萌动。

第三次，他本来和朋友们在一起唱歌，发现了她的短信和未接电话，他到外面给她回电话，结果，他听到她在电话里如同小女孩般哽咽，说她以为他不喜欢她，连她的电话都不接，她觉得自己被抛弃了。他一点都不认为她矫情，相反，他觉得自己又冷又硬的心突然变得柔软起来。是的，他的心肠通常很硬，轻易无法被打动。但是，却被她从一个薄弱的小孔钻了进去，整颗心连同五脏六腑都被搅动起来。

那天夜里，他陪她在公园漫步，所有似曾相识的美好感觉全都在那个夜晚再度降临。连一些枯萎的曾经鲜活的记忆都再度复苏。他忍不住由衷地感叹：为什么没有早一点遇到她！

她就像一个快、准、狠的狙击手，用闪电般的速度占领了他心中某一处制高点。他是一个自我保护意识很强的人，在他的生命中，没有哪个女人曾经如此迅速地靠近他的内心。他渴望又抗拒这种柔软的"入侵"。

二 什么也不说

是的，他曾经在枪林弹雨里拼杀，杀红了眼，完全忘记了自己是谁；是的，他曾经顶着战斗英雄的光荣称号四处做报告，现场掌声雷动，鲜花吐蕊——然而，他并不觉得自己是什么偶像，他只是一个有血有肉的凡人，和所有的人一样有着最真实的七情六欲。

当他守在战争前线，连最基本的温饱问题都没法得到保障的时候；当他后来到辽阔的草原上骑着骏马奔驰的时候，他的心底，始终对未来、对一些美好的事物，保持着某种憧憬。他渴望建功立业，渴望拥有人间一切美妙的事物——包括爱情。

他的事业，迄今为止已算有所建树。可是爱情呢？可以说，他并不觉得如意，他的妻子个性特别强，两人总是冷战不断。所以，他才会仿佛受到莫名的吸引一般，慢慢靠近安如雪。

然而这种靠近，给他带来了强烈的不安。

他非常明白这种不安的根源。

安如雪是个既浪漫又现实的人，她的出现引发了他内心深埋的某种痛苦和矛盾。为什么会痛？为什么会矛盾？因为他知道自己心有所动，却不知道究竟该如何面对她。他不一定有勇气主动向妻子提离婚，毕竟，他们有一个可爱的女儿，而且女儿才上幼儿园。

每次收到她的短信，他大多数时候是喜悦的。可是，有时候，那种莫名其妙的痛苦会没来由地从心底产生。他看到过一句话：没有痛苦的爱情是不深刻的。假如时光倒流，他们在正确的时间相遇，他相信他和安如雪之间会有一场深刻的、美好的爱情。可是现在，时机不对，情况似乎不允许。

他知道安如雪想要的是什么。

他知道恐怕自己无法给出她真正想要的那些东西。他不愿意把时间和精力过多地投入在情感这个领域，他有更多更重要的事情要去面对。更何况，这一场感情，从一开始就摆明了会伤害一些人。尽管他的家庭称不上幸福，但是，他还没有下定决心让它解体。

于是他决定趁一切还没有开始，就果断回避她。

以前收到她的短信，他会在方便的时候给她打电话；但是现在，他不再有反应。

连她打电话过来，他都不接；但是，他并不挂断，只是立刻调成静音——因为她说过，她很怕别人挂断她的电话。

他不知道该怎么跟她说，也不忍心说出会伤害她的话，所以干脆什么也不说。《什么也不说》，好像是歌星郁钧剑唱过的一首歌吧？许多人都说他长得像郁钧剑。"什么也不说，胸中有团火，一颗滚烫的心啊暖得这钢枪热……"以前，无数次，在军营，他和战士们一起唱过这首歌。此刻，他决定对安如雪如此，什么也不说。

他看着安如雪的号码在他的手机屏幕上闪亮。他听到自己内心的叹息像一片片春天飘零的叶子。春天，本该是发芽的季节，但他的内心，却落叶飘零。

那些寂寞的夜里，他常常失眠。黑暗里，他能清楚地看到安如雪温暖的笑容；也能看到她含泪的眼，一次又一次追问他："为什么？为什么你遇到我，又要离开我？"

他永远记得安如雪一把拽住他的胳膊笑着说："我做事，要不就不做，做了就不怕。"

他记得她的高跟鞋清脆地敲击地面的声音，记得她的笑声。

还有她说过的话："你一定是我许愿许来的"；以及她在电话里娇嗔："你敢！你真被人家抢走了，我再去把你抢回来！"

这一切，也许这辈子再也不会有。错过她，也许就错过了这一生和爱情有关的所有美丽标记。

他的胸口一阵发紧，却只能无声地叹息。

杜宇宁的婚姻有些名存实亡的感觉。他和妻子是在他三十多岁迟迟没有结婚的时候，经人介绍认识的。那时都三十五岁了，他的恋爱一直没有成功，已经有人开玩笑怀疑他是不是不正常。其实他的生命中有过一些美丽可爱的女孩子，只可惜，总因为这样那样的情况不合适，终是无缘。而他又曾经是个追求完美的人，不允许有一点点瑕疵。所以总是与爱情失之交臂。那时候，他实在不能再拖，觉得别人介绍的她——一位高干的女儿，也还不错，就火速结婚。不想婚后，两人的性情根本不能相容，双方动辄发生冷战或者争执，无数次的摩擦把内心仅有的、不多的感情消耗殆尽，他们之间发展成勉强维持的无性婚姻,早就分房而眠。更让杜宇宁愤怒的是,她居然动不动就通过非法途径去调查他的通话记录和短信。这年头,不知道哪里冒出来那么多所谓的婚姻调查公司,不知道那些人用了什么方法,真能把人家的短信逐字调出来。

这场婚姻,对他来说,最具意义的是他的女儿。小名叫"小棉花"的可爱的女儿。

女儿有这世上最动听的童音和最甜蜜的笑容。

业余时间,他常常带她到处去玩。女儿睡前,只要他在家,他会给她讲故事,或者哈哈笑着提着她娇嫩的腿,给她来个倒立。女儿会快乐地尖叫,然后心满意足地睡去。他会在一旁,长时间凝望女儿睡梦中娇嫩的脸。

那时候,他是这世上最称职的父亲;而女儿是这世上最受宠爱的小公主。

确实很无奈,人的一生,必须懂得取舍。有时候必须要放弃一些人,必须要放弃一些事,尽管自己心里恋恋不舍,也只能把那些美丽的事物深深藏在心底。

他相信安如雪最终能够理解他。

以她的聪明,她肯定是能够理解他的。

他确信这一点。

第二十四章 春天和你的距离

精神和认知的力量,往往被寻常人群无视或者低估,因为它们看不见。事实上,在人类史中,正是那些具有无比强大的精神力量或者超群智慧的人,在引领人群、谱写历史。

一　神奇事件

安如雪独自一人在公园里散步。

她以前就喜欢在公园四处走走，自从跟杜宇宁夜晚漫步过一次之后，她似乎更愿意在公园里流连了。而且每次散步的时候，她会尽可能选择和杜宇宁一起走过的那条路。

难道潜意识里，她希望在这里邂逅杜宇宁？然而这样的概率，可以说几乎是没有。

那个和杜宇宁安静走过的夜里，时值初春，樱花还没有丝毫动静；然而现在，它们长出了满树花苞，只要一场阳光、一阵春风，就会喧闹着盛开。

想想看，花，樱花，花形稍大的重瓣樱花。有粉色、有红色，在枝头挨挨挤挤，满山坡都是。多么美好的事物。

安如雪长久地凝视满树樱花的花蕾。向阳的枝头，已经有一两朵完全开放了，散发着一种无法言说的惊心动魄的美。

爱情也是花，是生命之花。

她和杜宇宁的花朵，本该多么美丽。可是，它的花期，怎么会那么短？难道只是一朵昙花？

安如雪的心又抽痛起来。她对自己的感情，看得越来越清楚。对于杜宇宁，应该不仅仅是爱恋，某种程度上，她也是被他的气质或者说精神力量吸引。精神和认知的力量，往往被寻常人群无视或者低估，因为它们看不见。事实上，在人类史中，正是那些具有无比强大的精神力量或者超群智慧的人，在引领人群、谱写历史。至少，杜宇宁的精神力量强烈地吸引了安如雪。

樱花树旁的空地上，有一对中年男女，看起来像夫妇，在打羽毛球。

打羽毛球。

杜宇宁说过，他也喜欢打羽毛球。

安如雪并不担心自己会忘不了杜宇宁。假如有一个人值得她铭记一辈子，忘不了又有什么关系？可是她很清楚，时间是无敌的，她会慢慢淡忘一切。就像她会淡忘严世平一样，总有一天，她也会不太记起杜宇宁，除非他们保持联系，彼此都刻意把对方记在心底。

她不想忘记他。她希望这辈子都不要忘记他。当然，如果哪天真的忘记他了，那也很正常。顺其自然吧！

杜宇宁为什么要如此绝情地弃她而去？他不知道他们在一起，不管以什么样的方式在一起，都可以拥有多么难忘的一段情感吗？她寻寻觅觅那么多年，好不容易找到了他，为什么他不好好珍惜这样的相遇呢？

为什么她要如此来惦记他？世界上那么多人，她生命中那么多人来来去去，怎么偏偏就放不下他？安如雪猛地想起不久前发生在公园里的一件神奇的事。难道这件事，竟然是一个预言？难道她自己，就是那只奇怪的蝴蝶？

大概在两三个月以前，有一次，安如雪带王子奇在公园里玩，遇到一只非常奇特的蝴蝶。这件事情非常真实，她后来把发生的一切原原本本写成一篇散文：

《奇奇与蝴蝶》

安如雪

这一定是世上独一无二的事情，一件小事情，一桩孩子与蝴蝶之间的故事。

我家离烈士公园很近，我的儿子奇奇周末回家，我常常要带他到公园里去待一两个小时，看看书，或者锻炼身体。八岁的奇奇喜欢骑着他红色的小单车去。

这是一个阳光很好的冬天的下午，天气不太冷，气温应该有十度左右。我带了一本《挪威的森林》、一只切成两半的苹果、两盒牛奶、一只云南甜石榴，和奇奇一起去烈士公园。奇奇一直骑车在前面开路，稍稍骑得远了些——也就距我六十米左右的时候，他就会让车子掉头来迎我。

很多时候，我们都在烈士纪念塔不远处的红色长廊附近玩。那里有一片开阔的水泥地，奇奇可以在空地上骑车；四周有许多凳子，我可以坐在那里看书。

突然我发现了一只蝴蝶。这只蝴蝶停下来的时候，是灰褐色的，很不起眼；然而当它张开翅膀，却有艳丽的橘色花纹。这使我想起我带的作文班上一个叫小钰的初一女生，在作文里她把自己比作枯叶蝶。这是一个非常文静的十二岁的女孩子，有着秀气脱俗的外形，她的作文用词非常优美，但字写得极小，真的像小蚂蚁那么小。很显然，这个小小的女孩儿不够自信，而且，习惯把自己的内心世界封闭起来。

那是我教的第一堂作文课，作文题目是《我是谁》，课上我让孩子们想象自己是一种动物，而且要说出这种动物的特点，表明自己和这种动物的关联。奇奇写"我是一只老鹰，我有长长的翅膀，还有两只锋利的爪子、尖尖的嘴、密密的羽毛……别看我样子凶巴巴的，我可是一只心地善良的老鹰呢！我救过受伤的小白兔，赶走过可恶的大灰狼，还咬伤了无恶不作的大老虎，赶走了令人讨厌、只报忧不报喜的黑乌鸦……"

而小钰选的枯叶蝶的特点是外表非常平凡，如同一片枯叶；但是当它张开翅膀的时候，却和别的蝴蝶一样，有美丽的花纹。

小钰把自己比作枯叶蝶,其心理特点是不言而喻的。不过,这个女孩子也非常明白,枯叶蝶之所以做这样的选择,其实也是一种智慧,是为了能够保护自己免于受伤。眼前这只小蝴蝶让我走神了半天,我于是让奇奇也来看看,想锻炼一下他的观察能力,而且告诉他上次小钰姐姐的作文里写的枯叶蝶差不多就是这个样子。

没想到奇奇一下子来了兴趣,他想捉住这只蝴蝶。这只小蝴蝶一下子翩翩地飞到树上、天上,一下子又停在地上,奇奇费了好大的劲,好几次眼看就要捉住它了,却又总是差那么一点儿。这只小蝴蝶也够奇怪的,受到了惊扰,却始终并不飞远,有时候还飞落到近旁被抱在妈妈怀里晒太阳的小婴儿身上,那情形,看起来简直是蝴蝶在跟奇奇做游戏。

我忍不住丢开书给奇奇做示范,告诉他如何才能捉住蝴蝶。我把手轻轻伸到停在地上的蝴蝶翅膀边,小指、无名指和中指通通收拢,把食指弯曲起来,和大拇指相对张开,悄悄接近蝴蝶的翅膀。我做示范的时候,只要猛地并拢食指和大拇指,那只蝴蝶一定就会被我捉住。可我没有这样做。一方面,我想让奇奇自己捉;另一方面,我小时候捉过蝴蝶,它们翅膀上有许多粉末,会粘在手上,让人觉得不舒服。

奇奇起码努力了近十次,还是没能捉住这只并不太笨但也肯定不算灵巧的小蝴蝶。就在他有些灰心丧气想要放弃的时候,他居然一下子把小蝴蝶捉住了!奇奇兴奋地把蝴蝶举到我面前来。我先是大叫:"放了它!"而后又想起小钰的作文,觉得可以把蝴蝶带到第二天的作文班上去,又改口说,"还是留着吧!带到明天的作文班上去。"这两条完全相反的指令让奇奇愣了愣,就在他分神的时候,小蝴蝶从他的指尖逃走了。

奇奇有些生气,埋怨我是我让他分了心。我笑笑,继续看书。

没想到，才过几分钟，那只蝴蝶又来了。奇奇很高兴，再去抓，又是努力了好多次，终于把蝴蝶整个捉在手里了。我见它猛烈地挣扎，怕它受伤，折断翅膀或者脚，于是提醒奇奇："小心一点抓，只抓住翅膀就好了。"奇奇听了我的话，想调整一下抓蝴蝶的姿势，结果，小蝴蝶又一次逃走了。奇奇埋怨了我一通，随即自己骑车玩。

我预感到这只小蝴蝶还会再来。果然，过了比上次稍久一点时间，小蝴蝶第三次出现了。还是一会儿在天上飞，一会儿停在地上。这太不可思议了，为什么这只蝴蝶总是要来到这里？甚至已经被人抓住了两次，还是不管不顾地冒着生命危险飞过来，它究竟要做什么？

这一次，奇奇又把它给抓住了，比前两次抓它容易得多。奇奇说："妈妈，明天我们真的把这只蝴蝶带到作文班上当道具。"奇奇之所以这么说，一方面，是因为我的第一次作文课是拿一只脐橙当道具的，我用这只脐橙教孩子们学习观察，并以脐橙为例，说明记叙文、议论文、应用文、说明文的不同写法。孩子们觉得通俗易懂而且印象深刻。

如果作文课上有道具，更能够吸引孩子们的注意力。我们决定，把这只蝴蝶装进塑料袋里先带回家。为了给蝴蝶透气，奇奇小心地不把袋口扎紧，留了一道口子。我们说好等第二天上完课，再把蝴蝶放回到这个老地方来。我们怕蝴蝶挨饿，把带来的甜石榴剥了好几粒塞进袋子，奇奇还把好些野花也同时塞了进去。管它吃不吃，至少我们心里觉得安慰了些。

奇奇非常担心这只蝴蝶的生命力不够强，他不时看看蝴蝶是否还活着，他把袋子放在我身边，要去骑单车的时候，还冲着我大声说："妈妈你坐的时候要小心啊，别坐过来一屁股把蝴蝶压死了。"逗得我哈哈大笑起来。

后来,我们看到一只一模一样的蝴蝶飞过来,稍稍停留一阵,就又飞走,这个动作只重复了两次,就再也没见到那只蝴蝶。这使得奇奇有些泄气,因为他本来跃跃欲试要抓住新来的这只蝴蝶,然后把两只蝴蝶都带到作文班上去的。我想,这只飞走的蝴蝶是不是袋子里的这只蝴蝶不顾一切回到这个地方来的原因呢?如果蝴蝶有雌雄之分,究竟哪只是雌,哪只是雄呢?如果人类社会法则也同样适用于蝴蝶的世界,那么,我们抓到的这只极可能是雌的,因为"痴心女子负心汉"嘛。

奇奇把装了蝴蝶的塑料袋绑在自行车的横杠上,仍然留了个小口子,我们开始回家。没想到刚走出烈士公园西门没多久,奇奇大叫:"蝴蝶跑出来了!"我们眼睁睁地看着这只从塑料袋里跑出来的蝴蝶在自行车的横杠上停留了一瞬间,然后翩翩扇动了几下翅膀,最后倏地飞上我们头顶的枝叶,不见了。

我目瞪口呆,这只小精灵,我们抓住它三次,它又逃走了三次,它能找到回去的路吗?另一只蝴蝶还在等它吗?望着空荡荡的天,我半天才缓过神来说:"这只蝴蝶太神奇了。"

八岁半的小小少年奇奇补充道:"简直成精了。"

回味着这篇散文,安如雪思忖着,自己如此一次又一次想起杜宇宁,和那只小蝴蝶一次又一次冒着巨大的风险出现在那里,也许只为等待它的伙伴,这其中,究竟有多大的区别呢?

她在心里思索着这件事,偶尔举目四望,看着满树将要绽放的樱花,一些新鲜的诗意涌上她的心头,她拿出手机,把这些从脑海里奔涌而出的诗句记录下来。

春天和你的距离

1
春天到来的时候,
你在远方。
而当你到来,
春天却远了。

2
我想一直陪伴你,
慢慢饱览这春天的风光。
樱花,喜鹊,月亮,
你手心里的温暖。
从这个春天到下一个春天,
直至最后一个春天。
可是,
才踏过三级台阶,
你就突然不见了,
只剩下一个冷清清的季节。

3
我努力成为一名布景师,
希望把每个季节都布置成春天。
见你的时候,
是早春,
樱花还没来得及绽放。

然而当你离去，
我命令春天里所有的花朵，
从此不可以再开放。

4
我要修正我的命令。
让所有的花朵，
想开的、能开的，都可以开；
愿意枯萎的，愿意坠落的，
都可以按照自己的意思去做。
你看，
这还是你想要的那个春天。

5
你离春天很近，
我离春天也很近。
可是我和你，
却那么远。

  安如雪非常喜欢这首诗。她很想把它发给杜宇宁，和他一起欣赏。他一定能读懂。比如说，第一节里的春天，指的是青春。当她青春正好、可以恋爱的时候，他在远方，他们根本不认识；而当他们终于相识，他们的青春却远去了，两人甚至失去了相恋的资格；另外，诗歌里所说的"三级台阶"，其实就是寓意他们只单独见过三次面。可惜，短短一段时间，他们之间，就已经隔了一道深渊，变得一如诗歌里所说，"可是我和你，却那么远"。
  安如雪望望四周陌生的人群，一声长叹。

正在这时候,手机响了。是心理咨询公司的一位同事,她大叫着要安如雪赶紧去超市买盐,说是全国各地都掀起了抢购食盐的风潮,原因是据说食盐能够抵抗日本的核辐射,一时之间,食盐脱销。

二 别人的爱情

这段时间,日本发生九级地震,有专家称这并非天灾,而是人祸,是日本当局进行核试验引发了这场灾难。据说地震、海啸将导致近万人死亡,而整个岛国面临着严重的核辐射危机,甚至会危及中国。

有个这样的邻国真是一件让人咬牙切齿的事情。

其实安如雪对政治从来没有兴趣,她觉得那是一小撮人争权夺利的游戏。就连战争,也是一小撮好战分子为了达到某种不可告人的目的,挑起多数人的纷争。

安如雪正好也打算这两天要去超市买东西,她于是从公园到了超市,直奔摆放食盐的柜台,却被告知,一包盐都没有了。(后来政府出面辟谣,说是一些别有用心的人故意制造假消息迷惑不明真相的群众。事实上,食盐根本不具备防辐射的功能,中国的食盐供应也不会短缺。)

食盐脱销的状况使得安如雪大吃一惊。平常堆积如山的东西,说没有就没有了。假如真的引发什么大的动乱,到时候粮油什么的,全都没了,那可怎么办?

她于是一口气买了些大米、食用油、方便面、奶粉诸如此类的东西,放在家里,以备不时之需。

她这时才真切地体会到,在一些灾难面前,人类确实是脆弱得可怜。

到这个时候,她的脑海里依然惦记着杜宇宁。不知道他会怎么看待这件事呢?他,还记得她吗?会不会轻而易举就已经把她给忘记了呢?

这些日子,安如雪根本无法摆脱杜宇宁的影子。走在大街上,随便一辆黑色的越野车都会让她揣想车上的人有没有可能就是他。她很懊悔自己没注意他的车是什么牌子,更没记下他的车牌号。她渴望有一天,像上次那样,一辆黑色的越野车无声无息停在她身边,车窗玻璃降下来,杜宇宁面容沉静,带着微笑,请她上车。

她拉开车门坐在副驾驶座上,微笑着轻轻对他说:"你像个独行侠。"然后,这个独行侠,像一首歌里唱的那样,带着她走,一直陪伴她到地老,到天荒。

可惜,这仅仅是一场白日梦。

安如雪有时候恨不能把自己和杜宇宁的性别调换过来。如果她是一个男人,她会尽一切可能设法打动杜宇宁。因为他们之间是有基础的,她知道杜宇宁是喜欢她的。

可是,身为女人,她的社会角色不允许她过于主动和执着,她有她的骄傲和矜持。为了心底爱的感觉,她可以在某些时刻勇敢地抛弃那些所谓的骄傲和所谓的矜持,但凡事,是有底线的。

她已经尽力了,她已经把自己的尊严都垫在脚下踏扁了,一切只能到此为止。想到这里,又有泪水从她眼里流下来。

这些天安如雪很容易觉得空虚和烦恼。她明白这是因为杜宇宁出现又消失留下的后遗症,需要慢慢调理。

当安如雪的一位朋友杨梦洁邀请她去家里一起做饭吃的时候,安如雪满口答应。若在平日,她极少跟朋友走得太近,而此时,她需要多和朋友们在一起，更快地把自己从悲伤的状态里拉出来。

杨梦洁取得了音乐专业硕士研究生学位，是个音乐专才。她离婚好几年了，几个月前通过朋友认识了安如雪，两人经常谈论情感话题，也算有不少共同语言。

像大部分搞艺术的人那样，杨梦洁比较自恋。她动不动就宣称："在音乐界，我是个绝对的天才。至少我自己这么认为。"杨梦洁不算大美女，长相说不出来有什么特点，眼睛不大不小，身材不高不矮，都很适中，最大的特点是她的穿着，她比较喜欢穿裤脚肥大的裙裤，她的审美观顽固地停留在20世纪90年代里，不肯跟着潮流前进。

"梦洁"是星城本地一个比较有名的床上用品的注册商标，杨梦洁离婚后，不同程度交往过几个男朋友，几乎每个男人都开玩笑说她是"床垫"，她也不恼，还觉得好笑，把对她的这个称呼当笑话说给安如雪听，安如雪果然哈哈大笑了好一阵子。

同时一起在杨梦洁家吃饭的还有两个男人，一位是杨梦洁的男友，博士，姓唐，四十出头，因为太太出轨离了婚；一位是画家，姓江，三十多岁，仍是单身。

菜肴很丰富，鱼、肉、青菜都齐了，杨梦洁特别推荐老鸭煲汤。安如雪笑着说："我真有口福，赶上了你的老鸭子。"杨梦洁指着唐博士笑："他才是我的老鸭子。"

安如雪还没见唐博士之前，就已经听到杨梦洁好几次提起过他。杨梦洁的描述留给安如雪的印象是，唐博士是个前卫、叛逆的人。而今天一见，印象彻底被推翻。她觉得唐博士看起来非常传统，简直像个标准的居家好男人。安如雪进门的时候，他正在厨房里忙碌。即使系着围裙，毕竟是博士，气质相当儒雅，书读得多当然还是不一样。他本来就长得端正，身材也不高不矮的，加上气质那么好，怪不得杨梦洁会那么迷恋他。安如雪马上想起杜宇宁来。杜宇宁也是博士,还是博士生导师。她不由得胸口痛了一下。

杨梦洁开玩笑说唐博士是老鸭子的时候,唐博士没吱声。杨梦洁赶紧转舵,对安如雪说:"我们不开他的玩笑了。他这个人,有时候开不得玩笑。"杨梦洁倒是一个很随意的人,别人跟她开什么玩笑她都容易接受。这正好是安如雪喜欢她的一个原因。安如雪记得自己有一次心情不好,跟杨梦洁聊QQ,怎么说她,她都不生气,当时安如雪就表扬她特别好说话。

现在见杨梦洁如此照顾唐博士的情绪,安如雪忍不住说:"我好羡慕你们呢!这年头,找到自己喜欢的人,能够两情相悦,真是好不容易的。"

唐博士近来去了外地发展,这几天他是休假回来打个转。杨梦洁曾经好多次向安如雪讨教如何忘记他,说是她的魂已经被他牵走了,可是她觉得他们不在一地,可能不一定有好的结局;何况,杨梦洁总感觉唐博士不够爱她。今天看到他们在一起,亲亲热热的样子,安如雪忍不住由衷替他们高兴。

喝了一碗老鸭汤,安如雪决定做个调查。她问:"有件事我想听听你们的感受。就是,我打算写一本小说,女主角是个一天到晚渴望爱情的三十多岁的女人,她有家有孩子,家庭也还和睦。但是,她和丈夫并不相爱,就像两个熟人搭伙过日子一样,一点儿都不亲密,所以,她一天到晚老想着要去寻找属于自己的真正的爱情。你们怎么看待这个女人?"她没有说破自己就是这篇小说的原型。

唐博士说:"这很正常。每个人都有追求爱情的权利。我知道一个真实的故事,我在美国读书那段时间,认识一个中国女人,她和老公之间也没有爱情,后来她爱上了一个美国人,就真的和那个美国人相爱了。不过,好像她和她老公也并没有离婚。当然,离不离婚都是她自己的私事。"

江画家持相反的观点。他说:"唐博士的故事是西方背景。我觉得我还是喜欢我们中国传统的观点。一对夫妻之间，就算没有情，他们还有义。我们中国人，很讲究一个义字。要家人开心，朋友开心，自己才开心。如果打着寻找爱情的借口，让家人痛苦，至少会让孩子痛苦，那有什么意思？中国的文明为什么能够延续而其他的文明为什么会中断？这个义字是很重要的。我觉得我们的传统里面有很多好东西。"

杨梦洁指着江画家笑着对安如雪说："他这个人好书呆子气，昨天我给他介绍一个女朋友，他就对人家说，他来自中国最贫困的一个县，他们家是那个县里最贫困的家庭，硬是把人家女孩子给吓跑了。"

安如雪对江画家说："我不赞成你这种做法。你没必要过于刻意地用对物质财富的态度来衡量一个女孩子对你的感情。可能你觉得，只有当你一贫如洗，一个女孩子仍然爱你那才是真爱，对吗？可是反过来，如果一个女人又老又丑又穷，哪怕她真的很爱你，可是你会爱她吗？其实一个人就是他所拥有的全部物质和精神的总和，你为什么要用这样的方式来考验一个根本就不了解你的女子呢？当然，如果一个女人只是为了你有钱而喜欢你，那也是不值得你珍惜的。"

江画家不语，他看起来并不反对安如雪的观点。

唐博士也连连点头。四个人战斗力极强，把桌子上所有的菜通通扫光了。

饭后，唐博士和杨梦洁两个人一起在厨房洗碗，小两口开开心心，少不得打情骂俏。安如雪不由得更加疯狂地思念杜宇宁。

本来是想淡忘他，结果思念却更深刻。安如雪不由得叹息。

第二十五章

蝴蝶梦醒

哪怕是一朵最美的牡丹花，也有滋养它的泥土，还有散发着异味的肥料。我打这个比喻的意思是，也许每个人的内心或者每个人的过去，多多少少会有一些不能见光的部分，但你要知道，它们都是你生命的组成部分。一些事既然已经发生了，你就绕不过去，不如平静地把它们当成是滋养你生命的泥土和肥料，而不要让它们成为你的沉重负担。现在最重要的一点是，你已经觉醒，愿意给自己新的开始，愿意追求更加美好的生活。这就是你人生中新的起点。

一　女作家日常

"十六岁的时候，我就知道有些付出不会有结局。有些人注定不属于自己。"这是安如雪翻一本书时看到的一句话，出自美女作家安妮宝贝一篇名为《呼吸》的短篇小说。这句话让她的心倏忽间梗了一下。

安如雪三十多岁了，也许她知道有些付出不会有结局，但是她仍然愿意愚蠢地付出；也许她知道有些人注定不属于自己，可是当前她仍然愿意死死抱住这个注定不属于自己的人不放，即使只是用她的心灵去拥抱。

世界就是这样，许多事情就是这样，它们是偶然的，也是必然的。比如安如雪能够当作家这回事，就是一个偶然与必然的结合。

安如雪从小就是个书虫，也喜欢写作文。她的文章经常被老师当成范文来读。高中时偶尔投稿，她的文章上过国家级刊物。只不过，那时懵懵无知的少女并不懂得刻意去发展自己的写作天赋。后来安如雪逐渐成年，遇到一些让她觉得痛苦的事情，她喜欢写下来，把写作当成是一种精神寄托，当成是一种调节情绪的方式，慢慢的就积累了许多文字。终于有一天，命运的神秘门扉突然开启，她偶尔认识了一位朋友，而朋友又有一位做出版的朋友，于是，安如雪的文章被推荐给出版界，这位优秀的出版人觉得安如雪的文字功底不错，又有心理咨询师的背景，比较看好她，就同意给她出书。

这样一来，安如雪遇到贵人，很顺利地出版了一本书，而且这本书卖得相当不错，受到成功鼓励的安如雪继续努力，奋发图强，就此跻身专业作家之列。她立志要向当时有名的作家毕淑敏那样，写出叫好又叫座的心理小说类畅销书。

这一天没有工作预约，可以不用出门。安如雪独自在书房里看书、写作。

她有时抽出某本书翻一翻；有时呆呆地对着窗外的一片天空出神地想着什么，看起来似乎在对某片飘过的云朵行注目礼；有时又飞快地在电脑上敲出一连串的字。她并没有给自己设立目标，如果有什么事需要她去处理，她也可以马上抽身去做。

如此自由的生活状态，是她曾经渴望的，也是她用多年的时间打造出来的。

就这样，几乎每一件她做的事，都是她自己喜欢或者心甘情愿去做的。她拥有大把大把可以自主支配的时间、有着虽然不算很富裕但正在逐渐变得宽松的经济收入。因为她在心理咨询界的名气一直在积累，越来越多的人通过不同途径找到她预约咨询，有的是她的读者，有的经由朋友介绍，这种有备而来的来访者通常一开始就认同她，很快建立起彼此信赖的咨询关系，心理咨询总能顺利进行。

每天她几乎是想睡就睡，想看书就看书，灵感来了就写作，想出去跟朋友喝茶、聊天、到公园散步，都可以。除了每周要给一个她自己参股的教育机构上半天作文课；还除了偶尔接一些法律方面的案子需要开庭；再除了偶尔做做心理咨询，她真的非常自由。

平常她就这样随心所欲地过，到了周末，她会全心全意陪伴孩子。她督促他做作业，陪他到公园玩，带他吃奢侈的美食。她时常会嘻嘻哈哈地抱抱他，跟他游戏一阵子。孩子的身体如果缺乏拥抱，那就和成人的精神缺乏抚慰一样，是会先天不足的。

前两天江若水打电话约她逛街，她犹豫了半天，最后还是拒绝了。逛街，无非就是买买衣服什么的。可是，这阵子安如雪心里空空荡荡的，根本没有买衣服的欲望。就算买回来，穿给谁看呢？何况家里的衣服堆积如山，柜子都放不下了。

安如雪突然明白了，其实，看一个女人的外表，就可以了解她的内心状态。如果一个女人把自己打扮得漂漂亮亮，从内到外洋溢着喜悦和幸福，你基本上可以肯定，这是一个心中有爱或者随时准备去拥抱美好事物的女人；相反，如果一个女人没精打采、不修边幅，你可以做出这样的判断，她的心是寂寞荒凉或者单调刻板的。

当然，她其实明白一个道理，一个女人，应该转变观念，学会为自己装扮。一个女人，就是要随时随地把自己打扮得漂漂亮亮的，并不是为了给别人看，而是为了让自己更自信、更美好，也只有这样，才能把自己想要的一切吸引过来，才能在适合她的那个人出现的时候，更可能地吸引他。如果平常不注意打扮自己，如果恰好遇到了自己喜欢的人，却因为外表黯淡无光不能引起心仪对象的注意，那不是一件很可惜的事情吗？道理她当然都懂，可是，如果仅仅是为了自己，她就喜欢不修边幅，喜欢非常随意。当然，如果有什么应酬或者需要在公开场合露面，她还是会尽可能以最好的形象出现。

这天上午，一口气写完三千多字，安如雪心满意足，她张开双臂伸了个大大的懒腰。如果说每个人都在追求成功，那么，活出自己最喜欢、最舒展的状态，这也是一种成功。

手机响了。她看看屏幕上的显示，居然是久违的叶梦远。几次咨询过后，她有时不跟小衷约时间，而是直接给安如雪打电话。

二 心理画

"安老师，您今天有空吗？好久没见您了。"
"嗯，我今天刚好有空。"
"现在就有？"
"对。很巧，我刚刚完成今天的写作任务。"

"太好了。我想第一时间见到您。还是在您的工作室吗?"

"是的。在那里见面比较合适。"

"我看看时间,现在是十点半,路上可能要花半个小时,我们十一点见面,好吗?"

"好,回头见。"

挂了电话,安如雪定了定神。其实标准的心理咨询规则,应该是一开始就跟来访者确立好咨询目标,制定计划。刚开始安如雪是中规中矩按照标准规范操作的,然而她很快发现,状态不够好的来访者,根本不会按照计划执行;而状态够好的来访者,通常咨询一两次就能够解决自己纠结的问题,也不需要计划。慢慢的,不是有特殊的必要,安如雪不再刻意设定咨询计划。

她觉得叶梦远的精神状态发生了一些变化,连说话的声音都显得轻快起来,至少让人感觉如此。叶梦远似乎变得非常积极,而不是像前两次那样玩世不恭、总是和一些不良情绪纠缠不清。是什么让她发生改变?

叶梦远走进咨询室的时候,安如雪微微有些惊讶。

因为叶梦远确实变了。首先,她的妆化得不像前两次那样浓,已经没有戴假睫毛,也没有用闪光的眼影;然后,这次她穿的是白领女郎通勤风格的既时尚又带点职业味道的蓝色套装,而不是像上次那样,穿着缀满了亮片片的、像夜总会艳舞女郎一样的衣裳。

坐定之后,叶梦远望着安如雪,微笑了一下,然后,她自己开口了:"安老师,我这段时间老是做一个很奇怪的梦,所以,我觉得我必须来找您帮我分析。我总是梦见有一群蝴蝶在飞。飞着飞着,天上出现一团浓密的乌云。然后,突然有闪电穿透乌云,那群蝴蝶大部分都受伤了。有的断了翅膀,有的死了,幸亏,还是有一部分蝴蝶躲过了这场灾难,安然无恙。"

安如雪拿出一张白纸和一盒水彩笔,说:"请你把你的梦画下来。想怎么画就怎么画,不要担心自己画得不好。"

十五分钟之后,安如雪把叶梦远的画拿在手里,开始研究。
一朵硕大的深灰色几近黑色的乌云,被一道红色的闪电劈成两半。几只蝴蝶折断了触须或者翅膀,几只蝴蝶死在地上,还有几只蝴蝶安然飞远了。

她对着图画认认真真研究了差不多一分多钟,然后,请叶梦远自己解释这幅画。

叶梦远指着画说:"这是乌云和闪电,这些是受了伤的蝴蝶,这些已经死了,这些是幸存的蝴蝶。"

"你认为这些蝴蝶代表什么?"

"嗯,可能是代表我自己内心的一些思想吧。一部分受了伤害,一部分死了,还有一部分,得到救赎。"

"你自己解释得非常清晰。嗯,在这幅画里,我还发现一些可能你没注意到的东西,比如,为什么是闪电?而且你画的这道闪电有恐怖意味,你最近,是不是非常没有安全感?是不是觉得自己受到威胁?"

叶梦远的脑海里掠过罗慕文的影子,他怨恨的目光,于是点头道:"嗯,有可能。最近有个男人缠我缠得特别紧。我烦透了他,想甩开他。但是他还是要来纠缠我。"

安如雪关切说道:"哦,那你可能要特别注意保护好自己。有时候人的直觉是非常可靠的。"

叶梦远很久没有说话。安如雪温和地望着她。

用手按了按额头,叶梦远开口道:"我觉得好长一段时间我在男人堆里打滚,弄得自己累死了。我见识了各种各样的男人,既有年轻的也有年纪大的、既有那种地位比较高的精英人物也有无业游民、既有亿万富翁也有穷光蛋,反正,男人,实际上都差不了太多。"叶梦远叹息一声,说出这一串话。

"你为什么要这样做呢?为什么要跟不同的男人去纠缠?你不害怕发生什么意外吗?比如说,你不怕染上什么毛病吗?"安如雪不紧不慢地发问。

"这个问题我也问过我自己。我当然怕,怕得要死。可是我也不知道为什么我总是放任我自己这么做。我不知道为什么会不断地有男人追求我甚至纠缠我。我无法定义自己的行为,究竟是报复,还是放纵。其实我自己也知道这样是不对的。在许多情境下,我不是我自己的主人。每次我静下来,想考虑这些问题的时候,它们总是在我脑海里一闪而过。我没有找到过真正的答案。也许,是因为我自己没有勇气去面对。"

"那么,你现在好好面对自己,认真思考,然后,把你想到的答案都说出来。"

安如雪推给她纸和笔:"你也可以把你想到的随意写下来。"

叶梦远皱着眉思考了好一阵,在纸上乱涂乱画了好一阵,然后,慢慢开口了:"我觉得可能有这几个原因,首先,我想报复男人,因为我受到过他们的伤害,所以我也会故意玩弄他们的感情;然后,我想了解男人,想知道当年为什么有人会那样来伤害我,我太想知道不同的男人,他们的内心究竟有些什么样的想法,因为只有了解他们,才能把握他们,才不会让自己再度受伤;第三,诚实地说,我这样做,也是能够给我的公司带来实际经济效益的,我的酒业公司之所以能做好,就是因为有各种各样的男人尽力帮助我;第四,可能,慢慢的,和男人打交道变成了我的一种习惯。我喜欢跟男人们有交流,交流思想、交流感觉,不知不觉就会玩火、玩暧昧,以前都觉得只要我自己愿意,没什么不可以。不过,最近,我厌倦了,我想痛改前非，我觉得我不能再继续这样下去。这太堕落了。"

"是什么让你觉得厌倦了从而想要改变呢？"

"应该是，最近，有一个比我还年轻的男孩子，真心爱上了我。我也很喜欢他。不过，关于这个人，我现在不想说。我只知道我被他打动了。我愿意真心跟他谈一场恋爱。但是，我充满顾虑，很严重的顾虑，这也是我来找你的另一个原因。"

说完这句话，叶梦远突然打住，沉默下来。

三　做一个真实的人

等了几分钟，安如雪望着叶梦远，安静地说道："你是说你充满严重的顾虑？"

叶梦远这才开口道："是的。我不知道我是否该坦白告诉他我的过去。我知道，如果我告诉他，可能我和他之间就完了。极少男人能够坦然接受自己女朋友竟然有如此混乱的历史。可是，如果我不告诉他，那我不是在隐瞒他、欺骗他吗？"

"这确实是一个充满矛盾和冲突的境地。你有告诉他的自由，也有保密的权利，毕竟，你的过去属于你自己。不过，你自己也知道，这两种做法都有风险。"

"有些什么风险呢？"

"其实你自己是知道的。如果你告诉他，你可能就要承受失去他的风险；如果你不告诉他，你就要承受自己的心理能否取得平衡的风险，不告诉的风险还包括另外一种情况，那就是，就算你自己不告诉他，他也有可能恰好知道些什么。你以前那些经历产生的影响是否能够全部消除呢？也就是说，是不是会有人继续纠缠你？以前那些经历在你的身体和心灵里，是否留下了创伤？你现在的男朋友有没有可能无意中从其他渠道了解到你的过去？这些都是你需要考虑清楚的。"

叶梦远叹息，沉默。

她的脑海里再一次闪过罗慕文的影子，以及他眼里愤怒的光芒。

安如雪想起上次和李云桑讨论的结果，觉得有必要从认知的角度跟叶梦远做个交流，于是说："其实你自己的认识最重要。我觉得你自己对自己的看法，有两点你可以从不同的角度来思考，首先是关于你受到过的伤害，事实上，每个人都难以免遭不同程度、不同类型的伤害，关键是，当你遇到伤害以后，如何才能够让自己复原。你可能觉得不公平，凭什么让你受伤？事实上，人活在这个世界上，几乎没有人是完全不会受伤的，每个人既会遇到各种各样美好的事，也会遭遇种种挫折和伤害。要正确看待一切已经发生的事情，要学习提高你自己心理的康复能力。要知道，这是一种非常重要的能力。如果自己受伤了，就用同样的手段去伤害别人甚至无辜的人，那这世界会永远充斥着伤害，冤冤相报。"

安如雪喝了一口水，叶梦远紧紧盯着她，看起来听得很认真。

"然后我想说说关于你对你过去的理解。你刚才用了一个词，你说你不能继续这样，太堕落了。这说明，你对自己的过去是持否定态度的。你很担心你的过去会影响你的未来。这不是坏事，说明你对自己有了新的觉悟，想要改善自己。不过，也有一些视角可以安慰你，哪怕是一朵最美的牡丹花，也有滋养它的泥土，还有散发着异味的肥料。我打这个比喻的意思是，也许每个人的内心或者每个人的过去，多多少少会有一些不能见光的部分，但你要知道，它们都是你生命的组成部分。一些事既然已经发生了，你就绕不过去，不如平静地把它们当成是滋养你生命的泥土和肥料，而不要让它们成为你的沉重负担。现在最重要的一点是，你已经觉醒，愿意给自己新的开始，愿意追求更加美好的生活。这就是你人生中新的起点。"

叶梦远点点头:"安老师,我明白了。非常感谢您这么苦口婆心来启发我。我想,我知道该怎么做了。我会尽力真正让一切重新开始。"

安如雪突然想起叶梦远曾说的嘴里吐泡泡的事,这件事情是真还是假?但叶梦远不再主动涉及这个话题,安如雪一时拿不准要不要再问起。世间一些事,是真是假,也许并不重要。

她凝视着叶梦远。叶梦远喃喃道:"以后我要做一个真实的人。""真实"这个词,使得安如雪愣了一下。她索性接话道:"对,真实很重要。我有一个问题,你可以拒绝回答,我记得你在电话里两次跟我说过,你的嘴里会吐出泡泡,那是什么情况?"

叶梦远低下头,想了想,答道:"是因为我做过一个这样的梦,梦见自己嘴里不停地往外吐泡泡。然后,那两次我喝了酒,借着酒劲跟您乱说一通,不好意思。"

安如雪理解地点点头,再问:"你觉得梦见你自己嘴里吐泡泡是什么含义?想过这个问题吗?"

叶梦远道:"以前没有想过。现在想想,好像也就是有一次我在公园里看到好几个小孩玩泡泡,觉得他们特别开心,我很羡慕那种发自内心的快乐状态,所以就做了一个这样的梦,偶尔信口说自己嘴里会吐出泡泡。"

安如雪点点头,发觉自己神思有些恍惚。

第二十六章 爱的代价

他没有足够的勇气,
或者,他不想要这样的勇气,
他患得患失,纠结不已。

一　爱的代价

"美女,晚上一起唱歌吧!我约了一帮朋友,包括你的男神杜宇宁博导。"

江若水娇滴滴的声音在电话里响起来,而且把"杜宇宁"三个字咬得特别重。安如雪和杜宇宁之间的单独交往,一度靠近终又离得更远,江若水一无所知。安如雪决定守口如瓶,不对任何人说起,这是她和杜宇宁独享的秘密。

听到"杜宇宁"三个字的那一刻,安如雪仿佛心跳都停了下来。身体感觉不会撒谎,她竟然还是没能放下他。

这个时候,安如雪以心理专家身份刚参加完本地电视台的节目录制。她穿着一件野菊花般金黄底色上面印有淡紫色玫瑰花的短外套,黑色的靴裤,黑亮的靴子,而且化了妆。平常,她是从来不化妆的,做完节目会立刻卸妆,这次她故意把脸上的妆保留下来,想让杜宇宁看到自己美丽的样子。

安如雪知道,化了妆的她,完全称得上是个美女。

走进大门,安如雪一眼就看到了杜宇宁,他也同时看到了她。他的目光相当镇定,满脸笑容,并且对她做了个手势,表示友好。

安如雪一时有些慌乱。但她很快调整了自己,也脸带笑意迎了上去。

江若水在服务台定包房,几个朋友站在安如雪身后。

杜宇宁拿着自己的手机轻声对安如雪说:"我的手机是被监控的,你不知道吧?"

手机被监控?被什么人监控?国家安全部门?还是他的妻子?

她没想起来要追问，此刻的情形也不适合追问。怪不得他从来不愿意回短信。原来这才是真正的原因。安如雪好半天回不过神来。

杜宇宁接着略带歉意补充说："我这个人，胆子比较小。"

然后，安如雪身后的朋友走了过来。安如雪把他们一一介绍给杜宇宁，但是她不知道杜宇宁是否喜欢让别人知道他是一名军校的博士生导师，于是她让杜宇宁自己介绍自己。

杜宇宁却让安如雪来介绍他。

安如雪犹豫了一下，坚持说："不行，你还是自己介绍自己吧！"

杜宇宁笑笑，含混了过去，目光有些黯淡。

此时，江若水已经定妥了包厢，七八个人一起上了电梯。

安如雪心里很乱。她曾经在他根本不回应的情况下，情绪失控的时候，曾经疯狂地给他发那么多短信、打那么多次电话，不知道他此时究竟怎么看待她。以为她是一个极其神经质的女人？一个喜欢死缠烂打简直没有羞耻感的女人？老天爷！她不敢继续想下去。

坐在包房的沙发上，安如雪神情恍惚，江若水催着她点歌。

该唱什么歌呢？

安如雪以前曾经设想过，一有机会，她就要唱王菲那首《传奇》给杜宇宁听。可是，现在虽然有机会，却已经没有必要了。至少目前没有必要；不知道将来是否还有这个必要。

江若水催着安如雪点歌。安如雪想了想，点了一首《爱的代价》。她想起恰好电视连续剧《幸福还有多远》的片头也用了这首歌。正是这部军旅题材的电视剧让安如雪觉得自己更加了解杜宇宁。

也许我偶尔还是会想他，偶尔难免会惦记着他，
就当他是个老朋友啊，也让我心疼，也让我牵挂。

只是我心中不再有火花,让往事都随风去吧,
  所有真心的痴心的话,永在我心中,虽然已没有他……

安如雪唱得荡气回肠。

这首歌本来曲调就不高不低,很适合她的声线,加上,歌词又刚好道出了她的部分心声,所以,她唱得非常投入。

杜宇宁,他能真正听懂吗?也许她真正的意思其实是恰恰相反的:

  她心中依然有火花,往事不可能随风而去呀,
  所有真心的痴心的话,永在她心中,她不希望没有他。

二 光环消失

不明就里的江若水似乎不遗余力,仍然在竭力撮合安如雪和杜宇宁。她故意把安如雪和杜宇宁安排坐在一起,甚至故意淘气地把安如雪往杜宇宁身边挤。但安如雪却有意和杜宇宁隔了段距离。

江若水根本不知道,在安如雪和杜宇宁心中,昙花已经开过,烟花绚烂的梦也成了往昔,所有极致的美好感觉都已在瞬间成为过去。虽然这根本不是安如雪的本意,不是她想要的。可是,她已尽心,却无力扭转局势。她希望自己可以有力量让一切重来,或者,可以有一个更美好的开端。

杜宇宁也唱了一首歌,《天路》。他不会借歌声去表达自己,他是那种想把自己藏起来的人。

《天路》这首歌,安如雪也是极其喜欢的。有时候她在公园里,高兴的时候,经常会拿这首歌来练练嗓子。它的主题是赞美青藏高原上的道路,包括飞机航班和铁路,是给党和政府唱赞歌的。她觉

得歌词写得很大气，曲子也优美，是一首难得的既具有政治意义又雅俗共赏的好歌。

安如雪仍会偶尔悄悄望杜宇宁一眼，他是标准的男中音，唱得非常投入。

她听到杜宇宁仍会不时咳嗽。看来他的慢性咽炎比她要严重得多。她现在基本上痊愈了，只是在天气变冷的时候偶尔还会咳几声。

这段时间安如雪吃了不少中药，还把其中一位中医院退休的教授介绍给杜宇宁。她本来打算陪他去找那位教授的。可是，突然之间，杜宇宁已经没来由地不理她了。她只好给他发短信，告诉他那位教授的门诊时间。她想，她不过是在做无用功，他肯定是不会去的。

期间，安如雪还用食疗的办法对付过自己的慢性咽炎。她以前从来不想尝试虫草，觉得那东西看起来有些吓人，甚至还有些让人不适，所以不管听多少人说过它有多么神奇的疗效，她都没兴趣去尝试；可是这次她听了杜宇宁说起挖虫草的快乐，又听一个朋友说用虫草、川贝炖骨头汤能治咳嗽，于是她居然也设法弄了些虫草来试试。望着那像虫子一样的东西，安如雪半天不敢张嘴。后来硬着头皮试了一口，还好，看起来像虫，吃在嘴里是草的口感。她连续炖了一周虫草汤，后来，咳嗽就慢慢止住了。

也许，她的咳嗽真是吃虫草吃好的，至少这种珍稀药材功不可没。如果不是因为杜宇宁，她肯定不会去吃虫草。这种东西被市场炒作，价格比黄金还贵，也许是有道理的。

想到这里，她又悄悄看了杜宇宁一眼。

一样是在歌厅，一样是杜宇宁这个人，安如雪突然发现，她的感受已经有些不一样了，杜宇宁的光环已经消失。

此刻她平静下来，再看杜宇宁，便觉得，他其实也就是相对优秀一点的一个中年男子。不再那么让她怦然心动，不再让她觉得自己的魂都被劫持了。她明白,他头上的光环,其实是她自己赋予他的。她想起江若水也奇怪她为什么对杜宇宁那么着迷,江若水曾经对她说过:"杜宇宁也就一般啊!你是鬼迷心窍了吧?"

但是她知道,一些最为珍贵的东西,无论是什么情况,无论时光过去了多么久远,还是会停留在她内心深处,永不改变。

她觉得和杜宇宁相识,就像她偶尔路经一座花园,瞥见了花园里春花烂漫的部分,但也感觉到,在一些角落里,还残留着覆盖了冰霜的阴冷区域。

既然这花园的主人并没有打算邀请她停留,那么,她还是离去吧。不管她有多么恋恋不舍,哪怕她的心如今还在徘徊又徘徊,她迟早会离开的。

他不会知道她像个傻瓜一样随时随地都可能会想起他;他不会知道仅仅因为他说过别人都觉得他长得像郁钧剑,从来不追星的安如雪开始了解跟郁钧剑有关的事情,听他的歌,看他的视频,读他写的散文。这一切,杜宇宁都不会知道。

三　临阵脱逃

唱完歌,杜宇宁说自己家就在附近,没开车出来,他可以散步回去。江若水他们一拨人同路离开,只剩下安如雪和一个不认识的女子一起走。

走出大门,安如雪回头对杜宇宁笑一笑,他也微笑。

然后,当安如雪和那名女子一起等车的时候,杜宇宁上前来说:"要不我打车送你们回去。"

安如雪很高兴听到他这样说,她确实非常希望他们能够有机会坐下来再推心置腹地交流一次,可以把许多话都阐述清楚。她总觉得，真诚的心，是无敌的。如果他们之间有误会，可以澄清误会；如果是因为他有顾虑，她可以消除他的顾虑。他们完全可以从普通朋友做起，用心慢慢往前走，能走到哪里，就算哪里，只要尽心了，就可以无怨无悔。

然而很奇怪，当他们终于拦到一辆车，安如雪和那名女子上了车，以为杜宇宁也会上来的时候，他却站在车外，对她们说："还是你们先走吧！"他又退缩了。

那一刻，安如雪有深深的失落，她知道杜宇宁很矛盾。也许，他是有心想送她们，愿意找机会面对她的，可是，他没有足够的勇气，或者，他不想要这样的勇气，他患得患失、纠结不已，他没那么想要靠近她，才会如此。

安如雪的心很快平静下来。确实是在短时间内就变得平静，毫无波澜。心理咨询师自我疗愈的功力开始显现。她太高兴自己对于杜宇宁的行为竟然可以不为所动了。

对于这样的结局，她已经不再感到意外和惊讶，尽管她一直渴望可以再和他有一次倾心的交流。杜宇宁确实像一个独行侠，他有他自己的处世哲学。

她知道他曾经为她动过心，曾经喜欢过她，但终于，他权衡利弊之后，选择了放弃，如此而已。

其实安如雪并没有一定要和他有个特定的结局，她应该只是希望尽可能靠近他。她本来觉得，不管他们之间是普通朋友也好，密切联系的朋友也好，甚至知心伴侣也好，要看他们之间的感觉。她不是很理解杜宇宁为什么要在两颗心近距离碰撞出火花之后，却选择如此疏离的结局：仿佛他们不曾相遇。

尽管她不理解，却必须要接受和面对。

这辈子安如雪都会记得，有杜宇宁这样一个人，像一阵旋风般闯进她的心底，又以令她百思不得其解的方式旋风般离去。

这一场旋风，损伤了她内心一些脆弱的部分，但是，最终，也让她发现了自己的心结，她因此可以修修补补，变得更强悍。

第二十七章
血案

这一刻,叶梦远感到无比恐惧和绝望。

伤势究竟怎么样?她会不会死?

一　追踪

你叫不醒一个装睡的人，也找不到一个存心躲着你的人。

罗慕文发誓要想办法逮住叶梦远问个明明白白。

她为什么要玩弄他的感情？他一个大男人都可以不计前嫌，不计较一个女人的过去，这个女人为什么就不能收心好好跟他过日子？

然而他在叶梦远家门口守了三个通宵，都没等到她。

这个女人，一天到晚在哪里疯？不努力想点办法，他完全不能了解她的行踪。

他决定要设法采取一些特别的手段，掌握叶梦远的去向。

某一天，一条陌生号码发来的短信让他眼前一亮。短信内容是这样的：想知道您朋友或爱人的电话内容吗？只要提供一个手机号码，我们为您制作他的手机卡，随时掌握生意机密或者情感隐私。

罗慕文迫不及待地拨打发来短信的电话，非常爽快地付了费。

他必须知道叶梦远的行踪，哪怕用一些灰色手段。

叶思遥这几天很忙，日夜守在学校里。学校正组织一场英语演讲比赛，她要给参赛的同学课外辅导。秦川也报名参赛了，而且是夺冠呼声最高的一个。

自从在叶思遥生日那天当众发出爱的宣言，秦川常常去叶思遥的宿舍找她。叶思遥告诉秦川，她的家在星城，有时候会回家里过夜，不经常在宿舍。前一阵子，叶思遥还跟别的老师调了一次课，去外地旅游了几天。

秦川即使在叶思遥的宿舍里，也表现得规规矩矩。她是他心目中的女神，他根本不敢轻易冒犯她，直到有一次秦川喝多了酒。

那一次，秦川和几个男同学一起在外面吃消夜，想到一毕业，大家劳燕分飞，离愁别绪挥之不去，这帮年轻人一不小心喝高了。秦川借着酒劲，不觉来到叶思遥的宿舍。

叶思遥正准备休息，听到敲门声，警惕地问："谁？"

听到秦川的声音说："是我。"

叶思遥听出来秦川有些醉意，犹豫了一阵，终于打开门让他进来，想给他倒杯水喝。

秦川进门之后，顺手锁上了门。他走路有些不稳，叶思遥上前去扶他，把他扶到沙发上坐下，然后去厨房打算给他沏杯茶醒酒。

叶思遥拿起一块小毛巾洗杯子，突然发现毛巾上似乎有只很大的蜘蛛，吓得失声尖叫，把毛巾甩在地上。听到叶思遥的尖叫声，秦川立刻酒醒了一大半，从沙发上跳起来，赶紧冲到厨房，看看发生了什么事。叶思遥叫道："吓死我了，毛巾里有只特别大的蜘蛛！"

秦川嘴里道："蜘蛛有什么好怕的！"一边小心地把毛巾捡起来，只见几片茶叶掉到地上，根本就没有什么蜘蛛。

叶思遥明白了，她是把几片聚在一起的茶叶看成了蜘蛛，虚惊一场，不由得有些尴尬。

秦川却一把抱住叶思遥，不由分说地吻住了她。

叶思遥起初有些挣扎，但她知道他是在借酒壮胆，于是，开始热烈地回应他。

秦川边吻边含糊地唤她："思遥、思遥，你是我梦中的女孩子。"

就在那个瞬间，叶思遥决定要用心和他相爱一场。

叶梦远的手机进了一条短信："宝贝，下午五点半喜来登见。先吃饭，再做爱做的事。哈哈！"这是夏秋冬发来的。

与此同时，这条短信也进了罗慕文的手机。他不知道他委托的人用了什么样的方法，在他的手机里装进了一张新的卡，反正，他付了一笔费用之后，受委托人承诺，连续一周，只要叶梦远的手机进短信，他罗慕文的手机同时也会进一条一模一样的信息。

罗慕文看完短信之后，戴着一个能盖住大半张脸的鸭舌帽，沉着脸，到了喜来登的大厅，坐在一个不打眼的角落里。

到了五点半，他看到叶梦远袅袅地走了进来，一个男人上前迎接她。那男人很自然很亲热地伸手挽住了她。叶梦远似乎有些犹豫的样子，然而终于任他挽着。

罗慕文不动声色朝他们走过去。

叶梦远忽然看到罗慕文，不由得神情紧张，脸色发白，却一时不知道该怎么办。

二　血光之灾

罗慕文越走越近，眼睛盯住叶梦远一眨不眨，眼神看起来有些凶狠。夏秋冬感觉情况不妙，一把护住叶梦远，低声喝问罗慕文："你是谁？"

罗慕文粗声说："我是谁不关你的事。我要跟这位美女到外面去说说话。"

叶梦远不肯去，她说："我跟你没什么好说的，我早就说过要你别来找我。"

罗慕文威胁道："你如果连话都不肯跟我说，你会后悔的。"

夏秋冬道："这样吧，我陪你们一起出去一下，就去门口，有什么事，大家好商量。"

罗慕文转头看看四周，见有两个保安已经紧紧盯住他们，于是默许了。

叶梦远无奈，只得跟在罗慕文和夏秋冬后面，出了酒店大门。

那两个保安时不时警惕地盯他们三个人一眼。

到了门外的一片空地上，罗慕文对叶梦远说："你是不是打定主意不跟我好了？"

叶梦远犹豫了一下，说："罗慕文，我们本来就只是朋友。我并没有答应跟你结婚什么的，对不对？"

夏秋冬故意东张西望，假装没听他们说什么。

罗慕文讽刺地指着夏秋冬说："这是你的最新男朋友吧？看来是个成功人士。叶梦远小姐勾引男人那真是技术一流。"

叶梦远涨红了脸，她没好气地说："请你放尊重一些！"

罗慕文冷笑："尊重？你跟这么多男人上床，根本就是一辆超级大的公共汽车，还想要人家尊重？"

夏秋冬脸上有些挂不住，他对罗慕文说："兄弟，大家都是成年人，什么事情都有游戏规则。这位叶梦远，我把她当妹妹一样看，我可不希望有人欺负我妹妹。"

"妹妹？跟妹妹'做爱做的事'？少在这里装腔作势。你先滚开吧！我跟你所谓的'妹妹'再聊两句就放她走。你在这里很多余。"

夏秋冬很纳闷这个男人怎么也会使用他发给叶梦远短信里的措辞，但他没多想，只是说："我在这里多不多余那是我自己的事。"

叶梦远说："罗慕文，我们真没什么好说的了。我只希望你重新找个好女孩子，好好过日子。你看，你自己条件挺不错的，要找什么样的女孩子找不到？我，我以前实在是不懂事，很抱歉伤害了你的感情。"

罗慕文阴着脸说："你快让这个臭男人走远一点。我和你单独把话说清楚。不然，我会一直把你们拖在这里。别逼我。"

叶梦远急了："是你在逼我，我们不是早就把话说清楚了吗？"

罗慕文道："什么叫把话说清楚了？我们没完！"

"你是谁呀？凭什么你要怎么样就怎么样？梦远，跟我走！别再理会这个人。"一旁的夏秋冬突然来了怒气，他狠狠瞪了罗慕文一眼，拉住叶梦远的手就走。

罗慕文也上前一把扯住叶梦远，他叫："你们敢走！如果不怕闹出人命来，你们就走给我看！"

夏秋冬一怔，停了下来，但他的手依然拉着叶梦远不放。

罗慕文伸手把夏秋冬的胳膊打了一下道："别当着我的面拉拉扯扯！"

夏秋冬更愤怒了，他说："兄弟，我跟你说实话，你最好别把我惹毛了，我随便一个电话，来一帮人，你会吃不了兜着走。听你口音，你是外地人吧？最好先打听打听我是谁。"

罗慕文冷笑："哈，我不需要知道你是谁。我知道这个女人是谁就行了。"他突然从衣服里拿出一把水果刀，往叶梦远的脖子上抹过去，马上有血冒了出来。

叶梦远用手一摸脖子，尖叫一声，吓得腿一软，倒在地上。罗慕文一愣，立刻飞快地逃掉了。

夏秋冬弯腰扶着叶梦远大叫："梦远、梦远，你没事吧？我马上报警！"

叶梦远捂着鲜血直流的脖子挣扎着说："别报警！快送我去医院！"

这一刻，叶梦远感到无比恐惧和绝望。伤势究竟怎么样？她会不会死？

她是愿意一切重新开始的。可是，偏有人不给她一切重来的机会。

当然，她也明白，不能怨别人。这是她自己亲手种下的因结出来的果，她必须自己去承受。

夏秋冬抱着她，用手紧紧捂住她的伤口，焦急道："梦远，坚持一下，你会没事的。"

两个保安这时也跑了过来，遗憾地说："我们一下子没反应过来，让那个人逃走了，要不要帮你们报警？"

夏秋冬道："暂时不报警，到医院看情况再说。"

救护车呜呜响着驶过来。叶梦远失血过多，加上又惊又怕，在送往医院的途中晕了过去。

第二十八章 幻影与伤痛

她突然觉得,她们『同是天涯沦落人』,一个在精神层面和飘飘忽忽的幻影中深深纠缠,一个带着肉身的伤痛于众多劫难中苦苦求生。

一　幻影

"你嘴里所说的杜宇宁根本就不是真正的杜宇宁，他只是你自己的思想制造出来的一个幻影。只不过，你把这个幻影投射到真实的杜宇宁身上，而且，你把杜宇宁的一些经历和特点强加到你自己制造的幻影当中去了，他们互相渗透。"

李云桑对着安如雪，不紧不慢地说出这番话。

你嘴里所说的杜宇宁根本就不是真正的杜宇宁，他只是你自己的思想制造出来的一个幻影。

安如雪愣了愣，很快明白了李云桑的意思。她自己也曾一次又一次觉得，杜宇宁只是幻影。

是的，她对真实的杜宇宁知之甚少。和他有关的许多东西，其实都是她自己想象出来的。她不过是一直渴望完美的爱情，而和杜宇宁相识之后，爱情的名字成了杜宇宁。

她突然明白，和杜宇宁的相识，与其说是一场飘忽不定的情感经历，不如说是一则寓言。

对安如雪而言，杜宇宁象征着一种完美的境界，代表了安如雪生命中想要却又得不到的那些部分。她曾经信奉这样一句话：爱情是生命中得不到的那些部分。她已经不记得自己是在哪里看到过这句话的，当时一眼看到，就特别有同感。

这是相当智慧的一种概括。

千百年来，人们动不动就把爱情和风花雪月的浪漫牵扯到一起，事实上，爱情是最不风花雪月的一件事。爱情需要承载的东西太重了，太多了。越是心灵有欠缺的人，越是受过严重伤害的人，越会渴望爱情，他们对爱情的期望值也越高。爱情是生命中不能承受之重。

　　安如雪对杜宇宁的感情究竟算不算爱情呢？事实上，他们相聚的时间如此之短，彼此之间可能谈不上有多么深厚的感情。不然，杜宇宁也狠不下心来如此对待安如雪。应该说，他们之间所谓的感情，更多的是安如雪内心的投射，最终可能导致成关于爱的一场人生涅槃。

　　不过，这么说，也许有失公允。因为，人与人之间感情的深度不能完全用时间来衡量。时间固然是极其重要的一个参数，但却不是唯一的。有的人相逢一时，却相思一世；而有的人相守一生，彼此之间却一刻都不曾相知。

　　想着这辈子和杜宇宁也许再也没有机会倾心地交流，想着他和她也许从此只能殊途陌路，安如雪无限唏嘘。

　　"你这次经历，勉强也称得上是一次恋爱。而你近期的情况，可以说你正处在失恋的状态中。失恋之苦，是特别打击人的。最近美国科学家所做的心理学实验表明，失恋会激活与处理肉体疼痛相关的脑区，它带来的痛苦和被烧伤引起的灼痛感非常相似，而你在短时间之内就摆脱了这种心灵的痛苦，说明你还是懂得放下了。你自己觉得，通过遇到杜宇宁这件事，你有些什么样的收获呢？"李云桑慢条斯理地问。

　　收获？我收获了无数次心痛如绞的时刻和许多个无眠的夜晚。

　　安如雪惆怅地想。

　　当然，真正的收获也是有的。

　　她仔细在大脑里搜索了一阵，慢慢说："首先，我开始怀疑我自己的价值观。以前，相当长一段时间，我把爱情当作人生最重大的价值。我总觉得，如果没有爱情，人生就是枯燥的、没有意义的。然而事实上，爱情虽然美好，可是，并不是每个人都会拥有理想的爱情,因为人生也许很短,可能该谈恋爱的时候,你没能遇到合适的人;可是,好不容易遇到了,也许你又已经没有资格来谈情说爱了。而且爱情当中,无奈的事情太多了。比如杜宇宁,虽然遇到他之后,我愿意珍惜他,但他却并不珍惜我,我又能如何呢?我现在慢慢想把爱情这件事看得淡一些,转而去关注一些更实在的、自己能够把握的事情,比如说,我的家庭、我的事业。事实上,我非常爱我的孩子。"

"嗯,这是个不错的领悟。还有呢?"

"第二个领悟,前些天我看到一本书,书上说任何婚姻都不可能满足一个人所有的需求,因而,要学会在巩固现有婚姻的同时,适当利用婚姻外的资源。也就是说,我的老公虽然无法跟我达成思想上的交流,但是,他也有他的优点,我不应该苛求他是完美的,因为我自己也不是完美的。没有人能够做到完美。那么,为了弥补我们婚姻中的不足,我可以考虑交一些朋友,跟他们进行思想沟通;当然,我自己必须清楚我跟这个或者这些朋友只是沟通思想,而不要企图有一天把某个人拉入婚姻。其实,如果我一开始对杜宇宁不施加这方面的压力,也许,我跟他其实可以是很好的朋友。但是,许多事,一开始搞砸了,后面再想更正过来,可能就很难了。就像一棵小树苗,一开始就拦腰一刀把它砍断了,它就很难再长成参天大树。唉,我对爱情,太执迷不悟了。"

"不错,不愧当了多年心理咨询师,确实够有悟性。有时候一些道理我们以为自己懂得了,其实并非如此,必须亲身经历过,才能够真正懂得。事实上,爱情是一种主观的感觉,你觉得那是爱情,它就是;你觉得那不是,它就不是。"

爱情是一种主观的感觉,你觉得那是爱情,它就是;你觉得那不是,它就不是。

李云桑这句话让安如雪好一阵琢磨。她突然觉得自己又有一个领悟。不错，爱情是主观的，你觉得是就是，你觉得不是就不是。她凭什么觉得自己和杜宇宁之间的感情是爱情而和王子健之间的感情就不是呢？那只是她自己认为如此。也许，她是可以考虑把和王子健之间的感情当成爱情来经营。她可以试着撤去他们之间的藩篱；而不是一次又一次地强化它，强调他们之间没有爱情。

安如雪怔怔地走神。

二　新书《红唇》

"对了，听说你也准备投资心理医院这个项目？"李云桑问道。

安如雪这才回过神来，机械地回应道："是的。我觉得做心理医院是一项有价值的事业。"

"好，我很高兴我们可以共同做一些实在的事情。会有许多任务让你忙得晕头转向，没有时间去想什么爱情不爱情。你很快会从这些困惑里走出来的。人的成长，都有一个过程。"

结束李云桑的督导，安如雪特意在公园附近下了车。她要到公园里去走走，就走那条她和杜宇宁走过的路。

她仍会不时想起他，她不想去分清楚萦绕在心头的究竟是那个无法释怀的幻影，还是真实的杜宇宁。

他们生活在同一个城市。她有时候假想，自己做的每一件事情，也许他都能够看在眼里。于是，她就有了某种动力，想着把每件事情都尽可能做得更漂亮。

这是一种非常神奇的感觉。似乎因为心中有他，她生命中的每一个时刻都变得生动饱满，更有意义；似乎因为心中有他，她愿意做一个更为美好的自己。每次她觉得自己表现良好的时候，仿佛就能感觉到他也是快乐的；而如果她做了什么让自己不满意的事情，她就会觉得他的目光也变得黯淡。

这世界上有这么一个人，她遇见他，爱上他，曾经在夜里挽着他的胳膊，在春天的公园里慢慢散步。至少，这件事是真实发生过的。也许仅仅因此，她就可以心满意足。

管他杜宇宁是不是幻影，如果有一种力量，能够让自己更乐观、更积极地去面对生活，那有什么不好呢？

安如雪愿意一直把杜宇宁放在心里，直到有一天，她无意中慢慢将他忘记。

她衷心希望永远也不要有忘记他的那一天。

安如雪忽然想起来，她的一本新书，长篇小说《红唇》很快就要面世，图书公司到时候会给她举办一场盛大的签名售书会。

安如雪相信这本书将改变她的命运，她对此相当有信心。因为书中刻画了一批非常吸引眼球的人物，有电视台的美女记者、政府副市长、心理咨询师等等，而且书中还描绘了情场、官场、自我成长、心理咨询等众多当前受人关注的元素，更何况，安如雪优美的文笔得到过许多人的称赞。所以，可以毫不夸张地说，如果营销做得足够好，这本书说不定能让安如雪一下子就更加大红起来。

她似乎已经看到不少导演以及影视公司注意到了这本书，前来跟她洽谈是否可以将书改编成影视剧。

又开始做白日梦了。安如雪觉得自己简直是白日梦专业户。

她想着要委托江若水邀请杜宇宁一起参加这次签售会，因为她自己已经没有勇气直接联络他了。她非常希望他能分享她成功时刻的喜悦。

可是，他会不会不来呢？她有些退缩。她知道杜宇宁完全有可能、有本事表现得心如铁石——毫不留情地拒绝她的邀请。

安如雪定定神。算了，这件事，到时候再说吧！

手机响了。安如雪马上接听。居然是叶梦远,她说她在医院里,出了点事,请求安如雪能够去病房给她做一次咨询。

安如雪从她的语调里判断,这次事情可能比较严重。她马上打车赶到叶梦远所说的医院病房。

三 病房里的咨询

叶梦远躺在病床上,她的脖子上缠着厚厚的纱布,纱布上面有一团刺目的血迹。此刻,她的脸上干干净净,一脸素颜,一副清纯可人的样子,只是略显疲惫。安如雪忍不住想,其实叶梦远以本来面目示人,更漂亮、更让人爱怜。

一个五十来岁的妇人正坐在床边掉眼泪,嘴里喃喃地念着什么,她说的似乎是某种方言,安如雪半懂半不懂。

看着受伤的叶梦远,安如雪压制住内心的震动,尽量平静地发问:"发生了什么事?怎么受伤的?"

那个妇人抹着眼泪抢先说:"可怜啊,我就这么一个女儿……"

安如雪还没从震惊中回过神来,没太注意她说的话。叶梦远皱着眉头说:"妈,你怎么还不走,我刚才不是跟你说好了要你去办件紧要事儿吗?快去吧!"

那妇人流着泪站起来,对安如雪说:"请你好好安慰我女儿……"

"哎呀,妈,你快去吧!不然太晚了就来不及了!你有完没完?"

那妇人一迭连声说:"好好好,我这就去。"然后一步三回头出门去了。

安如雪问:"是你妈妈?"

叶梦远说:"对,是我妈妈,她特意从老家赶过来照顾我。我妈妈话特别多,我找了件事给她做,把她支开了。"

安如雪说:"到底发生了什么事?"

叶梦远叹口气,转开头说:"一个男人刺伤了我。"

"什么男人要刺你?伤得重不重?"

"呃,一个以前的男朋友,无法忍受我离开他。还算好,没刺穿颈动脉,只是受了些皮肉之苦。医生说伤口过几天就好了。"

安如雪不再问,只是安静地看着她。她突然觉得,她们"同是天涯沦落人",一个在精神层面和飘飘忽忽的幻影深深纠缠,一个带着肉身的伤痛于众多劫难中苦苦求生。

叶梦远过了好一阵才继续说:"这个男人曾经很喜欢我。他想跟我结婚,可我根本不爱他,不能不下决心离开他。我确实一点都不爱他,从一开始就不爱,后来,甚至有些怕他、讨厌他。"

安如雪继续沉默。

叶梦远咬着嘴唇,突然下定决心,索性把自己和罗慕文、夏秋冬之间的情感纠缠一口气说了出来。

安如雪只是听,偶尔点点头,其实这点头只表示她在倾听,没有实质意义。

叶梦远简要说完,叹口气,道:"安老师,今天请你来,重点其实是想跟您交代一些事,主要是跟我姐姐有关的事情。我的姐姐叶思遥刚才也在这里,走了没多久。她学校里有事,就先走一步了。我觉得我姐姐其实也有心理问题。安老师,我会把您的电话号码给她,到时候,我让她去找您。"

沉默一阵,叶梦远继续说:"我就这一个姐姐,我们长得一模一样。我的爸爸妈妈他们都老了,到时候也只能指望我这个姐姐,安老师,你一定要帮我姐姐啊!而且,要请她原谅我这个不争气的妹妹。我觉得,人活着,意义真的不大。"

人活着，意义真的不大。

这简直像在交代后事。安如雪一阵心惊肉跳。

叶梦远的泪水已夺眶而出。安如雪赶紧从床头拿出面巾纸递给她。

叶梦远不再出声。

安如雪觉得自己不能再沉默了。她说："小叶，我非常理解你现在的心情。我感觉你内心想把所有的事情都做好，可是，你又觉得自己面临的现实非常无奈，你认为许多事被你搞砸了，所以你感觉到很失望，是这样吗？"

叶梦远点点头："是的，我本来希望自己拥有完美的人生，可是，许多事，覆水难收。"

安如雪说："问题是，生命本身就不可能是完美的。任何人，都有属于自己的阴暗角落。"

叶梦远问："那，安老师，你也有你自己的阴暗角落吗？"

安如雪看看叶梦远，决定对她坦露自己的某些部分："我当然也有一些不一定能够拿到太阳底下去晒的东西，比如说，有一段时间，我一直想着不愿意跟我现在的老公过一辈子，我想要去寻找一份属于我自己的爱情。当然，我并没有完全瞒着他。至少我跟他把我的想法实话实说了。但是，这样的事情如果说出去，肯定也有不理解我的人，会觉得我这样的想法很可耻。毕竟，我已经是有老公、有孩子的人了，内心却一点都不安定，甚至不安分。"

"哦，想不到安老师有过这样的想法。不过，你真的这样去做了吗？"

安如雪的心底闪过杜宇宁的影子。

"唔，这个，我不太容易跟人靠得很近，总之，就不方便对你说得太透了。我只是想告诉你，每个人心里都有属于自己的秘密。这些秘密也许有不能见光的部分。所以，要学会把发生在自己身上的一切事情看得淡一些。当然，人的本性，是应该追求真善美的。要强化自己对光明的、积极的事物的追求。如果有什么消极的东西已经发生，学会好好处理它们，让它们产生最小的影响，而且，尽可能让自己追求正面的、美好的事物。"

叶梦远看看安如雪："安老师，我真的非常感谢你。假如时光能够倒流，假如我可以早一些时候遇到你，也许，我的生命就会完全不一样。我其实是个也还不算太蠢的女孩子。我其实是懂得善恶好坏的。只是，以前，我无法控制我自己。就像我心里活着另一个我，那一个我不时会冒出一些简直算是堕落的念头，她动不动就会控制我，无视我的本意，我不知不觉地就按照她的意志行事。"

"之所以会出现这种现象，是因为你心里压抑的东西太多了，没有及时得到疏导。在你的内心，你的自我感觉是分裂的、扭曲的。"

"是的，有一段时间，我拼命跟自己做思想斗争。好像我的心底有两个人，一个是好的我，一个是坏的我。很多时候，是那个坏的我占了上风。因为我不想再让我自己受到任何伤害，我宁愿我自己变坏一点。"

"我理解你说的这种情况。你确实非常聪明，也懂得善恶，所以，不能辜负了你自己。其实现在改变完全来得及，你想，你才二十五岁，年纪轻轻的，哪有什么来不及的事呢？你觉得你现在最大的顾虑是什么？"

"我最大的顾虑，就是我自己以前太乱了。我怕我的以前会影响到我的未来。"

"人最大的智慧是，活在当下，活在眼前这一刻。以前的事情，已经发生了，你没办法改变已经发生的事实，但你可以改变你自己对那些事情的评价。你把你的以前当成是你成长的代价，慢慢淡化甚至忘记它们吧！这个问题，我们上次谈过，对吗？把过去的阴影当作生命之花的泥土和肥料。"

"现在情况变复杂了,不只是我自己能不能忘记的问题。就算我自己能够做到淡忘它,可是,别人却不会放过我。别人会议论我,或者找我的麻烦。你看,我这次受伤,就是一个证明。算了,安老师,非常感谢您肯到医院里来。我今天有些累,想早点休息。对了,下次我让我姐姐找您去做咨询,您一定要像对待我一样对待她啊!"

安如雪说:"你放心,用心对待每一位来访者,这是我的责任。你先好好休息吧。过几天,如果有需要,我可以再来。"

叶梦远长长叹息:"我不知道事情会怎么发展。到时候再看情况吧!如果需要您来,我再打您的电话。不管怎么说,安老师,谢谢您的好意,我把我姐姐交给您了!"

安如雪转身的一刹那,心里突然产生一种不祥的预感。

她回头给了叶梦远一个鼓励的微笑:"小叶,你一定要善待你自己,珍惜你自己。"

叶梦远脸色苍白,点点头,轻轻对安如雪挥挥手:"安老师,您自己,多保重!"

安如雪犹豫一阵,再笑一笑,才转身离去。

这竟然是安如雪最后一次看到叶梦远。

或者说,这里面另有隐情。

第二十九章
只有两个人知道的秘密

安如雪简直是大吃一惊。叶梦远，居然真的走上了不归路吗？一个人连死的勇气都有，为什么还害怕活着呢？何况，这么年轻的一个女孩子，远远没有被逼到走投无路的状况。她的心中涌起沉重的无力感。心理咨询师，对一些事情居然如此无能为力。

可是，这一切，究竟是不是真的？

一　叶梦远自杀身亡

安如雪近来特别忙。

这天一上午就有两个心理咨询预约，下午还要去参加一家女性杂志社组织的读者见面会，她将在见面会上进行时长两个钟头的讲座，主题是：成功女性，快乐人生。

等她发现手机里有一条叶梦远发来的短信，已经是两个小时以后的事了。

　　　　安老师，请原谅我，我真的不再有勇气面对这世上的一切。假如我决定消失，请别为我难过。另外，请善待我姐姐，我姐姐很信赖您。您一定要多多保重，好人一路平安。

这条短信透露的信息让安如雪心惊肉跳。她马上拨打叶梦远的电话，得到的是关机提示。

她定定神，查询114，打电话到叶梦远所住的医院，却被告知病人已出院。

这下安如雪无计可施，她再也没有别的办法可以找到叶梦远了。想了想，她给叶梦远的号码回了一条短信："生命是这世上最宝贵的奇迹，请善待自己。"

接下来好些天安如雪的日程都安排得很满，即便如此，她还是抽空给叶梦远打过几次电话，但那个号码始终没有开机。

安如雪根本没有别的办法可以找到叶梦远，虽然她为叶梦远感到担心，却也无能为力，只能安慰自己，她已经做得仁至义尽。

罗慕文躺在床上,手里拿着一份前一天的《星城晚报》,一夜没睡,眼睛通红。

报纸上有一条配发了大幅照片的醒目新闻:

妹妹自杀身亡,姐姐呼吁珍惜生命

本报讯(记者 江涛)"我不相信这是真的!我不相信我妹妹已经不在了!她才25岁!"4月5日上午,在滨江万年青墓园,一位白衫白裙的年轻女子扶着墓碑,哀哀哭泣。她的妹妹一周前自杀身亡,这一天刚刚把她的骨灰盒埋葬在墓园里。

这位名叫叶思遥的女子对记者说,她的双胞胎妹妹叶梦远一直是个热爱生命的人,可惜她心里有太多解不开的结,过多的爱恨纠缠让她最终选择走上不归路。

叶思遥是一位大学英语老师,平常不和妹妹住在一起,七天前,她上完课才发现手机里妹妹发来的短信,说她不再有勇气面对世上的一切。叶思遥匆匆赶往妹妹的寓所,发现她已自缢身亡,哀恸不已。

清明期间,我们哀悼故去的亲人,更要学会珍惜自己的生命。世事有无数可能,而生命只有一次。

罗慕文紧紧盯着报纸上那张大幅图片,那是一名白衣女子的背影,黑发垂肩,扶着墓碑哭泣。墓碑上,"叶梦远之墓"几个字清晰可见,亡者生前的照片非常清楚。

他突然用被子蒙着头,号啕大哭起来。

他只是想给叶梦远一些教训,他并不希望她真的死去。

这些天他的心情本来就不好,恰好他的堂兄罗慕雄找他喝酒。

罗慕雄这阵子经常去健身房锻炼身体，觉得自己身体好多了，于是想喝点酒放松一下。罗慕文索性趁机大醉一场，醉得连续几天都没精打采，想不到身体刚刚舒服一点，就在报纸上看到这样的噩耗。

夏秋冬的办公桌上也摆着这张报纸。

和报纸在一起的，还有一封叶梦远寄给他的限时专送的快递，那里面请求他把她名下的股份全部转给她的姐姐叶思遥。快递信封里面股份转让需要的所有材料都已齐全。

他失神地盯着图片和那些资料，发了许久的呆。这一天，他闭门谢客，一直呆坐在办公室里。

他仿佛听到叶梦远依然在电话里对着他撒娇："你不过来的话，我也不会过去。"

一个活生生的人，怎么能说没有就没有了？她为什么非要自杀？就因为那天那个混蛋男人让她出丑吗？谁没有说不清楚的过去？

那天夏秋冬把叶梦远送到医院急救，医生说伤口不深，问题不大，住院治疗两天就可以恢复正常生活。夏秋冬替她办好住院手续之后，第二天叶梦远就拒绝他再去探望她，说是她母亲来了，不方便再让他出现，等她出院了再联系他。

夏秋冬只得尊重叶梦远的决定，恰好他要去香港一周，也就一周的时间都没有联系叶梦远，他想等她出院再补偿她。

没想到他等来的是一场噩耗。是他的朋友打电话问他有没有看到报纸的，他们都很震惊。

夏秋冬起初死活不相信这件事。他拼命打叶梦远的手机，起码打了上百次，每次都是关机。

这报纸上的白纸黑字，还有照片，不容他不信。

两滴泪落在报纸上，慢慢洇了开去。

二　新书签售会上的"糖"

这条新闻安如雪却没有看到。近来她每天忙忙碌碌，只是在安静下来的时候，内心依然有惆怅。这一天，她在家休息，竟不由自主地突然想起杜宇宁，于是借着清明节的主题，编了一条短信：我想这两天你一定格外思念你曾经的战友，那些鲜花般绽放过的生命。应该是我们之间的交流太有限了，假如你对我有足够的了解，我们之间也许不该是这样的结局。愿岁月静好，生者太平。

安如雪默默看着这条短信，狠狠心把它删除了。

她不知道为什么她会如此执着地想要跟杜宇宁保持联系。不完全是放不下他，她是能够放下他的。细细思量，真正的原因是，他也许真是她梦寐以求的那类人，她知道他其实也是喜欢她的。对安如雪而言，杜宇宁代表一个梦想，代表她生命中极其美好的东西。她珍惜他，想尽自己最大的努力去争取。

可惜，终究很难如意。

安如雪的新书《红唇》签售会在星城图书城举行。而那本以她自己和杜宇宁、叶梦远为原型的小说《花非花》，还没有完稿。

签售会上，安如雪发表了简短的演说，介绍新书的看点，而后对图书公司全体工作人员以及各界朋友的支持表示由衷感谢。

签售开始了，整个大厅里黑压压的一大群人。这一方面是图书公司组织得力，召集了许多读者；另一方面，是因为安如雪的粉丝、朋友比较多，许多人闻讯前来给她捧场。

而安如雪心里最为惦记的人，却是杜宇宁。她已经委托江若水帮她向杜宇宁发出邀请，但是，她真的不知道杜宇宁会不会来。为了做得不露痕迹，安如雪是写了大约十来个人的名字委托江若水代为通知的。这十来个人都是安如雪和江若水共同的朋友。杜宇宁的名字混在其中，并不觉得有多显眼。

江若水带着男朋友向明出现了。这个剩女"钉子户"已经正式宣布要跟向明结婚，结束剩女生涯。

安如雪想，如果杜宇宁来，应该会和江若水他们一起来。可是竟然没有。看来，他不会来了。

她边埋头在一大堆书上签名，边长长地叹息了一声。她在那一瞬间觉得自己的心沉重极了。

江若水一口气要了十本书。她说自己还有事，需要提前离开，然后，她看看排着队的人群，抱着书也不等安如雪签名，就拉着向明跑了。安如雪也不以为意。反正两人如此熟络，以后签名的机会多得是。

安如雪不知道自己究竟签了多少本书。至少应该有好几百本。手都酸了。

大厅里的人已经不多了。人们拿了新书陆续离去。

她抬起头来，看看门外，突然吃了一惊。

因为杜宇宁穿着便装，微笑着向她走过来。他手里抱着一束鲜花，有香水百合还有深蓝玫瑰，无比妖娆。

他像一个独行侠，从天边出现，慢慢走到她的眼前。

安如雪低下头，有泪要从她的眼里流下来。她拼命忍住了，无言地拿起一本书，跟身边的工作人员说这本书免单。她一笔一画写道：杜宇宁先生指正。然后用心签上自己的名字。

杜宇宁来到她身边的时候，她正好再度抬起头。

她的眼里闪烁着泪影，脸上却挂着微笑，双手把书捧给他。

杜宇宁接过书，说："我一直在外面看着你。只是现在才走进来。"

安如雪的心中一阵温暖。她认识杜宇宁也有好几个月了，这是最让她感动的一句话，这是最让她感动的一个瞬间，以前所有的煎熬，似乎都是值得的了。

她接过花束，深深嗅了一下花朵的芬芳，然后对着他粲然一笑："谢谢你这么用心。"

他们的手握在一起。彼此都用了几分力气。

然后，他跟她挥手道别。

安如雪目送着他的背影远去，有新的泪水涌出眼眶。

茫茫人海中，他们相遇了。他们彼此知道对方的存在，彼此愿意为对方祝福，也许这就够了。

心中有过的爱与恨，已成刹那芳华。

安如雪凝望着眼前的花束，突然之间对自己的存在产生了顿悟。她发现，此前的她，表面上看起来聪明、优秀，事实上，她一直以低幼的心态和状态生活着。一天到晚想要别人抱、想从别人手里要糖吃。

不不不，这些一点都不重要。重要的是，可以自己去拥抱恰好的人，可以自己给自己买糖吃。

她的嘴角浮现出糖一样甜蜜的微笑。

三　秘密

这一天，安如雪接到一个电话。电话里的声音让她觉得非常熟悉："安老师您好，我是叶思遥，是我的妹妹叶梦远让我来找您。"

"哦，你妹妹最近好吗？"

"您还不知道吗？她已经去世了！"

"什么？去世了？她，她是怎么去世的？怎么会这样？她上次给我发了短信，我没有及时看到，后来打电话过去，已经关机了，我一直没办法联系上她。"

"她是自杀的。这件事，报纸上都有报道的。您平常不太看报纸吗？"

安如雪简直是大吃一惊。叶梦远，居然真的走上了不归路吗？一个人连死的勇气都有，为什么还害怕活着呢？何况，这么年轻的一个女孩子，远远没有被逼到走投无路的状况。她的心中涌起沉重的无力感。心理咨询师，对一些事情居然如此无能为力。可是，这一切，究竟是不是真的？

她勉强回应叶思遥："哦，报纸我只是偶尔看看，平常一般是在网上读新闻。最近又特别忙，要处理很多事，基本上没看报纸。叶梦远，你的妹妹，她怎么忍心真的自杀？"

"唉！我也没办法理解我自己的妹妹。这件事情已经过去半个月了。我好不容易把所有的事情安顿好，现在才有时间来跟您预约，我希望我们的见面越快越好。我现在可以过来吗？"

"哦，今天下午行吗？我现在手里还有一些事情需要处理。"

"行。下午三点钟，可以吗？"

"好，我在工作室等你。我的工作室地址，你知道吗？"

"知道。我妹妹告诉过我。回头见。"

"回头见。"

叶思遥一袭白裙出现在安如雪工作室里的时候，安如雪和小袁都有些发呆。她们两姊妹，长得太像了。简直就是一个模子刻出来的。双胞胎，一般都长得非常像。只不过，她们气质不同，打扮不同。

小袁倒一杯茶端过来，对叶思遥说："你跟你妹妹实在是太像了，只是打扮不一样。"

叶思遥满脸沉痛的表情，勉强露了个笑容，对着小袁点点头，什么话也没说。

安如雪表情尽可能平静地跟叶思遥握手。她实在无法相信这是叶梦远之外的另一个女人。等等，到底是不是另一个女人？安如雪神思恍惚起来。

叶思遥长发披肩，白裙如雪，飘逸得像一场梦。

她坐下来，对安如雪说："我，我妹妹以前经常来找您，对吗？"

安如雪点点头："我跟她见过好几次。"

"感谢您对我妹妹的照顾。她在世的时候，许多次跟我说，幸亏她遇到了你。你让她重新认识了自己。"

不错，我是让她重新认识了自己，可是，她却选择了毁灭自己。安如雪不禁失神。叶思遥似乎心存顾虑，不再言语。她不停地用手拨弄自己的头发。

安如雪无言地注视她，注视她拨弄头发的手。

忽然，安如雪的心猛烈地一跳。

因为叶思遥无意中把遮住脖子的一绺头发拂开了。

就在这一瞬间，安如雪发现在叶思遥的脖子上，有一个刺眼的伤疤，而且，那个疤痕是新的。

那个伤疤估计不会超过一个月。

安如雪在医院见到叶梦远的时候，就是在那个位置看到有血迹渗透了纱布。

安如雪的耳边突然响起一个妇人的声音，"可怜啊，我就这么一个女儿……"那是叶梦远妈妈的声音，她说她就这么"一个"女儿。这句话安如雪当时听到了，听清楚了，只不过叶梦远受伤这件事让她觉得震惊，当时忽略了这个声音，现在却无比清晰地重新记起来。

安如雪的心中突然跳出一个大胆的判断：眼前这个人，不是什么叶思遥，她就是叶梦远。叶梦远和叶思遥，其实就是同一个人。这个人曾经以不同的身份、不同的生活态度、不同的穿着打扮，生活在这个世界上。而她之所以要这样做，之所以要借助媒体的力量对外宣称叶梦远自杀身亡，她不过是想用这种方式摆脱那些曾经纠缠她的男人，摆脱自己不堪回首的过去。她之所以一度以两种身份生活在这个世界上，是因为她自己对这个世界的态度是矛盾的，她是有着人格分裂症状的，她身不由己。

安如雪确信自己的判断。

这是一个惊人的秘密。

这是这世上，只有她们两个人知道的秘密。

如果叶梦远，或者说叶思遥，她自己不提，安如雪无论如何不应该主动揭穿这个秘密。

叶思遥这种做法也许是聪明的，真正的置之死地而后生。

安如雪被自己的分析惊住了，什么也没说，一时有些恍惚。

四　催眠

叶思遥打破沉默，自言自语般地说："我现在有好多事情需要理清楚头绪。我妹妹公司的股份已经过户到了我的头上，我有空的时候也要打起精神来经营这家公司；另外，感情上，有一个男孩子很喜欢我，他是我的学生，我也觉得他挺不错，可是，我还没有把握，不知道该怎样来对待这份感情。总之，许多许多事，需要我去面对，可是我却很脆弱，不知道怎么办才好。"

沉思一阵，安如雪问叶思遥："你愿意尝试一下催眠吗？好好整理一下自己的思绪。"

叶思遥毫不犹豫地说:"愿意!只要是您的建议,我都愿意接受。"

"好。来,请在这张躺椅上找一个最舒服的姿势躺下来。完全放松自己,深深地呼吸,把新鲜的空气尽力吸到自己的身体里,感觉你的腹部慢慢鼓起来,直到无法再吸气进去;好,把身体里的废气和烦恼全都呼出去,慢慢地呼,感觉到腹部收缩起来,直到无法再呼出去。很好。现在,看着我手里的水晶球,它离你的眼睛越来越近,你觉得眼睛很累,眼皮越来越沉重,你现在想闭上眼睛。想闭就闭上吧!闭上。你会一直闭着眼睛,直到最后,等待我把你唤醒。"

安如雪检查了一下叶思遥,她全身的肌肉非常放松。已经进入了浅度催眠。这一次,安如雪不想让叶思遥陷入太深的催眠状态。

安如雪慢慢说:"好,非常好。现在,你觉得自己来到一个光线比较暗的房子里。你看到了一面镜子。你很仔细地盯着镜子里的人看。不错,镜子里的那个人就是你,就是你自己。好,现在,请你用'我是……'造句子。你尽可能想清楚,你究竟是谁?尽可能多地说,'我是……',直到我让你停下来。"

叶思遥闭着眼睛,她的眼球在转动。

她慢慢说:

我是……我是叶思遥。

我是一个受了伤害的年轻女子。

我是一位大学英语老师。

我是一个长得很漂亮的女人。

我是……我即将是蝴蝶梦酒业公司的总经理。

我是一个内心善良的女人。

我是一个对爱情充满渴望的女人。

>我是一个很受欢迎的女人。
>
>我是一个偶尔对生命、对生活有些厌倦的女人。
>
>我是一个有抱负的女人。
>
>我是一个做过一些错事的女人。
>
>我是一个内心有许多秘密的女人。
>
>我是一个不惧怕从头再来的女人。

安如雪认真倾听。叶思遥的每一处停顿,都是有原因的。

我是……我是叶思遥。叶思遥的潜意识想说的很可能是:我是……我是叶梦远。或者:我是……我不是叶思遥。

我是……我即将是蝴蝶梦酒业公司的总经理。关于这一句,叶思遥的潜意识想说的很可能是:我是……我一直是蝴蝶梦酒业公司的总经理。或者:我是蝴蝶梦酒业公司的总经理。也就是说,她并非即将是,她一直都是。

叶思遥潜意识中的想法和她要出口的想法不符,所以,她会不自觉地修正自己,因而会停顿,或者口吃。

叶思遥自动停了下来。

安如雪说:"请继续下去,继续告诉我,你究竟是谁?镜子里的女人究竟是谁?"

叶思遥做了一个吞咽动作,再又停顿了一阵,才继续说下去:

>我是一个很脆弱、很容易逃避现实的女人。
>
>我是一个在不得已的时候会撒谎的女人。
>
>我是一个非常真诚的女人。
>
>我是一个虽然受伤,但仍然愿意相信美好事物的女人。
>
>我是一个非常矛盾的女人。

我是一个需要得到别人原谅的女人。

我是一个曾经死了心、后来又对生活充满希望的女人。

我是叶思遥，叶，思，遥，我是一个很聪明的女人。

有泪从叶思遥的眼角涌出来。

安如雪说："好，停，不用说了。现在，请你仔细看着镜子里的人。你是叶思遥，你确实是叶思遥，你是一名大学英语老师，同时你要经营蝴蝶梦酒业公司。你是一个受过伤、但仍然愿意相信美好事物的女人。你是一个对生活充满希望的女人。你是一个对爱情充满渴望的、非常美好的女人。现在，请你拉开房间的窗帘。温暖明亮的阳光照进了这间屋子。你觉得自己心里充满了美好的、让你感动的情绪。你可以看到窗外，这个时候你看到的是春天，树枝上布满了新芽，有花蕾就要开放。小鸟在树枝间跳来跳去，你听到婉转的鸟鸣。你知道，这个世界可以是非常美好的。你自己，还有你身边的人，都可以把你保护好，让你不再受到伤害。你将拥有非常幸福的生活。继续深呼吸，深深地吸，慢慢地呼。等下，我会数十个数字。从十开始，倒着数。当我数到一的时候，你就会睁开眼睛，觉得自己精神焕发，充满幸福和快乐的感觉。好，我开始数数。十、九、八……还有三个数字。当我数到一，你的眼睛就会睁开，你，叶思遥，会看到一个非常美好的世界。三二一，睁开眼睛。"

叶思遥的眼睛慢慢睁开。她眼含热泪，眼里闪耀着光彩。

安如雪在心里告诉自己：陪伴她吧！陪伴这个曾经迷途的女子慢慢再走一程。她现在已经用她的心理咨询技术，帮叶思遥重新找回自己，并懂得珍惜自己。

虽然一个是医生，一个是病人，她们之间却是有相似之处的。只不过一个懂得节制，一个放纵自己；一个追求的是精神安慰，一个想要获得肉身救赎。

她们都渴望爱情，愿意相信生命是美好的。

安如雪已经想明白了，她已经看懂爱情的本质。

事实上，爱情是非常主观的东西，它不在外面的世界中，而是在每个人的心底。你自己是谁，你就拥有什么样的爱情。你要先找到你自己，才能真正了解属于你的爱情。

而一个更重要的本质是，如果一个人深深陷入对爱情的追逐和幻想里，说明这个人的内心很脆弱，有着与年龄过分不相符合的幼稚，对世界的认知程度不高，不了解人生究竟是怎么回事，看不懂围绕在自己身边真实的或者虚幻的事物，一味沉溺在婴幼儿的无助状态里，不懂得自我提供身心滋养，一天到晚渴望来自外界的无条件的关怀和宠爱，时下对这类人群有一个贴切的词来形容——恋爱脑。

毕竟，这世界上哪有无条件的事呢？

第三十章 临终之歌

> 我曾以为你已死去,
> 可你出落得更俊俏。
> 我真高兴你能来!
>
> ——塞弗尔特 《临终之歌》

一　吴越同舟

安如雪简直笑得要打滚，很久没有如此开怀大笑了。

这天是周六，安如雪打算安心在家里陪儿子。王子奇一回来就比画着手势跟安如雪讲一个笑话：一个卖烧饼的地球男人遇到一个火星男人，语言不通，只好打手势。火星男人对地球男人伸出三根手指头，地球男人马上用手指做出"六"的手势；火星男人仅伸出右手大拇指和食指，做出表示"八"的手势，地球男人也伸出右手大拇指和食指，捏了捏。火星男人于是离开了。地球男人回到家里，兴奋地对老婆边做手势边说："我今天遇到一个火星人，他要买三个烧饼，我告诉他六块钱，他后来说要买八个，我说，拿钱来。他没钱，就走了。"火星人回到家，沮丧地对老婆边打手势边说："我今天到了地球，告诉一个地球人，我杀了三个人，他说他杀了六个，我说我是用枪杀死的，他说他是用手捏死的。我输给地球人了。"

听完笑话，安如雪不停地笑了好一阵。她明白王子奇感觉到的好笑和她感觉到的好笑是不一样的。小孩子不一定能理解其中的深意。安如雪知道它是用来寓示人与人之间沟通不畅的情景。她突然觉得，自己和王子健之间，就像故事里的火星人和地球人。

第二天阳光明媚，安如雪见天气好，刚好王子健在家，王子奇又做完了作业，就提议一家人去野生动物园玩。

星城的野生动物园新近开张，王子奇还没去过。他一听说要带他去看动物，兴奋极了。

安如雪随口问王子健相机在哪里。王子健说在他的一个堂弟手里。上次堂弟单位搞活动，借了他的相机，一直没还回来。安如雪于是不再吱声。

王子健开车出门。开了二十几分钟,他突然拿出手机打电话。安如雪听他说话,意思是要他堂弟把相机带着,一起去动物园玩,他约好在哪个地方等他。

安如雪就责怪他为什么不早点打这个电话,从家里出门之前就可以打。

王子健嫌她啰唆。结果两个人唇枪舌剑地争了起来。

安如雪说:"你这个人做事能不能有计划一点?能不能想得周到一点?能不能有一点提前量?今天本来就不早了,还要在路上等人,你烦不烦?"

王子健针锋相对:"你累不累?哪能什么事都要有计划?你这个人能不能明智一点,我电话都已经打过了,你再反对有什么用?等一等有什么关系?"

"看着你就烦。你这种人,跟你在一起,出去玩都要不开心。"安如雪不喜欢等人,故意没好气地胡搅蛮缠。但说完这一句,觉察自己有些过分,她就住了口。如果是以前,她还会任着自己的性子继续跟王子健乱吵一气。

看来现在,她已经开始有意识地对自己进行管理。我为什么要这样?为什么要在他面前故意这样不讲道理?为什么要这样凡事都认为自己是对的?

王子健说:"你不开心是自找的。反正,我们整个就不是一条路上的人。"

"是啊,明明不是一条路上的人,偏偏要走在同一条路上。"安如雪忍不住,任着性子又说了一句话,内心有个声音对她说:停下来,别再说这种无聊的话了。

这时,一旁的王子奇开口了:"你们两个人,wu yue 同舟。"

安如雪没听明白,就问:"什么同舟?"

王子奇说:"wu yue 同舟,就是一个吴国人,一个越国人坐在同一条船上,他们的国家本来在打仗,可是也要齐心协力。"

安如雪非常惭愧,"吴越同舟"这个词她以前竟然没有留意过。此刻,这个词从她八岁多的孩子嘴里蹦出来,而且使用得那么准确,她不由得非常惊讶。

毫无疑问这个词语并没有出现在小学四年级的教科书上,那么,作为课外阅读,不少人读过也就忘记了,而这个小小的孩子却牢牢记住,不仅记住,还会拿来准确用到生活情景中,这就真是很难得了。

安如雪忍不住亲了一下王子奇,认真地表扬他:"我的仔仔真聪明。是的,吴越尚且同舟,我们不是打仗的吴国人和越国人,我们是一家人,更要同舟共济。"

听了母子的对话,王子健的神色变得柔和起来。

过了一阵,王子健的堂弟送来相机,他自己另有安排,没有一起去动物园。

二 情劫已了

野生动物园占地广阔,比以前挨挨挤挤的城区动物园有看头多了。

他们先买了车行区参观的票,就是坐在车里看动物。这个区域里豢养的都是猛兽,因而不能让游客直接跟动物接触。排队等车的时候,一个八十岁的老太太主动要猜王子奇的年龄,居然一下子就猜对了,老太太很高兴地假装来抢安如雪手里只剩下半瓶的矿泉水,说:"猜中有奖。"王子奇也很高兴地跟老太太聊天。

安如雪想,怪不得老太太活到八十岁还那么健康,是因为人家活得开心。人,是要活开心一点。

王子奇在参观车上隔着车窗玻璃给那些动物拍了许多照片。老虎啦、狮子啦,每发现一种动物,他就高兴得不得了。

接下来去步行区,王子奇在大熊猫馆逗留了好一阵子。因为有一只大熊猫爬到树上去了,懒洋洋地把自己挂在树枝上睡大觉。王子奇很想看到大熊猫从树上滑下来。但是等了好一阵子,那只大熊猫却一动不动。他们只好去看别的动物。

后来安如雪回到家里,上网一查,果然有"吴越同舟"这个词,比喻原本有矛盾的双方团结互助,同心协力,战胜困难。后来用"吴越同舟"比喻虽有旧怨,但当同遭危难,利害一致之时,也须互相救助,共同努力。这个词出自《孙子·九地》:"夫吴人与越人相恶也,当其同舟而济而遇风,其相救也如左右手。"电视上中国领导人在会见美国领导人的时候,也用过这个词,说中国和美国要"吴越同舟"。

是啊,连几岁的孩子都明白的道理,自己怎么能够不明白呢?何况,他们的孩子那么优秀,哪怕仅仅是为了孩子健康快乐地成长,也不能自私的只考虑自己的感受,不能只顾着追逐那种与现实严重脱节的虚幻感情。

是的,她和王子健的利害关系是一致的,他们必须共同努力,用心把家庭经营好,至少尽量先把孩子抚养大。

从野生动物园回来,安如雪带王子奇去小区骑车的时候,王子健做好了晚餐。

开饭了,安如雪跟王子健开玩笑:"在我眼里,你这个人没太多的优点,不过,人倒是挺善良的,基本上从不把我往坏处想。"

话一出口，安如雪就觉得这话没说好，于是在心里更正自己，决定下次碰到类似的情况，要这样说：在我眼里，你这个人优点挺多的，人挺善良的，最让我感动的优点是，你基本上从不把我往坏处想。

"哈，就你，能坏到哪里去？你想坏都没有太大的本事去坏。"王子健张开嘴巴笑。

唉，这个生性简单、容易满足的男人，只要安如雪稍稍用一点点心思，他就可以很开心，他们这个家就可以时时洋溢笑声。安如雪想，也许，她真的应该把更多的精力放在这个家里，别再一天到晚神游天外了。她笑着说："切，你小心点，哪天我真坏给你看。"

"欢迎变坏。"王子健揶揄道。

安如雪也哈哈地笑起来。

王子奇坐在他们中间，眉开眼笑地看看这个，又看看那个，幸福像花一样开放。

吃过饭，安如雪开始督促王子奇收拾书包。第二天，王子奇又要重新回到学校去寄宿。

这就是生活，周而复始。

想起过去的那一段时间，安如雪一天到晚沉溺在对爱情的幻想里，她总渴望在她的生命中，真的出现一个理想的爱人，两人在一起的每一分每一秒都是无比幸福的。然而，她很清楚，现实生活中琐碎的事情那么多，肯定会磨损那些假想的美。

安如雪突然想明白了，虚幻的世界固然容易想象得唯美，但一个聪明人，是有能力把现实的世界也建设得非常美好的。

这段时间安如雪抽空看了电影《非诚勿扰2》，里面有一段台词让她印象特别深刻，是说婚姻这回事，怎么选择都是错的，美好的婚姻不过是将错就错。这话说得挺有哲理。她想，既然如此，看来她和王子健还是尽可能将错就错下去吧。

更何况，李云桑说过，爱情是一种非常主观的感受。既然是主观，那么，自己认为那是爱，那就是；自己认为不是，那就不是。为什么不在心底相信，她和王子健之间的感情就是爱情呢？

她想起另一句话，相信相信的力量。

至于杜宇宁，只是她心底的一段传奇。这个世界上，大多数人都过着平常的日子，有几个人有本事把传奇变成现实呢？

何况，传奇成为现实之后，也就不再是传奇。

如果真有桃花债、桃花劫之说，安如雪已经偿还，已经安然度过。

三　华丽归来

这段时间安如雪一直忙忙碌碌地和许多人一起筹办心理医院，她负责整理心理医院的可行性调查报告，一二十个人分工合作，所有事项进行得有条不紊。

"哇，这世界上太多奇葩了！"工作室里，小袁夸张地叫道。

"怎么啦？"安如雪淡淡问道。

"看看这条社会新闻，一个二十三岁的青年男子四肢健全、神志清醒，活活饿死在家中。"小袁对着手机屏幕，逐字念着，然后把新闻链接通过微信发给安如雪。

安如雪快速浏览了一遍新闻报道，男青年父亲病故，母亲疾病缠身，他临死前家里有现成食材，却不肯动手做饭，甚至有好心村民送来饼，他都没吃，村民一致认为他是饿死的、懒死的。

"小袁，你怎么判断这件事？"安如雪问。

"现在的人确实越来越懒，不过到这种懒死的地步，确实太极端了。"小袁转动着涂了加长睫毛膏的大眼睛，说道。

353

安如雪叹息一声，道："小袁啊，你说的也算不错。不过，还要更有深度一点。村子里的人说他是懒死的也就算了，一个合格的心理咨询师应该明白这个人是病死的。你看，他的父亲病故，母亲又疾病缠身，显然这个青年人成长的内外环境都很差，一般如果一个人过于懒惰，通常身心也是有病的，如果不及时调整，问题会越来越严重，最极端的状态就是死亡。"

小袁鸡啄米般点头，道："对对对，安老师您分析得很对。"

安如雪却陷入沉思。其实人的身心是一体的，身体健康状况越糟糕，也更容易有心理问题。目前社会上，需要心理咨询的人真的很多，只不过有的人不自知，有的人自知却又不知道该怎么办，或者不愿意付诸行动。

心灵建设这件事，任重道远，每个人都一样。

也就是在这个瞬间，安如雪决定彻底原谅小袁。虽然小袁曾经受人指使、别有用心想要伤害她，但毕竟没有造成任何伤害，而且也确实已经断了要害她的念头，总体说来，小袁做事很可靠，过去的事，就算了吧。安如雪想起一个历史故事，唐朝的上官婉儿曾经要杀害武则天，后来武则天原谅她并感化她，上官婉儿成为武则天最得力的女助手。原谅自己的敌人是一个技术活，必须有准确的判断力，确定这个敌人已经不是敌人，否则后患无穷。

某天早晨，在安如雪家附近的公园旁，"星城安宁心理医院"正式挂牌成立了。李云桑任院长，安如雪是医院的主要心理专家之一。徐琼和罗慕雄夫妇还特意送来一个花篮表示庆祝。

心理医院自开张之日起就有许多人找上门来，有太多的人内心深处兵荒马乱，需要心理咨询师。

毕竟，称得上兵荒马乱的事，不管是看得见的还是看不见的，对当事人来说，都非常严重，需要严阵以待。

叶思遥来过两次之后，她已经有足够的力量和心智面对自己的生活，最后一次来咨询的时候，她特意抱着一束百合花送给安如雪。道别时，叶思遥眼神明亮地对安如雪说："安老师，真的非常感谢您带我离开生命中的泥泞路段。祝愿我们以后全都百事合心。"

安如雪微笑道："非常美好的愿望。"略微停顿一下，她说："我最近看到一首诗，其中有几句特别适合你。这样，我把它们写下来送给你。"她从抽屉里找出一张精美的卡片，一字一字写下来。

叶思遥接过，念道："我曾以为你已死去，可你出落得更俊俏，我真高兴你能来！——塞弗尔特《临终之歌》"读完的那一刻，叶思遥百感交集，几乎涌出泪水。她和安如雪深深对望，喃喃道："安老师，谢谢你如此懂我。我也特别喜欢这几句诗，会永远记住。"

安如雪笑道："喜欢就好。祝你幸福。"

叶思遥含泪点头，转身离去。

望着叶思遥的背影，安如雪禁不住一阵恍惚。也许，她们各自的内心都已经得到救赎。

一边工作，一边写小说，安如雪越来越喜欢自己的生活。未来可能是什么样子的？她已经不去过多地思考这个问题。

事实上，生活有许多种可能，每件事情都有许多种可能性，其结局都可以有不同的版本，但求无愧我心。

安如雪的新小说终于写完了，书名由《花非花》更改为《你内心的兵荒马乱》，这本书可以治愈人的焦虑症、恋爱脑，一时之间，洛阳纸贵。

2011年3月30日初稿
2024年5月增补并定稿

跋

爱情在我们的一生当中占有多大的分量

爱——必须是真爱，是这世界上最唾手可得的不老药、兴奋剂，前提是，你本人值得爱，也遇到爱。

人世间果然沧海桑田。写这本书的时候，我的内心——我是说内心，还是一个稚嫩的小女孩，然而历经十三年风雨，再来润色这部书稿的时候，唏嘘不已。在这十三年间，我生过一场大病，苦苦挣扎之后彻底痊愈，还顺便掌握了真正的抗衰养生之道；我解除了婚约，已恢复单身，内心变得真正强大；我的孩子也长大成人，开始读研究生。总之，我自己已经变成一只老麻雀——或者贴金一点来说，老凤凰。亲爱的读者，无论你的生命中缺什么，缺爱也好缺钱也好，希望这本书带给你感悟和滋养，让你和我一样，浴火重生，成凤成凰。一旦抵达这种境界，便能思如泉涌、灵感不断，极易成事。

"爱情——甚至狂迷的爱情，其力量能使我们成为更完满的人。"这是我从文学大师库切的文学评论集《内心活动》一书里"肢截"下来的一句话。

相信我，这句话是真理，毕竟在人类目前的精神活动中，爱情的能量非常强悍，能够超越者确实不多。不过还可以进行补充：一切让人狂迷的事物，不仅仅是爱情，都有不可思议的巨大力量，可以使我们成为更完满的人，也可能削弱甚至毁灭我们。

我假装把本书的女主角写成我自己。我想大声说："我就是安如雪，安如雪就是我。"不过，事实上，她根本就不是我，或者说，她只是微小的一部分我，她有她自己的命运。

这是一个秀外慧中却错过了人生花季的女人，她在该开花的时候没有好好地绽放，却在不对的时间再一次含苞欲放，令人叹惋；她一度混淆了理想和现实的区别，企图把理想的梦境直接带入现实的生态场，当然，她失败了。

安如雪是个颇有悟性的心理咨询师，在她眼里，别人迟到不只是迟到，一条短信不只是一条短信，她总要试图用自己的专业知识，去撩起所有事物的也许并不存在的面纱，想要看到面纱之下隐藏的真相。她究竟能看到多少呢？

我想，如果让安如雪或者类似她的人都变得所谓"成熟"、中规中矩起来，那么这世界就一定更有意思吗？充满差异化和多样性的世界不是更加美好吗？如果让安如雪像商人追逐利益最大化、像赌徒狂热地想要扳回老本一样，始终顽强地追求一份自己理想中的爱情，难道我们就不能祝福她了吗？

比如说，我写杜宇宁遇到一些变故，下定决心来找安如雪；或者写严世平其实一直也是爱安如雪的，他愿意接受一个重新拥有爱的能力的安如雪；再或者写安如雪离婚，遇到一个新的男人，这个男人依旧是杜宇宁或者严世平的翻版，酷、帅，有一番铁血男儿的经历，只是心理更为成熟，当他遇到安如雪，他们彼此相爱，彼此的心灵都有了皈依；等等。如果我这样写，安如雪这个人物是不是会更纯粹呢？我们是不是一样愿意接受她并祝福她？

像那种穷其一生苦苦追求爱或者在不自知的情况下深深陷入所

谓爱的泥沼里的人，其实并不罕见，恋爱脑比比皆是，他们都需要得到安慰和救赎。

无论如何，爱情是生命中的花季。无论如何，爱情是真正的奢侈品。拥有爱情的人，是幸福的。

为了这样一个美丽的季节，我们值得从种子发芽之初，也就是从我们诞生之初，就开始好好善待自己。是的，诞生之初。

最初的善待需要由养育者，也就是我们的父母或者相当于父母的人来完成（然后有一天，我们自己也要对我们的下一代担当养育者的角色）。

一个生命早期得不到充分关爱的人，他的爱情一定会出现不小的问题。因为没有得到足够的关爱，这个人的内心一定会缺乏安全感，容易显得自卑、冷漠、自私等等，会有种种不良的心理状态。一个内心布满这么多坑洞的人，哪里有办法好好爱自己？哪来力量好好爱别人？哪里能够好好和人相爱？不是他不愿意，是他没有爱的能力。而这样的人，往往会对爱过度索求，只是他们的表现方式不一样。这种不健全的爱，哪里是爱呢？只能是害，害人、害己，只能是纠缠、纠结。

我们生活其中的这个社会曾经过于强调共性而忽略个性。

20世纪八九十年代为什么琼瑶的言情小说那么流行？因为我们在她的小说里发现了一个用单纯的爱构建出来的美好世界，因为她唤醒了我们内心深处最强烈的渴望和需求。每个人都渴望爱和被爱，如果这一点被忽略，我们的灵魂就容易枯燥和扭曲，甚至断裂。还因为那个年代我们的社会生产力不够发达，加上家里兄弟姊妹相对多，大部分父母都要拼死拼活努力赚钱养家，没几个孩子得到过像样的父母之爱，大家都缺爱。所以琼瑶的爱情小说满足了无数人的心灵缺失，让我们欲罢不能。

也有人抱怨琼瑶写的言情小说人物太不食人间烟火，甚至斥之为"毒草"，指责她误了一代人。

这样的指责是不公平的。

爱情确实是可以不食人间烟火的，它能够把一切美好的元素从现实生活中抽离出来，搭建起一座独立的精神花园。它的本质和婚姻是不一样的。更何况，你是什么样的人，就会遇到什么样的爱情和爱人，不食人间烟火的纯粹之爱，确实是有的，属于奢侈品，极其稀少。

我相信，会有许多读者在我的小说里找到自己。

20岁到60岁的男人和女人，不论年龄大小而依然相信爱情或者轻视爱情的人，都可以在我的小说里找到他们自己。

那些抱怨根本找不到美好爱情的人，可能忽略了极为重要的一点——你自己有多好，你的爱情才能够有多好。伟大的人物才能够产生伟大的爱情。如果你承认自己只是一个平凡的人，那么，你也要接受，你的爱情可能也是平凡的。

另外，不要抱怨现在的女孩子太现实，太追求物质利益，表现得太功利。事实上，有一句话这样说：所有的精神价值都是以物质为基础的。你也可以反过来想，既然你爱对方，你就有义务为对方提供你所能提供的最好的条件。反过来说，男孩子就不现实吗？他们大多追逐年轻美丽、身材苗条、健康活泼或者性格温柔的女孩子；反之，年龄大、个性强悍或者体弱多病的女子，少有男人问津，这是否也是很现实的表现？

我曾经在一篇题为《遇见》的文章中写道："在当前社会，年轻女人的价值随着年龄增长，是这样来排序的：黄金时代、白银时代、青铜时代，而男人的价值恰好要反过来。"也就是说，一个黄金质地的女孩子，在她的黄金时代，是否愿意选择一个有着黄金质地但却处于青铜时代的男孩子呢？

除了爱情，我们还要学会勇敢面对一切内心的兵荒马乱。

应该说，随着时代发展，现在的新生代们从小就在万般宠爱中长大，他们通常不缺爱，精神人格发展得更为完整，因而爱不再是困扰他们的主题。毕竟，拥有越多，越没那么害怕失去；被宠爱过，也就对失宠不会太恐惧，而且很容易找到替代。然而，毕竟生命个体和人类社会都是纷繁复杂的，每个人的内心多少还是会有匮乏、慌乱、伤痛，让我们互相支持，一起坚定往前走。

晓梦

2024年5月

"悦书坊"书目

潘年英《青山谣》
谢永华《清风在上》林家品《脖铃》
林家品《脖铃》
姜贻斌《你会不会出事》
晓　梦《你内心的兵荒马乱》

// 集木工作室

投稿邮箱：jimugongzuoshi@163.com
微信公众号：集木做书

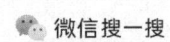